Segunda Parte de

MALALIENTO

EDITORIAL ALAMINOS

1

Título: Segunda Parte de MALALIENTO
C 2005, Sergio Andrade
C 2011, Sergio Andrade / Editorial Alaminos
Antiguo Libr. Actopan 118 / 42080 / Pachuca, Hidalgo (Mex)
editorialalaminos@gmail.com

ISBN: 978-0-615-49290-2

Segunda Parte de

MALALIENTO

Sergio Andrade

NOTA DEL AUTOR: TODO LO QUE SE DICE EN ESTE LIBRO ...ES FICCIÓN. HASTA LO QUE NO PARECE.

Como fantasma mítico, simbólico, arquetípico
un mal aliento deambula por las calles y
desfiladeros de nuestras ciudades
y provincias.
Es persistente, incómodo
tenaz y –lo peor de todo- tan cotidiano
que nos resulta ya más que familiar
incluso indiferente, inexistente aun.
Tan forma ya parte de nos
que difícilmente tomamos conciencia
de que se ha convertido en nuestra más íntima realidad
en nuestra característica más fiel
y no sabemos si nos ha poseído con el tiempo
o le hemos dado -y le damos- vida diariamente
expulsándolo segundo a segundo de nuestras vísceras.
La halitosis (orgánica y espiritual) que padece el mexicano medio
es terrible, contundente,
ya de por sí abominable, pero le empeora por momentos.
Las razones de su mal aliento
pueden encontrarse en su raquítica alimentación envenenada
su alcoholismo chapucero crónico
su falta absoluta de higiene
y sus exaltaciones biliosas hipócritas y autorreprimidas.
Pero la fetidez inaguantable de su aliento más esencial e íntimo
proviene de su frustración, su desencanto y su descomposición.

prólogo

Los condicionamientos tecnológicos e informáticos, y el aún incipiente mercadeo asociado a ellos generan, de pronto, soluciones insospechadas hasta por el mismo autor.

Cuando escribí mi novela MALALIENTO, lo hice de manera continua, de principio a fin, y sin consideraciones que tuvieran que ver con la conveniencia de partirla en dos, o por su número de páginas, o por la mayor facilidad de comercialización a través de los nuevos mercados de venta digital y de impresión *on demand*.

Sin pretensiones de ningún tipo, cabe decir que hasta en este tipo de decisiones el arte va sufriendo por una mayor frialdad de sus condicionantes. La Segunda Parte de *EL INGENIOSO CAVALLERO DON QVIXOTE DE LA MANCHA* fue producto del gran éxito de la Primera; el Premio Goncourt fue otorgado a Marcel Proust por una obra (*À l'ombre des jeunes filles en fleurs*) que no era más que un voluminoso fajo de páginas recortado por Grasset, su editor, de lo que el autor había pretendido que fuera su larguísima primera novela.

Hoy, los precios y los requerimientos de los distribuidores digitales, obligaron a los editores de mi novela (Editorial Alaminos), a comunicarme así, sin más, que habían cortado -con cuchillo , prácticamente- el borrador de mi novela MALALIENTO, a partir del Capítulo XII en adelante, para convertirla en: *Primera...* y *Segunda Parte*.

De modo que no puedo decir que espero que esta Segunda Parte "tenga el éxito de la Primera", ni cabe esperar algún Premio o retribución especial por la misma. De hecho, este prólogo no fue más que escrito por mí, para que esta Segunda Parte no arrancase tan *en frío* ni de forma tan tajante como habría ocurrido de iniciarla simplemente con... *Capítulo XII.*

Valgan, aunque sea para ello, estas líneas de buena voluntad.

Sergio Andrade
Cuernavaca, Morelos

CAPITULO   XII

Chiapaz   (Octubre/1997)

No hay nada más terrible en la vida, en el mundo, en el pinche universo, que estar uno cavando su propia tumba. Y más, después de haber visto a un compañero cavar la suya y caer muerto en ella dos minutos, dos metros atrás; tengo un pinche asco insoportable, del carajo; los restos de alcohol y de quesadilla que me acaban de salir en el vómito junto con los litros de bilis, fueron más por el asco y la desesperación de ver a Wilfrido convulsionándose, salpicándome su propia sangre, que por el miedo, terrible, agónico literalmente y en toda la pinche puta extensión de la palabra, que me da el saber que sigo yo, en cuanto acabe de cavar con esta pinche pala; y yo por qué?, carajo! que hagan el agujero ellos! yo puedo cruzarme de brazos y negarme, aunque sea en un último acto de mínima y puta dignidad, y a ver qué hacen ellos?; pero lo más seguro es que si lo hago me maten en ese mismo pinche momento y aunque es absurdo, aunque es absurdo a todas luces, uno se aferra, aunque sea miserablemente, a un último segundo más de vida.

-Muévete cabrón! – el Sargento le pegó un culatazo en el omóplato izquierdo-, que no tenemos tu tiempo; para más el huevoncito del rifle tuvo más huevos que tú.

Y   cómo   no? –pensó él apurándose remolonamente- si ese "cabroncito" sí era un soldado en toda la línea, un guerrillero de ley, más chingón que tú, puto sargento maricón de mierda, que si no es con tus quince achichincles siguiéndote, no hubieras dado el ancho.

Los habían empujado a patadas y culatazos hasta una de las paredes de la choza; les habían amarrado con alambre las manos, tan ajustadamente, que la piel se les había reventado y la sangre no lograba penetrar entre los dedos; les habían metido un pedazo de cobija recortada en la boca y les habían rodeado la cara con cinta Scotch plateada; los habían pateado, vejado, insultado, orinado....

Les preguntaron mil veces antes de amordazarlos quién más estaba en el campamento, quiénes llegarían y a qué hora, dónde andaban los demás, qué tanto tenían qué ver con Marcos, si Marcos iba a llegar, qué hacían ellos ahí, quién más estaba en el campamento, quiénes llegarían y a qué hora, qué hacían ellos ahí, dónde andaban los demás, si Marcos iba a llegar...

Él se había cansado de contestarles en todos los tonos posibles que no tenía nada que ver con ellos, que ni siquiera era del grupo, que ni siquiera era guerrillero, que ésa no era su ropa, que era un uniforme que le habían regalado, que sus tenis eran ésos que estaban ahí en el rincón, que no sabía ni empuñar un arma, que era músico, mírenme las manos, decía, las uñas, soy pianista, les chiflo la Quinta de Beethoven, les tarareo La Traviata, yo no soy de aquí..., y ellos le contestaban sí chucha, cómo no?, y nosotros somos basquetbolistas de la NBA, míranos la finta...

Wilfrido había gritado que lo dejaran en paz, que era cierto, que sólo estaba de visita, que él no estaba con ellos, que le vieran la cara de chilango pendejo que tenía; el pobrecito, entre llantos, había querido ayudarlo.

-Lo que pasa es que este cabrón ha de ser de los que dirigen todo el tinglado y lo quieres proteger –había dicho el Sargento-, ha de ser de los que influyen, de los que dicen cómo van a ser las cosas, de los que les dicen filósofos, intelectuales, míralo nada más con su greñita, acá, medio hippie –lo había sujetado de la greña haciéndole la cabeza hacia atrás, le soltó su aliento caliente boca a boca, moderando el tono de su voz, apretando la carne a la mandíbula, diciéndole casi en secreto-: habla ya hijo de la chingada, suéltame todo o no ves ni la puesta del sol.

El Sargento lo mantuvo así, doblado, cerquita de él, pero el otro no contestó nada; Wilfrido lloraba de coraje sujeto por un soldado; dos más vigilaban la entrada de la choza sin dejar de apuntarles. Afuera, otros diez tragaban comida, esculcaban los otros cobertizos, robaban cosas, revisaban documentos, abrían cajones, rompían computadoras y aparatos electrónicos.

-Bueno pues, pinches remedos de héroes de pacotilla, -dijo el

10

Sargento ya a todo volumen, enderezándose completamente-, aquí el soldado raso Godínez, mi carnal, les va a sellar la boca; ustedes dirán si es para siempre. Si deciden cantar antes de que se las dejemos ir, nomás mueven sus patitas así, rapidito –se rió mientras flexionaba las rodillas y hacía un rápido zapateado sobre el piso de tierra; el músico pensó en Porfirio bailando la noche anterior-, y eso querrá decir que están dispuestos a platicarnos un poquito de lo que se traen entre manos, y si es así, con mucho gusto les damos su premio en un vale por cincuenta mil pilones canjeables por unas veinticuatro horas más de vida; tampoco se me entusiasmen mucho, eh? Je, je, je!

En la siguiente palada de tierra, al llegar a los noventa centímetros de profundidad, le empezaron a temblar las piernas. Pensó él en ponerse a zapatear, como había hecho el Sargento, para que le quitaran la mordaza y lo dejaran siquiera respirar un poco más libremente; serían también algunos minutos más de vida. Pero qué chingados iba a decir? lo que tenía qué decir, lo que podía decir, ya lo había dicho. De reojo alcanzaba a ver la construcción de las computadoras ardiendo y los soldados del ejército subiendo cajas a dos camiones. Dos soldados rellenaban la fosa de Wilfrido, al menos no habían pedido que él lo hiciera, no habría aguantado; el raso Godínez y otro más, miradas aburridas, lampiños, botas desgastadas llenas de lodo, rifle en mano, lo miraban desde el borde de la tumba que él cavaba. El Sargento, a unos pasos, no daba crédito a la terquedad:

-Aquí nuestro amiguito está cabrón –le dijo a uno de sus subalternos-, ya vio lo que le pasó al chamaquito y está empeñado en que le hagamos lo mismo a él; aunque mira, mira esas piernas, ya están como queriendo bailar... este pendejo cree que si no nos dice nada va a salvar su movimiento, va a ayudar a sus pinches huevones zapatistas; como si no supiéramos que un par de cabrones se dejaron venir desde San Cristóbal para avisarles, como si no los fuéramos a chingar de cualquier modo.

-*Padre Marcos que estás en los cielos, dónde estás que no te veo, por qué nunca estás donde debes estar? chingada madre! santificado sea tu nombre, venga...* –las piernas le temblaron aun más, todo se le confundió, carajo! tenían que creerle, carajo! –*pinche Silvia, pinche Takagaki, pinche mamá que no me dejaste ir a Tlatelolco a romperles su madre a los granaderos en el 68 para arreglar todo esto desde entonces, ay! Dios, pinche vida, hágase señor tu voluntad,* -tembló más todavía,- *pinche Blanca!, me hubieras sumergido en tu panza, en tu vagina, en tus intestinos, como a la culebra de la cadenita y no me hubieras dejado salir nunca!-* clavó la pala en el subsuelo deteniéndose de ella-, *pinche Wagner... nuestras deudas, así como nosotros perdonamos, El Chabelo, La Bikina* –un estertor ácido le empujó la bilis por la laringe hasta reventársela en el paladar; debido al obstáculo en la boca un chorro se abrió camino por la nariz, a él le pareció que también por los ojos- *carajo!, pinche Porfirio, pinche Marga..., no nos dejes caer en... pinches cumbias... nos del mal... Amé-n............"*

Empezó a zapatear sobre la tierra húmeda casi sin notarlo, como había dicho el Sargento.

-A ver Godínez, rómpale la cinta a nuestro amiguito, parece que ahora sí ya nos quiere platicar un poco, mírenlo nomás que bien baila.

Godínez cayó de pie en la fosa a medio terminar, lo tomó de la camisa empapada y le reventó la cinta con la punta de la bayoneta, abriéndole una herida en la mejilla izquierda; le jaló hacia afuera el bodoque de cobija ensalivada que le rellenaba la boca. Él, jadeando, jalando grandes bocanadas de aire, se dejó caer echándose a llorar y se arrastró hincado hacia el extremo de la tumba donde afuera, arriba, lo veía el Sargento. Apenas le salía la voz:

-Por su madre, mi Sargento, créame por favor –lloriqueaba como nunca, Godínez y el otro lo miraban sin el menor asomo de compasión, el Sargento escuchaba incrédulo mientras asqueado trataba de dilucidar si ese olor de boca era de quesadillas de flor de calabaza con tequila o de quesadillas de queso con mezcal-, le juro por Dios, por quien usted quiera que yo no sé nada de esto, yo sólo vine de visita, ya se lo dije, vine a ver a mi amiga Marga, que la conocía desde tiempos de la Prepa 2, créame por favor! –estiró la mano y se aferró al tobillo de la bota del Sargento, exclamó-: por Dios, créame!

El Sargento pateó el aire para desprenderse de la mano. –¡Godínez! –gritó.

El condenado supo que llamaban a Godínez para que lo ejecutara. Sintió que la sangre se le iba a los pies, se puso frío, empezó a desmayarse.

12

Poco antes de que la pared de tierra de la fosa se levantara incontenible y le golpeara la cara, al ir cayendo a punto de perder el conocimiento, alcanzó a ver, por encima del Sargento, allá lejos, sobre el cerro del campamento, volando, un Súper Ratón con la capa roja azotada por el aire, descendiendo con el puño extendido hacia la salvación; distinguió en su cara, entre las orejas, y por entre los agujeros de la inevitable capucha, las facciones que publicaban en los periódicos de la cara del Subcomandante Marcos.

La salida del infierno, al menos provisionalmente, fue tan rápida como inesperada. Nada le sirvió más para tal efecto que la sinceridad con que dijo esas pequeñas frases últimas de alusión a la Prepa 2 y a su compañerismo escolar con la capi Marga. El haberse desmayado lo ayudó también. Godínez y el Sargento trataron de hacerlo volver en sí, pero fue inútil; sufría un shock con todo y cortos circuitos de conexiones nerviosas, dilatación de pupilas, colapso de las sinapsis y alucinaciones previas.

Al no poder hacerlo reaccionar para interrogarlo *in situ*, decidieron aventarlo con sus cosas a uno de los camiones para llevárselo a Tuxtla.

Ya en la capital del estado, entre el desmadre que se había armado por la matazón de indios, la presión sobre el ejército y la cobertura tan amplia de los medios internacionales de información, los superiores del Sargento, escucharon la historia y decidieron que lo más conveniente era darle una solución rápida.

La confusión era general. Se responsabilizaba de la matanza al Gobierno del Estado, al Ejército, a los grupos paramilitares pagados por el gobierno, al PRI, a la Presidencia de la República. Se hablaba de la dimisión del gobernador de Chiapas; de un levantamiento general del Ejército Zapatista como respuesta a la salvaje y artera agresión contra los indios.

El Presidente de la Nación declaraba en cadena nacional que no se escatimarían esfuerzos para encontrar a los culpables y se aplicaría todo el peso de la ley......

Entre las bases populares simpatizantes con el movimiento se hablaba de que Marcos se había replegado más hacia el centro de la sierra.

La declaración del Presidente a través de la radio fue lo primero que él escuchó completamente consciente, después de recuperar el conocimiento en la enfermería de la base militar. Sonrió triste, supo de golpe de qué se trataba todo, que no lo habían matado; pero el soldado firme en la puerta y el lugar mismo le retorcieron la mueca hasta descomponérsela. Aunque lo peor había pasado momentáneamente, la cosa no había terminado. Ellos no se darían por bien servidos hasta no sacarle algo, lo que fuera y como fuera; sin embargo estaba demasiado molido y agotado como para angustiarse en serio por ello.

En cuanto fue capaz de caminar y el doctor del batallón del ejército de la capital del estado dio el visto bueno, lo trasladaron con mucho cuidado y delicadeza al privado donde lo interrogarían; le habían limpiado la herida de la mejilla, le habían vendado las muñecas perfectamente y le habían colocado encima una chaqueta militar de manga larga para cubrirle los brazos en su totalidad.

La intención y la actitud de los militares eran ya muy diferentes.

Estaban todos tan escamados y la situación general era tan delicada, que incluso otro elemento del Ejército Zapatista capturado lejos del lugar de la matanza, aparentemente sin conexión alguna con ella y de poca importancia dentro del movimiento, fue tratado "con guantes".

Un Psicólogo Subteniente fue el encargado de dirigir el interrogatorio; a su lado, al otro extremo de la mesa en la que sentaron al prisionero- presunto guerrillero en misión especial que haciéndose pasar por músico pretendía salvar su comprometida situación-, estaban el cruel Sargento aquél y Godínez, pero transformados ya en educados defensores de las garantías individuales del ciudadano común.

El psicólogo era eficiente, concreto y rápido. Redundó en varias preguntas similares, principalmente relativas a la relación de él con Marga Méndez Cue en la Preparatoria 2: intereses, planes y amigos comunes. Él soltó algunos nombres: Lugo, Takagaki, Blanca Ramírez, Marcial. El Psicólogo le preguntó también de diversas maneras por sus experiencias en el campamento: de qué habían platicado, qué había hecho. Lo cuestionó sobre la que decía que era su verdadera actividad. Atribuyó el mal olor de boca del interrogado al lógico derrame de bilis, a los venenos de la angustia de la muerte, pero aun así acabaría por incluirlo –por su acritud e intensidad características- dentro de las señas particulares del detenido. Lo miraba fijamente, le volvía a preguntar, apuntaba en sus hojas muy blancas y en ocasiones observaba al Sargento y a Godínez, mudos los dos y pensativos.

Él, mucho más calmado, dio más datos, atinó a encontrar argumentos más claros y convincentes –*(carajo! cómo no me acordé en la choza del pinche acordeón? cómo no les pedí que me lo llevaran para tocarles algo?)* –; les dio datos comprobables: estoy en el hotel Tuxtla, estoy registrado ahí, chéquenlo, hablen con el Director Artístico de la Filarmónica de la Ciudad de México, consignen el número; trató de hablar con el acento más chilango posible, pidió otra vez un piano, les contó cosas del Conservatorio Nacional de Música cuando él estudiaba ahí, les juró que vivía contento con su vida en Temixco, que él no tenía nada de qué quejarse ni por qué estar inconforme, que el país tenía sus problemas pero que era como todos los demás países y hasta mejor, porque en éste aún se podía vivir en paz, no como en otros que ya ven que no se puede salir ni a la calle; que tenía una novia en Cuernavaca con la que se iba a casar dentro de poco, que sólo había decidido tomarse unas vacaciones y visitar a sus cuates a los que, en serio, hacía mucho tiempo que no veía; que por qué a Marga Méndez Cué? nomás porque me quedaba de paso, voy a Oaxaca a visitar a una ex novia, vengo de Veracruz, ahí vi a la Licenciada Blanca Ramírez- los tres militares se miraron-, chéquenlo, por favor, por el amor de Dios (*de pendejo les digo que pensaba yo ir a ver a Octavio Sánchez, no vaya a resultar ese cabrón el brazo derecho de Marcos y yo hablando a lo tarugo*), que por qué no traigo identificación? les juro que la dejé en una de las chozas, créanme!, les digo que éstas no son mis ropas, me las regalaron! yo ni barba uso normalmente! de veras, comandante, mi licencia se quedó en la otra camisa, en la mía, créame, mi capitán...- dudó durante varios segundos si sería conveniente hablar de Doña Sole, tampoco quería causarle más problemas, pero era evidente que la tenían localizada y fichada-: hablen con la tía de la capitana Marga, con una señora que se llama Doña Sole, bien viejita, miren, discúlpenme, no me acuerdo del teléfono, pero seguro la conocen, ella les puede decir que todo lo que les digo es cierto... por favor, generales...

Se hizo en la habitación un silencio tenso, molesto, incómodo. El Subteniente garabateó algo en una hoja, se levantó moviendo su silla hacia atrás, con cuidado, y tocó en el hombro al Sargento para que lo siguiera. Salieron. Godínez permaneció en el interior con él, pero no intentó comunicación alguna, sólo se metió los dedos a la nariz y se revisó los dedos y las uñas durante un rato.

Él decidió no hablarle a Godínez, más por miedo que por odio; decidió no moverse, respirar quedito, sudar sin temblar...

El General Solana, máxima autoridad de la zona militar correspondiente al área de los asesinatos de la Iglesia, en el Estado de Chiapas, apretó con fuerza la taza de champurrado caliente que bebía a pesar del calor excesivo y trató de mantenerla en alto pegada a la boca para disimular su coraje; odiaba que le llamasen la atención.

-...así que déjense de jaladas y abóquense inmediatamente a resolver la bronca –continuó despotricando contra él el Secretario de Gobernación-, son órdenes estrictas de Nuestro Señor Presidente.

-Y nada de errores, que ya no nos podemos dar esos lujos –apoyó el Procurador General de la República.

"Y qué se creen estos pendejos para venir a hablarme así? – pensó Solana- este par de estirados no tiene ni la más mínima idea de lo que significa estar en medio del problema tratando de que la bomba no le estalle a uno entre las manos".

La reunión era a puerta cerrada en el despacho del Gobernador. Extremas medidas de seguridad en el Palacio de Gobierno del Estado impedían el acceso a periodistas, fisgones y por supuesto, a cualquier elemento extraño. Los lujosos autos de los distinguidos visitantes y las respectivas escoltas de los mismos esperaban en el estacionamiento a buen resguardo. Quince soldados cuidaban, turnándose, las tres puertas de acceso al despacho; afuera de la puerta principal cuatro agentes judiciales intercambiaban opiniones. El Gobernador de Chiapas se encontraba en la capital visitando oficialmente al Señor Presidente de la República. Amablemente había cedido el uso de su despacho a los reunidos. Aunque el General Solana ocupaba la silla del Gobernador y los otros dos estaban sentados frente a él, al otro lado del escritorio, eran estos últimos los que llevaban la batuta y la voz cantante.

El silencio permitió alcanzar a escuchar el final del ruidoso sorbo del champurrado por parte del General. Se despegó la taza de los labios y trató de respirar lo más profundamente posible antes de contestar; su capacidad para tratar las cosas con calma era la que lo mantenía en el puesto, aunque en algunas ocasiones, como ésa, el asunto se le salía de las manos, simplemente se le iba...

-Pues se hará lo que se pueda... ya se sabe que nuestro principal compromiso es salvaguardar los intereses de la nación... –hablaba midiéndose, evitando que se le saliera "qué quieren ustedes que haga si por un lado me dicen una cosa y por otro otra, quién les entiende cabrones? Hoy me piden esto, mañana aquello, el Gobernador me dice una cosa hace unos días, el Presidente otra dentro de una semana; este trabajo de mierda es el pantano más voraz del mundo..."

El Secretario y el Procurador lo miraban fijamente esperando la continuación de su respuesta; al no recibirla, el Secretario lo puyó todavía más.

-Esas son palabras, puras palabras, General Solana; aquí lo que cuenta son los hechos.

-Me hago cargo de eso perfectamente –Solana no pudo detener el incremento en el volumen de su voz, trató de calmarse echando la energía para otro lado, sacudiéndosela, se levantó y caminó hacia la ventana, en la calle grupos de forasteros y de indígenas, salpicados irregularmente, miraban hacia el Palacio de Gobierno y comentaban; por todos lados cámaras de CNN, de Televisa, de la NBC, Televisión Española, BBC....-, perfectamente... me hago cargo, no crean ustedes que no –tampoco era un Don Nadie para que lo trataran como niño de escuela, había servido en altos cargos desde los tiempos del Presidente Díaz Ordaz ("qué se creen estos pendejos? estirados de oficina para los que la política es más importante que los trancazos en medio de la calle, si no fuera por la seguridad que les garantizamos nosotros, no podrían ni cagar tranquilos!"), se dio media vuelta, los miró, se acercó de nuevo al escritorio caminando lentamente viendo al piso, reflexionando, moviendo la cabeza como caballo cansado ("cuando ustedes estaban mamando de su Evenflo y tragando Gerber yo ya andaba recibiendo pedradas de los estudiantes, en el '68, en el '71, pendejos!")-; estén tranquilos, señores, haremos hasta lo imposible, pueden estar seguros. Pero sí se dan cuenta ustedes, verdad? de que no es tan fácil cuando...

-Corte el rollo, como dicen –se levantó molesto el Procurador, se le enfrentó-, lo que necesitamos es actuar ya y coordinadamente y usted tiene que hacer lo suyo ya y rápido- "Pendejo, quién eres tú para hablarme así?"; pensó el General Solana-, así que en lugar de estar aquí dándole largas, muévase, General, y haga que se muevan los suyos; son órdenes de arriba –gritó enojado el Procurador-, qué no entiende que la presión...

-Sí entiendo! –se exaltó el General y luego, súbitamente se moderó- pero cómo vamos a...

-Como sea, da lo mismo! a quién le importa?... –el Procurador echó a andar por el despacho y levantó la mano derecha para apoyar su discurso-...

-La presión está muy dura – intervino el Secretario de Gobernación de manera calmada, como para justificar las posiciones antagónicas de los otros dos, dándoles a cada quién por su lado-, de todas partes, del extranjero...

El Procurador se había detenido con la mano en alto, tratando de afinar sus pensamientos y esperando a que terminara el Secretario de Gobernación; en la mínima brecha entre palabras retomó el hilo de su perorata volteando a ver al General Solana:

-...como se pueda, como sea; pésquese usted a quién se le dé la gana, involucre a cualquier hijo de la chingada que ya de por sí traiga problemas –"usted de eso sabe mucho", pensó Solana acariciándose la barbilla y asintiendo como si comprendiera y estuviera de acuerdo-, entambe usted a cualquiera, nomás cerciórese de que sea militante del PRI, porque no hay de otra, ya no es posible deslindarlo de otra manera, quién nos iba a creer?; no podemos hacernos tan a un lado, tenemos que sacrificarnos un poco; agarre a unos cuantos, candidatos le sobrarán, los detiene, los encierra, nomás asegúrese de que no hablen con nadie, de que nadie los entreviste.

-O agarre simplemente a los mismos tipos que se prepararon para el operativo de la Iglesia o para los otros operativos –intervino el Secretario de Gobernación-, a ellos y a sus conectes, a sus asociados, a sus amigos...

-Pero Señor Secretario –reclamó el General Solana-, a esos elementos se les ofreció impunidad, les dimos garantías, no sería ético...

-Qué no entiende la bronca en la que estamos metidos?! carajo! –gritó el Secretario- todos esos hombres sabían que era una operación de alto riesgo-. El Secretario puso punto final a la discusión; qué más daba que ellos mismos hubieran preparado a esos hombres para integrar grupos estratégicos paramilitares que les partieran su madre a esos indios revoltosos en nombre del Gobierno pero a la vez sin comprometerlo; esa vez la cosa estaba muy seria, todo había ido demasiado lejos.

-Sí, General –apoyó el Procurador de Justicia-, o si no, como le dije: agarre a quien sea, agarre parejo, deténgalos, enciérrelos... ya luego a ver qué hacemos con ellos cuando se calme todo el desmadre; pero ahorita tenemos que demostrar acción, control, determinación; qué mejor que aceptar que los criminales tenían algo qué ver con nosotros? que eran del PRI! Le va a dar fuerza al asunto, veracidad...

-Y asegúrese usted –se levantó el Secretario de Gobernación- de que sus soldados evacúen a los indios desprotegidos de la zona, ya de por sí se están yendo muertos de miedo, pero hay que aprovechar el momento; quién mejor que sus soldados para escoltarlos, para cuidarlos, para darles protección?, y dígales que lo hagan con cuidado, tienen que verse atentos, paternales, cariñosos, afectuosos con los indios; usted me entiende, hay muchas cámaras y reporteros de medios internacionales – le dijo al General poniéndole la mano en el hombro-; qué mejor imagen? yo mandaré cámaras de la Dirección de Comunicación Social para hacer una cobertura oficial de la ayuda que el Ejército dará a los indios, luego la distribuiremos entre los medios; y usted también Señor Procurador, envíe a sus agentes de la Procuraduría para ayudar en el traslado y la evacuación; y dígale a toda su gente que procuren pararse ante las cámaras de los noticieros extranjeros de manera –abrió sus manos mesurando todo imaginariamente-, que se vean claras y grandotas las letras de la "PGR" que traen en los chalecos y las chamarras, y para que los puedan tomar bien y salgan a cuadro en todas las noticias allá en el extranjero; cómo de que no nos preocupamos? quién dice que nuestro Gobierno no protege a los indígenas...?

Después de unos minutos –años de tiempo efectivo en su cerebro, en su temperamento acostumbrado únicamente a las tormentas interiores, autoprovocadas, pero no a estos despatarres-, con él ánimo destrozado y muchas canas que aparecieron como hongos mágicos en su cabeza, vio abrirse la puerta de la habitación. Entró solamente el Sargento:

-Puedes irte; un soldado te acompañará al hotel, ahí le devuelves el uniforme y la chaqueta; y llévate tus tenis!

La puerta de su habitación del hotel se derrumbó estrepitosamente, Tres soldados mandados por Godínez, obedeciendo órdenes directas del Capitán Emeterio Miranda, recién nombrado por el General Solana unos minutos antes, Coordinador de la "Operación Z", irrumpieron en el cuarto, armas en mano, para llevarse detenido al ocupante.

Mientras los hombres a su cargo golpeaban y esposaban al tipo, Godínez miró hacia el piso para confirmar el número de habitación en la puerta tirada: era el mismo, el correcto. Los soldados arrastraban al hombre del bigotito entre pataleos y jalones; pretendían sacarlo de la habitación.

Godínez se sorprendió al ver que el hombre que habían encontrado en actitud nerviosa registrando afanosamente los cajones de la cómoda no era para nada el mismo pendejo dizque músico al que habían interrogado en el cuartel y al que poco antes habían soltado.

Detuvo a sus hombres, le hizo al extraño tres o cuatro preguntas sazonadas con otros tantos golpes a su abdomen, dados con la mano envuelta en una de las toallas del baño para no dejarlo marcado.

Ese güey tampoco sabía nada, como el dizque músico; sólo repetía que no tenía nada qué ver, que era inocente, que él sólo había regresado a la habitación para buscar un par de calcetines que había olvidado. Por dentro, arrepintiéndose de haber dicho en primera instancia –al no saber qué onda- que esa era *su* habitación, el hombre sólo se repetía una y otra vez que qué mala suerte la suya para haberse metido en esa investigación y seguimiento, él, que ni *detective* era y que sólo lo había hecho para ganarse una lana y tratar de salir de la miseria! qué pendejada esa de haberse metido en la misión de hacerla de detective e investigar a un canijo tan loco como el del Shadow blanco que, o pasaba días sin hacer nada, o se metía en líos como ése, que quién sabe de qué se trataría pero estaba grueso.

Godínez le escuchó sin creerle; le preguntó entre más golpes por el otro, por el músico; el hombre realmente no sabía, cómo iba a saber si precisamente se le había ido a él también? Si no lo encontraba! y andaba hurgando en sus cosas a ver si hallaba alguna pista.

Godínez siguió sin creerle. Asumió que eran cómplices. "Llévenselo!".

La novísima orden que le había dado su superior por instrucciones del Capitán Miranda era que prendiera a todos y no se le ocurriera regresar con las manos vacías.

El Shadow avanza cansado, como si él mismo hubiera sido afectado en sus bujías, en el eje, por los acontecimientos de las últimas horas. En su interior, un zombi demacrado mueve automáticamente con sus manos moradas el volante, la palanca de velocidades; mira, ausente, las afueras de la Ciudad de Arriaga. Salió pitando de Tuxtla pero aquí la prisa ya no parece necesaria. Pretende llegar a Juchitán de Zaragoza, luego a Salina Cruz, después a Puerto Ángel y al final a Puerto Escondido. Pilar lo espera sin saberlo, quizá lleva veinticinco años esperándolo.

Algo bueno debe haber en este pinche viaje. No es posible, carajo! Lo malo no es que a uno le pasen cosas malas, lo malo es que uno mismo se las busca... y por tan poca pinche cosa...!; y acaba uno sufriendo con una cantidad mucho mayor de sufrimiento que la que produciría el sacrificio de tener el carácter suficiente para intentar lograr las cosas verdaderamente importantes y chingonas que uno quiso en la vida. Ay! En pocas palabras, acaba uno dándolas por nada.

Ahora, pude yo haber hecho lo que soñé de jovencito, ayudar al cambio, a la revolución; mi participación decidida podía haber hecho alguna diferencia importante si hubiese yo tenido el valor, allá con los pinches guachos cuando nos sorprendieron y torturaron a mí y a Wilfrido..., o después, en los interrogatorios... o ya cuando me soltaron... yo, que viví las cosas desde adentro, pude haber tenido el valor de hacer algo concreto y substancial, de haber hecho algo, carajo! que ejerciera alguna pinche influencia!... y no salir corriendo y chillando como pinche perro poodle maricón...!

Qué mayor fracaso, qué mayor desencanto que este mío de ahora, de no estar descontento con mi pinche pasado sino con mi pinche presente, y sobre todo, con mi pinche futuro, que yo sé que no me satisfará porque desde este momento sé que no lo estoy construyendo como yo quisiera.

Qué mayor pinche frustración que no tener los güevos suficientes.

Qué mayor pinche desconsuelo que darte cuenta que la vida te regala una segunda oportunidad de hacer lo que realmente quisiste alguna vez y tú, simple y sencillamente, giras en redondo evadiendo la responsabilidad de responder con dignidad al obsequio de la providencia y ves hacia otra parte, como pinche perro regañado, incómodo, más incómodo que nunca contigo mismo, incómodo hasta la angustia por percibir que ahí, en ese momento, empieza tu verdadera pinche muerte.

En los separos de la Procuraduría del Estado, una buena cantidad de agentes judiciales le echaban la mano al Ejército ayudando a interrogar a los múltiples detenidos. El cabrón del bigotito no soltaba la sopa pero a la vez, no podía justificar su presencia en el cuarto del otro sospechoso. En algún momento dijo que a él le habían ordenado seguirlo, pero la otra historia que les contó se contradecía tanto con lo que había dicho originalmente, sonaba tan absurda y al acabar de decirla al tipo hasta se le cayó el bigote falso todo remojado de sudor, que decidieron incluirlo en la lista de "los elegidos"; estaba, aparentemente y según sus propias palabras, tan desconectado de la realidad inmediata y su presencia era tan etérea, que resultaba perfecto para formar parte del montón.

Lo juntaron con los otros.

Lo ficharon con fecha pasada.

Lo encerraron.

En unas horas compartiría con otros sus pocos minutos de fama internacional.

Y yo que pensé que en Chihuahua estaban los más jodidos; una cosa es estarse muriendo de hambre y de frío y otra peor, que aparte te agarren de su tiro al blanco, bueno, al indio.

Después de la pequeña explosión de rencor amortiguado, avanzó desesperanzado por la carretera del Istmo ya sin pensar en nada, dejándose llevar

Encendió la radio. Inconscientemente buscó las noticias.

"... el Presidente informó también que han sido detenidas hasta el momento veintiséis personas relacionadas con la matanza en el Estado de Chiapas, todos ellos presuntos responsables de los asesinatos y la mayoría militantes, o por lo menos simpatizantes, del Partido Revolucionario Institucional en el poder, algunos de ellos pertenecientes inclusive a grupos paramilitares aunque sin conexión directa con el Gobierno..."

En las pantallas de televisión de Nueva York, Argentina, Oslo, Sevilla, Frankfurt... los aficionados a enterarse de lo que ocurre en el mundo, pudieron ver la imagen de un soldado del Ejército Mexicano, moreno, sano, fuerte, vigoroso, guapo, adentrándose por una brecha en la selva chiapaneca, abandonando un pequeño pueblo, llevando en sus musculosos brazos, cargada, a una niña tzotzil de unos ocho años de edad aproximadamente, protegiéndola de la inhumana violencia, conduciéndola tierna, atentamente, hacia un lugar seguro....

La Venta, la Ventota... de segurito al rato la Ventita, o la Ventotota... qué poca imaginación... todos los pinches pueblos se llaman igual... de seguro al rato me voy a encontrar otro Jalapa, y después un Jalapita... todos los pueblos se llaman San Jerónimo! San Jeronimito... Cuántos habrá? China... Chinita?... Nueva Zelandia......

Atrás de su fracaso la tormenta sigue. La Sierra de Chiapas, la de Niltepec, podrán detener algo de los ecos de los gritos desesperados de las familias de los indios muertos, sobrevivientes temerosos de su siguiente instante; podrán detener parte de las repercusiones de la violencia ejercida sin miramientos, hartera, traicionera; podrán detener las nubes de tormenta... pero no detienen la certeza, la realidad que como líquido rebelde busca sus conductos o los hace para poder salir, libre, a algún remanso. Lo cierto, lo verdadero de esa violación sostenida a punta de culatazos, termina por salir de una manera o de otra en algún recado, en un telegrama, en una carta de ignorante caligrafía, en alguna llamada no intervenida, en las lágrimas de los dolientes por sus muertos (lágrimas que se evaporan y se integran a otras nubes en lo alto para descargar su sabor semisalado junto a las menos ásperas que mojarán otras manos y otros labios en otros pueblos, en otros valles, transmitiéndoles con su sabor, no muy distinto al de las otras gotas, la certidumbre de que en alguna parte del espacio hay otros ojos llorando

23

otras desgracias); y termina por salir también toda esa angustia en el fragmento desprevenidamente veraz de algún noticiero sin censura, en las frecuencias de algún radio de onda corta, en una línea en Internet o en algún comunicado –aunque sea para lo único que sirven- del Subcomandante; como también terminan por salir las repercusiones internas, las consecuencias del desmán. Él ha dejado atrás todo eso, pero sólo geográficamente. Su corazón sigue tan alterado como la situación misma que, al salirse del control de las autoridades regionales, se ha convertido en un problema nacional de repercusión mundial.

Los países con grandes inversiones en México están a la espera de un buen signo, temen una debacle similar a aquéllas que en el pasado han sucedido. La confianza se pierde.

Si las cosas siguen empeorando, el pánico de los *sacadólares* y el terror financiero provocarán otra devaluación. Otra más.

El gobierno mueve sus hilos; Estados Unidos también.

Se piden favores, se mueven influencias, se echa la mano, todo con el fin de no permitir que la chalupa mexicana se hunda, porque afectaría terriblemente el delicado equilibrio mundial.

Alguien, para calmar los ánimos caldeados, ha conseguido que la ONU, como Papa del arbitrio político internacional, dé su bendición y diga que el gobierno mexicano no tuvo la culpa de nada. Amén.

Ay! Qué bueno! – suspiran algunos aliviados-, ya estamos más tranquilos todos, hasta la niña chiapaneca que balacearon hace apenas unas horas –porque el desmadre sigue-, que murió en seguida y que ahora llevan a enterrar ya muy tranquila, absolutamente tranquila, porque el gobierno no tuvo la culpa. Lo dijo la ONU, lo dijo Zabludowsky, lo dijo CNN.

Eso ha dado un momento de respiro para que no cunda el pánico.

Para que no se angustien tanto. Para que los capitales no se retiren.

Para que en la Unión Americana no se pongan tan nerviosos y tengan fe en que el gobierno mexicano puede solo con el asunto y va a sacar la situación adelante. Aunque tenga que tronarse los dedos y realizar reuniones de emergencia y tomar medidas extremas para proteger la seguridad nacional...

El Procurador General de la República puso en práctica lo planeado y tomó el teléfono para llamar a su oficina en la capital del país. Habló con uno de los miembros de su guardia personal, pidió información y soltó malhumorado un par de instrucciones.

Bajó la escalera de la casa principal del Rancho de Don Martín Gutiérrez. Tomó su saco italiano de algodón del respaldo de una de las sillas del comedor y se lo acomodó mientras salía a la terraza.

Atendidos por tres hombres vestidos de blanco inmaculado y un par de morenas chaparras con uniformes blancos con ribetes de un vivo azul claro, desayunaban el Secretario Particular del Gobernador del Estado, el Licenciado Rafael Montana –asistente personal del Presidente de la República-, el Secretario de Gobernación y Don Martín Gutiérrez. Todos habían dormido en casa de Don Martín, el mayor terrateniente del Estado de Chiapas y descendiente de Candelario Gutiérrez, el hacendado más importante del estado en el siglo XIX, que puso su tierra, hombres y dineros, al servicio del General Robles para colaborar con su granito de arena en el Plan de Ayutla. Las afiliaciones y alianzas de la familia Gutiérrez con los diversos grupos de poder a lo largo de las décadas y un olfato genético continuado para escoger la balsa adecuada en los continuos vaivenes de la inestable política nacional en tiempos de la Revolución, habían dado sus frutos manteniendo a los descendientes y herederos de Don Candelario sin hundirse, siempre en la cresta de la ola. Al hijo de Don Martín Gutiérrez, ausente ese día en aquel desayuno de alto nivel político y estratégico, estudiante destacado del Instituto Tecnológico de Massachusetts (MIT), le gustaba decir –para que todo el asunto de la capacidad familiar para capear temporales sonara más moderno- que todos ellos habían sido "grandes surfistas" y sabían cómo mantener el equilibrio sin hacer desfiguros en las entrañas mismas de las "gigantescas olas de la borrasca nacional".

El Procurador se sentó agradeciendo las atenciones de Don Martín, quien después de unos minutos compartiendo los tejumiles, los huevos fritos, el jugo de kiwi y el agua de tascalate, pidió disculpas y se retiró, en un alarde chapucero de discreción, para dejar a los importantes políticos hablando "de las delicadas cosas que los ocupan y les exigen toda su concentración y soluciones inmediatas". A él qué más le daba; pasara lo que pasara su situación no se vería afectada; en una de las tantas y tantas hectáreas de su propiedad había permitido a dos de sus mejores amigos –ambos, capos de dos cárteles diferentes del narcotráfico- instalar un par de laboratorios, áreas de cultivo, de almacenamiento, de secado y hasta una pista grande de aterrizaje. Además, a través de ellos, llevaba buena relación y compartía ciertos intereses con los líderes de la guerrilla. Él no perdía ni si la moneda caía parada.

Don Martín caminó tranquilamente seguido de su caporal hacia el jeep rojo en el que iría hasta el potrero, sabiendo que recibiría la información directa de boca del Secretario del Gobernador en cuanto la reunión terminase.

-Todo un tipazo este Don Martín –dijo el Procurador tratando de distraer la incomodidad que su retraso hubiera podido provocar.

-Al grano –dijo el Secretario de Gobernación, comprobando que el personal de servicio no se encontrara cerca; tomó una hoja donde había garabateado algunos datos y arrimó aun más su silla a la mesa haciendo que los demás acercaran las suyas y se inclinaran para escuchar-: -Las cosas van tomando su cauce, si no nos equivocamos meteremos en cintura todo este asunto en unos días. El General Solana no pudo asistir porque anda resolviendo el problema del acelere de los soldados.

-Están locos! –dijo el Procurador recordando el último episodio delicado que había sucedido la tarde anterior, cuando unos soldados, por nerviosismo, enojo, miedo, abuso de autoridad o simple diversión malsana, habían disparado contra un grupo de mujeres y niños desarmados matando a tres de ellos-; el asunto ya trascendió y por la diferencia de horario apareció ya en los noticieros de Europa durante el día; de allá rebotará para acá...

-Y la gente se va a escamar más por el engaño –dijo el Secretario de Gobernación-, el video que difundieron anoche los noticieros de aquí estaba editado.

-No saben ni siquiera cómo hacer las cosas –intervino Montana, el joven asistente de la Presidencia de la República-, ya se les ha dicho a los de las cadenas televisoras que lo que corten lo corten con sentido, con inteligencia, con *feeling*, para que si en otro país sacan todo completo, parezca natural que los de aquí no se encontraban o no se enteraron... , y no que lo cortamos para ocultar.

El Secretario de Gobernación se encimó sobre las palabras finales del joven con un gesto de fastidio:

Lo importante –dijo- es que hay que dar el siguiente paso y hay que darlo bien. Es importante –miró fijamente al Secretario del Gobernador del Estado- que usted consiga, Licenciado, transmitirle con toda claridad lo que aquí se defina, al General Solana; dígale que sentimos que la milicia no tuviera representación en esta reunión, pero que sabemos que ellos están con nosotros, que nos apoyan, y pueden tener la certeza de que todo se está haciendo en nombre de los intereses supremos de la nación.

Todos asintieron alrededor de la mesa.

-Debe trasladarse el grupo de detenidos a otra localidad – continuó-, asegúrense de que exista una conveniente cobertura de los medios y un gran dispositivo de seguridad en el traslado; se informará que los detenidos serán llevados a otro lugar para continuar la investigación y realizar los interrogatorios – consultó el papel con sus notas-; los retenes del ejército impedirán el paso, a partir de cierto punto del trayecto, a los medios informativos y a los curiosos; se les dará la explicación de que el convoy pasará por una zona de alto riesgo y lo mejor es que si quieren obtener más información acudan al lugar del destino –miró a todos uno por uno fijamente mientras continuaba-; los detalles les serán informados exactamente al mediodía de hoy con la clave "El Paso-Texas". Un grupo de miembros del Ejército, seleccionado convenientemente de acuerdo con sus características étnicas, atacarán al convoy, vestidos unos de Zapatistas y otros de indígenas. Para facilitar la operación los mismos soldados que transporten a los detenidos ayudarán a "reducirlos".

-Extraordinario –le salió del alma al Procurador que, emocionado, interrumpió la explicación del Ministro, comprendiendo de golpe todas las implicaciones del plan: los supuestos culpables de la matanza de indios de la Iglesia, los detenidos, morirían salvajemente asesinados por un grupo de supuestos Zapatistas e indígenas que atacarían el convoy matando a los detenidos y de esa forma habrían "vengado" las matanzas de sus compañeros de los días anteriores. Al morir los "culpables", la población indígena del estado se tranquilizaría al saber que los asesinos de indios habían pagado sus crímenes con su propia muerte. Todo eso le quitaría presión a la difícil situación y además, de manera magistral, le daría un vuelco al juicio de la opinión pública internacional, convirtiendo ahora a los asesinos de indios, en víctimas del "rencor", la venganza y la furia de los Zapatistas. Si alguno de los soldados que conducía a los detenidos moría en el zafarrancho, mejor aun –de hecho era probable que estuviera contemplado de ese modo para alcanzar un mayor efecto-. Por supuesto que un par de cámaras oficiales o de algún medio incondicional, habrían conseguido "eludir" los retenes para encontrarse "fortuitamente" en el momento del ataque. Eso aseguraría la conveniente cobertura del suceso con imágenes que apoyarían la "veracidad" de los boletines de la información oficial.

El hombre del bigotito ya no lo tenía.

Había sido golpeado, vejado y torturado de manera refinada para no dejarle huellas del "tratamiento".

Se vio en tremendos aprietos para justificar la tira de pelos sintéticos que se le desprendieron del labio superior con la humedad del sudor y la sangre; y el calor del clima y de los golpes le formaron después una costra chiclosa bajo la nariz, con lo que acabó por tener una apariencia similar a la de antes de su aprehensión, aún con un bigotillo.

Nadie creyó nada de lo que dijo. Gritó, pataleó, chilló dando datos reales –que a todos los que lo interrogaban les parecieron absurdos-, les pidió que llamaran por teléfono, que comprobaran, que checaran, que investigaran... sin entender el pobre que en realidad no se trataba de investigar nada porque nadie quería investigar nada; se trataba más bien de aplastarlo, de disminuir sus defensas, de embotarlo, de hacerlo concebir falsas esperanzas para que se portara bien y no la hiciera de tos y tuviera un poco de paciencia porque todo terminaría por aclararse si de verdad no era culpable, le dijeron.

Cuando lo recogieron, la tarde siguiente, para subirlo junto con los otros treinta y cinco detenidos al camión del ejército que los trasladaría a Cintalapa, el investigador sin suerte, el detective despistado, el hombre de los bigotes versátiles, se dejó conducir esperanzado sin imaginar que jamás llegaría a volver a ver los calientes encantos de su tierra norteña, a comer su cabrito, a escuchar la redova.

Aferrándose a lo poco que tenía no logró imaginar, o no quiso, que

Don Jorge Toledano jamás volvería a tener noticias suyas –ni siquiera esa llamada que él soñaba con que los del Ejército le dejaran hacer en cualquier momento para decirle Don Jorge, écheme la mano, dígales que soy de ley, que no ando haciendo nada malo, que yo no tengo nada que ver, que yo a usté' lo engañé diciéndole que yo era detective y que quién podría haber mejor que yo para desembrollar un asunto que podría resultar peligroso o perjudicial para su hijo Jorgito, porque fuera usté' a saber qué asuntos se traía ese ex compañero nuestro tan "curioso" entre manos! Yo sólo quise ayudar y ganarme unos pesos, que usté' gracias a Dios tiene muchos, don Jorge, y me dio la oportunidad de trabajar pa' usté' y su empresa, yo sólo quería ganarme un dinerito, hacerle un favor, don Jorge, y poder aprovechar la oportunidad que usté' me ofreció al llamarme, para entrar en su círculo, en su ambiente, pero no soy malo don Jorge, ni quise abusar de su buena fe ni hice nada malo, no fue por mal, dígales, dígales que sí me llamo Fernando Bravo, que soy su paisano de Monterrey y usté' me creyó que yo sí era detective y usté' mismo, *usté' mismo* me mandó a seguir a ese güey desgraciado que sólo desgracias me trajo, dígales don Jorge, que usté' me mandó... (practicó el *speech* muchas veces en su cerebro intentando decir lo más posible en el menor tiempo, por si no lo dejaban hablar mucho con don Jorge)...y se quedaría el viejo millonario esperando la llamada del detective que había contratado para seguirle los pasos al probable asesino o cómplice de los asesinos de su hijo, quien días antes había ido a su empresa a buscarlo, todo mal vestido y con sus pelos largos; sin sospechar el magnate por qué razón nunca supo más del investigador que por lo menos hasta Tuxtla lo tuvo informado del asunto, y sin saber que el hombre de los bigotes engañosos estaba ya en ese momento plenamente capacitado para desentrañar el misterio de aquella muerte -por fin-, pues ya podía recibir la información de primera mano y directamente del que supo cómo había estado todo la noche del crimen: Jorge Toledano hijo. Claro, por supuesto, si había un *más allá*.

Pobre Wilfrido, carajo, no es justo, no hay que ser; a ver, que le hicieran eso a los hijos de los soldados... Que se los mataran a esa edad, o a cualquier otra; porque el dolor no tiene edades. Pero más a ésa en que muchos de los niños en el pinche mundo andan todavía jugando, sin problemas, soñando con los pinches Reyes Magos... y no sabiendo de hombres que aniquilan, de torturas, de desvelos, de miedo, de balaceras... lo pienso y no lo creo; vemos tanta sangre, tanta pinche violencia en las películas, que cuando no estamos acostumbrados a verla en la vida real, el recuerdo de la masacre nos parece de algún cine, el de un programa. Pobre niño jodido y pobre yo jodido y pobres todos los jodidos del mundo que nos quedamos viendo partir a los que mueren, viendo cómo se nos van, necesitándolos, carajo! aunque sólo sea para sentir que las cosas permanecen, que no son tan volátiles, tan efímeras.

Ellos, como quiera que sea, ya están en algún lado, o en ninguno; tranquilos al fin eternamente o quizá con otras ondas, con otros problemas, pero tal vez (sólo tal vez) menos burdos y vulgares que los nuestros.

Pobre Wilfrido, Willy, te veo aunque no quiera, aunque quisiera olvidarlo todo, partirme, largarme, te sigo viendo convulsionándote en los charcos cabrones de lodo rojizo, sanguinolento, tu cabeza desprendida, el cuerpo flácido como de muñeco de ventrílocuo abandonado en una lápida... pobres de los que se van, y más pobres los que se quedan. Tú ya no tendrás que preocuparte por Marcos, ni por Tacho, ni por Herlinda, ni por Marga. Los que nos quedamos tenemos que soportar la carga de la tristeza, del recuerdo, de las desgracias que vengan...

Sid Vicious, El Che, Dean Martin, John F. Kennedy, John Lennon, Eva Perón, Luis Donaldo Colosio, todos, todos padecieron la terrible verdad del momento del cara a cara con la pinche incertidumbre, del enfrentamiento con aquello que intuyes toda tu vida, que temes más que a nada y que prefieres olvidar porque si no fuéramos capaces de olvidarnos de la terrible inminencia de la nada (qué más da si existe "algo" después; con respecto a la realidad de esta chingadera de pinche mundo nuestro y visto desde aquí, desde este punto de vista, con estos sentidos, lo que sigue es la nada), si no fuésemos capaces de ese olvido no podríamos encontrar cada día la más mínima pinche presencia de ánimo para levantarnos a seguir. Todos ellos a su modo, en su tiempo que es el nuestro y el de todos, porque sólo la pinche muerte es eterna, deben haber sufrido lo indecible en el momento de comprender que las drogas, el alcohol, la traición, las balas, estaban en ese preciso momento borrándoles las calles, las casas, los árboles; evaporándoles las emociones, las parejas, los hijos, los amores; desapareciéndoles el mundo ante sus desorbitados ojos... Pero más pobres y tristes aun los que se quedan, los que permanecemos chapoteando en la desgracia de la pinche decadencia y la molicie, los que tenemos que sostener los cuerpos sangrantes, abrir las pinches bolsas de plástico para reconocer los cadáveres, ver las caras ya sin sangre, como de trapo, sufriendo nosotros la miseria del desencanto, rumiando esperanzas ya sin inocencia, gastando recuerdos gastados, repitiendo súplicas de perdón en un espacio que sentimos que ya no nos corresponde, que padecemos vacío porque nos faltan ellos, los otros, los chingones que se nos fueron. Verdad, Johny Rotten? verdad, Paul Mc Cartney? verdad, Fidel Castro?, verdad que cuesta mucho correr en solitario, platicar con uno mismo?, verdad Jackeline Bouvier- Señora de Onassis, Misses Kennedy?, verdad que quisiéramos habernos ido junto con ellos o mejor haber sido nosotros los muertos, aunque los hayamos odiado por momentos, aunque en algunos instantes de nuestras vidas hayamos estado peleados con ellos, aunque por alguna insignificancia pinche nos hubiéramos enemistado?, porque acabamos siempre por comprender en algún pinche, pinche momento, que el verdadero peso de la tragedia desmadrada nos tocó a nosotros, y no por el llanto de la pérdida reciente, sino por el reconocimiento posterior (una mañana, en un paseo, en un café, alguna tarde, en unas hojas colgantes que se mecen)... de cuánto los necesitamos! ¡Qué falta tan cabrona nos hacen! porque entendemos plenamente en esos momentos lo importante que fueron para nosotros: sus amigos, sus rivales, sus parejas; porque entendemos que perdimos más, mucho más de lo que nos imaginábamos, que estamos ya chingados, disminuidos, que somos nosotros, los que nos quedamos, los que estamos verdaderamente muertos. Verdad Jerry Lewis? verdad Juan Domingo Perón? Y tantos y tantos más. Todos. No como Diana Laura que atinó a morirse poco después para no abandonar a Luis Donaldo ni sentirse abandonada; no como esos otros que mueren juntos en un choque; no como los que se suicidan a la vez, entendiendo quizá que lo terrible no es la muerte, sino la pinche soledad... De este lado del misterio...y del otro!

Ay! pinche Wilfrido! Ay!, habría que morir con ustedes! Tendríamos que morirnos e irnos a la chingada juntos!
Aaaaay!

Las dimensiones de lo sucedido aumentaban el peso del auto blanco inclusive. Avanzaba lentamente, tan lentamente que desde dentro podría percibirse que lo hacía en reversa, en un avance paradójico donde los lados del camino y el paisaje circundante se movían hacia el frente con más celeridad. Él intentó acallar lo más posible las regurgitaciones de la pena; pero no siempre lo lograba. En una curva de las que le refrescaban siempre el miedo que sintió en su adolescencia, en una recta, en un puente, en las caras dentro de los autos que lo rebasaban o le venían de frente, en las iniciales de las placas, en las nubes... se le aparecían de pronto muecas, símbolos, gritos, monstruos.

Horas y horas de escape parsimonioso por las venas grises de la cloaca de la patria.

Autómata hueco, desvencijado, peor que los de las fábricas maquiladoras que lo habían indignado y preocupado. Cuerpo sin conexiones. Zombi tlaxcalteca. Venda de momia tercermundista sin contenido, sin cadáver. Angustia pálida sin cuerpo.

Vio el teléfono celular a su lado, en el asiento del copiloto. Se lamentó de no haber comprado una contestadora automática operable a distancia desde otro teléfono por medio de tonos digitales. Así por lo menos podría escuchar si tenía recados, oír a Kelly, si es que le había llamado, enterarse de algo. La carga de las baterías era buena, la señal aceptable; pensó en llamar a Pedro Galas, pensó en llamar a Silvia, pensó...

Prendió la radio para distraerse. Entre las insulsas cancioncillas de la onda y cumbias emigrantes transportadas al tono mayor, se coló un noticiero.

Escuchó la información "fresca, oportuna y veraz" de lo acaecido en el conflicto de Chiapas. Lo último. Lo más reciente; al grado de que el acontecimiento trascendental ocurrido minutos antes, no había sido investigado a fondo ni conocido con detalle y sólo se hablaba de la venganza de los Zapatistas que acababan de asesinar a los detenidos –

responsables de la matanza de indios- que estaban siendo transportados a otra población para ser interrogados dentro de medidas apropiadas de seguridad. En otra parte del estado, en un enfrentamiento a tiros con el ejército, había resultado muerta una de las lugartenientes del Subcomandante Marcos conocida como "La Capi Marga". Las cosas, aparentemente –decía el locutor-, tenderían seguramente a volver poco a poco a la normalidad –casi casi como diciendo dos a dos, empate-, y se tranquilizaría la situación en el país. " Eso esperamos todos con ilusión, fe y esperanza – decía entusiasmado el lacayo-, para continuar por el positivo camino de las negociaciones para la paz."

Él trató de negar con la cabeza, pero no lo consiguió. El cuerpo no le respondía. Siguió con la vista fija hacia el frente, dormido con los ojos abiertos, viendo sin ver el camino, diluido en la espesa atmósfera que como un líquido grueso era chupada hacia abajo y adentro por el embudo gris de la carretera. Pensó en lo más profundo de sí, tenuemente, ido, que la situación en Chiapas volvería a estancarse durante otra eternidad, siglos, chapaleando en los pantanos de las pláticas trilladas y en las miasmas de lo mismo.

CAPITULO XIII

Pilar, cimiento... (Noviembre/1997)

La bilis se le fue a derramar por completo llegando a Puerto Ángel, Oaxaca. El efecto retardado del trauma por lo vivido en Chiapas se le manifestó en toda su crueldad una vez que los diversos rincones de su cuerpo empezaron a tratar de digerirlo para lograr, algún día, quizá, asimilarlo. El escozor en los antebrazos le adormecía incluso las manos, constantemente las separaba del volante para abrirlas y cerrarlas en rápidos movimientos que más que restituirles la correcta circulación, pretendían convencerlo a él mismo de que podría volver a tocar el piano con la misma facilidad de antes. Comprendió, en medio de un pánico tardío pero no por ello menos abrumador, que se habría visto en un gravísimo aprieto si alguno de los militares, por chunga o simpatía, le hubiese pedido que tocara efectivamente una Sonata de Beethoven o la Quinta Sinfonía *(como no tienen cultura musical, casi siempre te pide la pinche gente que toques, en el piano, una Sinfonía... para orquesta -!)*, algo, en algún teclado, para probar lo que decía sobre su profesión y sus actividades: le habría resultado imposible por las heridas y excoriaciones en sus miembros. Habría sido inútil, absurdo, vergonzoso, desesperante.

Los ligeros espasmos en sus intestinos y el asco que le provocaba el tufo proveniente de su estómago, que parecía dirigirse directamente a su cerebro sin pasar por el tamiz de su gusto o de su olfato, hicieron que se detuviera a la orilla de la carretera.

Esa tarde no había crepúsculo que ver, ni nubes malvas, ni estrellas relucientes en *"crescendo"*, ni aves perforando el follaje; no había nada en el mundo que no fuera el negro absoluto de las profundidades de su asco. Deseó tener el ombligo abierto de un feto naciendo para expulsar por ahí, de manera expedita, los humores de sus sufrimientos.

Pensó en llamar a Takagaki, no tanto por el afecto que hubiera deseado sentir por él en esos momentos, ni para ver si le había conseguido algunos teléfonos más, como prometió, sino para ver si en su infinita sapiencia, aunque no cayera dentro de su especialidad –o quién sabe, quizá se tratara de un tumor o algo así-, atinaba a decirle qué era ese dolor insoportable que sentía en un lugar indeterminado entre los pulmones, el estómago, el páncreas y el intestino delgado; qué era? de dónde venía? por qué lo sentía también en los tobillos, en la nuca?; pero no lo llamó por debilidad y temor de tener que soportar comentarios anodinos y desfasados, o de venirse a enterar al final, probablemente, que la causa de sus dolores de esos días no era más que una gigante, destructora, incontenible, desastrosa rabia.

Se detuvo en una de las calles del centro para buscar un lugar donde poder desaguar sus perturbadores e incontrolables excrementos líquidos.

Después, un poco más tranquilo pero pálido hasta la transparencia y tembloroso por la baja presión en sus arterias, la atmósfera opresiva, el calor pegajoso, subió entre moscas la escalera del angosto zaguán del consultorio del médico oaxaqueño que en letras amarillas sobre fondo azul presumía de poder curar las fiebres reumáticas, la gripa, el dengue, el mal aliento, la gonorrea y el cólera.

Entró al pequeño cubículo de la planta alta sólo para encontrar la puerta interior, la que daba a la sala de consultas, cerrada y con un rótulo en letra manuscrita informando que el doctor estaría fuera de la ciudad dos semanas. Él pensó, sintió, que en ese momento más bien necesitaba un tratamiento para *la* cólera.

Bajó las escaleras con dificultad saliendo a la noche cerrada, de focos diminutos, que le proporcionaban un ambiente de tranquilidad, de íntima somnolencia.

Caminó tambaleándose unos pasos rumbo a la siguiente cuadra, donde había dejado el Shadow. La anciana que se levantó desde su petate tendido junto a la cortina metálica de una huevería, para interceptarlo, había percibido el rostro descompuesto del hombre que dio los últimos pasos deteniéndose de la pared antes de llegar cayendo a donde ella se encontraba.

-Qué te pasa? Qué tienes? –dijo la anciana al apoyarle las cadavéricas manos en su pecho para detenerlo. Fue inútil.

La plática entre los dos, el ofrecimiento de la vieja, el sudor frío, el olor fuerte a huevos, el trayecto recorrido con la anciana sentada a su lado en el Shadow mientras él manejaba como conducido él mismo por un piloto automático, sin sentir ni el volante en sus manos ni los pedales en sus pies, y la viejita con su bolsa de mercancías y el petate enrollado bajo el brazo sentada sobre el teléfono móvil... nada de eso lo recordaría en detalle sino hasta mucho después y de hecho, no por haberlo recordado a ciencia cierta, sino por lo que la anciana le dijo en un sueño que había sucedido aquella noche.

Él sólo recordaría con seguridad a partir del momento en que recobró la plena conciencia a la mitad de la limpia de Doña Meche.

Se le apretó la garganta y sintió pánico al no reconocer el cuartucho, ni los muebles, ni a la india vieja desdentada con millones de pliegues en la cara sin huesos, un auténtico cadáver, que le pasaba un manojo de hierbas por los sobacos, el pecho, las piernas y la ingle.

Tan espantado comprendió la certeza de sus percepciones, que hasta unos segundos después de que intentara dar una explicación coherente a su circunstancia, se dio cuenta de que estaba completamente desnudo y en una posición como la de los diseños de algunos de los estudios anatómicos de Leonardo Da Vinci.

Pero en ese momento la falta de ropa sobre su cuerpo y las piernas y brazos abiertos extendidos, rígidos, era lo menos importante; la insondable edad de la anciana hacía que fuera incapaz ya de turbarse con los detalles de un desnudo.

La primera conciencia que él tuvo fue la de la realidad de los objetos, más que la de las circunstancias, y no brincó porque por lo absurdo de la situación y su falta de energía, prefirió tratar de convencerse de que se trataba sólo de un sueño. Cuando definitivamente comprendió que no, ya había vislumbrado en uno de sus giros de cabeza a la vieja vendedora callejera que le había hablado frente a la huevería, y percibido las caricias vegetales, las letanías, la penumbra, el humo de la habitación, los ídolos, el extracto de hongos y los no te espantes mijito, esa es Doña Meche y te está curando, te está limpiando, mira nomás que jodido estás pero ella te va a recuperar habían empezado a tranquilizarlo.

Se quedó quietecito, sintiéndose mejor. Siguió cada una de las instrucciones de la curandera: se sentó se arrodilló abrió la boca sacó la lengua se puso en cuclillas detuvo en su cabeza un huevo de gallina se

recostó y, finalmente, se durmió entumecido, abrazando el universo que le ofreció la vieja, comparando los colores de su sueño alcaloide con los que él conocía y representándose en su subconsciente hongos de corcho, como los de los collares y medallones hippies típicos de su niñez, pero gigantescos, palpitantes, como enormes esponjas de baño con forma de hongos y vida propia, hinchándose y deshinchándose a cada dos segundos y con múltiples animales saliendo y entrando de sus también inmensos poros: moscas, culebras, escorpiones, morsas, elefantes, ballenas, cucarachas, hombres, mujeres, pero todos del mismo tamaño de los elefantes comunes y a la misma escala, tan voluminosa la ballena como el escorpión y la mosca! Vio los hongos blandengues, ondulantes en el fondo encapsulado de una gran pecera submarina envuelta para regalo en papel celofán y con un moño negro brillante, de luto, coronándola; él adentro y afuera de la pecera a la vez, viéndose en ambos sentidos, y recordó en medio de la somnolencia las fenomenales plantas cactáceas de su paso por Coahuila, que le recordaron las formas del pellote y los hongos que llevaba Raúl Mirado a la escuela. Recordó que recordó que recordó que recordaría que recordaba que pensaba en ese momento entre las viejas, frente a la indita preciosa jovencita que en un rincón del cuartucho se masturbaba con su propia lengua larguísima de res palpitante, sangrante, *viva* (Kelly?, Kelly? qué haces aquí, Kelly? *Kiss?*)... que Raúl Mirado sería feliz si todavía estuviese con nosotros y si viniera aquí conmigo, con este par de ancianas, en este auto blanco que compré hace años y parece un cuarto de mala muerte y estuviera aquí en Coahuila en esta pradera semidesértica en esta pecera en Puerto Angel en Oaxaca viendo este sol azul marino que me deslumbra; de seguro se bajaría y abrazaría a las plantas, a las viejas y a las setas...
...En medio de su propia felicidad quiso imaginar a Raúl, feliz de la muerte, en un paraíso celestial de hongos gigantes... como aquél.......

Cuando despertó sentado al volante de su auto en medio de la humedad de las plantas que crecían saliendo hasta de las piedras en la callejuela accidentada de la ingente colonia de los suburbios de Puerto Ángel, pasó unos minutos mirando el vapor sobre los árboles y los colores mates con que el sol mañanero de Oaxaca iba pintando el firmamento, los techos, la tierra, las cosas. Tardó en discernir si el episodio de la curandera de la noche anterior había sido real; su falta de barba, la nueva ubicación del automóvil, los exteriores de las casuchas de la colonia, que se correspondían perfectamente con el interior de la habitación donde estaban las ancianas, su propia sensación, todo indicaba que verdaderamente había ocurrido. Pero no estuvo completamente seguro hasta que se detuvo en la siguiente gasolinera y con espanto comprobó que le faltaban mil quinientos pesos en la cartera, y cuando ese espanto creció desmesuradamente al oír en la radio y comprobarlo después con otro conductor, con el encargado y en el calendario de la tienda, que ése, que él creía el siguiente, era el *cuarto* día desde su llegada a Puerto Ángel.

De modo que se cobraron esas pinches viejas! –se carcajeó interiormente-, *y bien cobrado!*

Le parecía que el precio, por una "limpia", era desorbitado. Un robo en despoblado. Pero luego, adelante en el camino, se mostró más tolerante e incluyó las tres noches de alojamiento –o lo habían dejado todo ese tiempo en el auto? no, no creía-, las hierbas utilizadas, los huevos rotos, los hongos consumidos, la ayuda moral, el espectáculo, la distracción, el olvido -aunque fuese temporal- de sus penas, el viaje, la experiencia... la comida que debieron quizá haberle dado –porque no sentía hambre esa mañana, estaba tranquilo-, el show erótico, los recuerdos vivos...... la rasurada... y ya en paquete la cantidad le resultó bastante razonable. Un VTP con guía de turista – *y más chingona porque como buen chamán me llevó por caminos inexplorados y no por trillados bulevares, éjele!-* y toda la cosa... hasta con asistencia médica... en fin, concluyó que había valido la pena. Unas vacaciones sin sentido, absurdas, dentro de las otras, aun mayores y más absurdas en que se había empeñado.

Lo único verdaderamente importante era que se sentía mucho mejor.

Pensó además que era bueno que las ancianas se hubieran cobrado a lo chino, porque de haberle dicho esto es lo que nos debe, quién sabe qué les hubiese contestado, y si lo hubieran dejado a su criterio, seguramente les habría dado diez miserables pesos. *Así es la gente –* pensó-. *Así somos.* Divertido, recordó la anécdota que Eduardo Bermejo, ex compañero de secundaria que había estudiado únicamente dos años en la Preparatoria 2 antes de cambiarse de escuela, le contó el día que se encontraron y platicaron brevemente –años después-, a la salida del cine Manacar.

Eduardo no había sido su amigo en secundaria, sólo platicaban muy de vez en cuando. A él le molestaba darle la mano al saludarlo porque el joven Eduardo, delgado, de tez blanca y unos cuantos pelillos amenazando en la barbilla, tenía la desagradable manía de pasearse por la escuela haciéndose el distraído y metiéndose disimuladamente la mano en el bolsillo derecho de su pantalón para tallarse o acariciarse los genitales, no para provocarse una erección que no se hacía evidente, sino únicamente para impregnarse los dedos del olor de los sudores, humores y residuos que en esa área conservara, para después acercarse la mano a la nariz y deleitarse con la constante aspiración y percepción de las riquezas del aroma.

Él, personalmente *él*, lo había visto, nadie se lo contó; y desde el momento en que lo detectó, hacía una mueca de disgusto de extremo a extremo del patio, cuando veía a lo lejos a Eduardo, recargado en un barandal, con un pie en la herrería, y la mano bajando y subiendo discretamente entre el pubis y su cara, frotándose los dedos entre sí cerca de la nariz para que los amasijos de lo extraído impregnasen mejor su piel y sus papilas olfativas; o caminando lentamente con los útiles y los libros en el brazo izquierdo mientras la mano derecha jugueteaba oculta en el bolsillo del pantalón donde Eduardo había practicado un orificio en el fondo para que los dedos llegasen sin estorbos a los escondrijos del escroto y a los pliegues inguinales.

A pesar de todo, Eduardo Bermejo le contaría, años después de aquellos hábitos, una de las anécdotas más aleccionadoras y clarificadoras de la condición del egoísmo propio del ser humano, que él había escuchado en su vida.

Entre el tumulto que bajaba las escaleras del cine después de ver el estreno de "10, La Mujer Perfecta", él y Silvia, parados frente al aparador de la Librería de Cristal, distinguieron a Eduardo. Avanzaba con expresión complacida silbando el "Bolero" de Ravel y los reconoció al instante a pesar de los años. Charlaron; él no pudo evitar tratar de comprobar si la manía había desaparecido y, mientras Eduardo hablaba, bajó la mirada para ver si después de treinta años mantenía aún la mano en el bolsillo: vio que ahora platicaba con *las dos* manos metidas en los bolsillos de su pantalón. Él, que al momento del encuentro había olvidado lo que Eduardo hacía y le había estrechado calurosamente la mano, cuando vio que nada había cambiado, se talló la mano derecha con la izquierda casi inconscientemente y luego, disimuladamente, se acercó la mano a la nariz como para rascarse una parte del labio superior e intentó sentir los rastros de algún olor.

De cualquier forma, la pequeña conversación fue agradable y Eduardo Bermejo les dio muestras de una gracia que él no recordaba. En un momento de la plática comenzó, como si nada, a contarles a él y a Silvia el simpático episodio:

Eduardo, días antes, a las seis de la tarde, subido en su camioneta Panel y manejando por el Periférico a la altura de Polanco rumbo a su casa en Valle Dorado, en las afueras de la ciudad, se orilló y se bajó del vehículo para comprar una oferta de Doni-Donas, donde vendían tres donas por el precio de dos. Eduardo pensó que a su mujer le encantaría el detalle de que él le llevase a casa ese pequeño obsequio después del día de trabajo y subió a la Panel de nuevo, ya con la cajita de las tres donas en una bolsa de plástico. Media hora después, habiendo avanzado sólo un par de kilómetros por el tráfico infernal del Periférico a esas horas de la tarde y justo cuando llegó a la altura del Toreo de Cuatro Caminos, sintió que el hambre y el aburrimiento lo inquietaban y pensó que no tendría nada de malo comerse una de las donas porque eran tres, y de hacerlo, quedarían dos, una para él y una para su señora. Así que se la comió.

Cuarenta y cinco minutos después –habiendo avanzado sólo otro par de kilómetros más-, asfixiado en las profundidades del embotellamiento y ya con el hambre azuzada por el poco de alimento que su estómago había recibido, sintió muchas ganas de comerse otra dona. Pensó que no tendría nada de malo porque lo cierto era que se estaría comiendo la dona que a *él* le correspondía. *Su* dona, respetando la de su esposa. Así que también se la comió.

Una hora después, subiendo por la pendiente de las Torres de Satélite en medio del tráfico todavía desquiciado y aún a bastante distancia de su casa, pensó –con hambre- que podría comerse la mitad de la dona que quedaba. Nada sería más romántico que llegar a su casa y decirle a su esposa: mi vida, mi cielo, compré una dona y te guardé la mitad. Sería un verdadero detalle de amor. Así que, sin la menor culpabilidad, se comió la mitad de la última dona.

Quince minutos después, todavía entre el millón de autos del Periférico, cuando pasó frente a Plaza Satélite, miró la mitad de dona que descansaba desamparada y solita junto a él en el asiento delantero; pensó: va a decir mi vieja que qué pinche miserable me vi llevándole ese mugroso regalito de media dona; así que para no verse tan miserable y no quedar como un tacaño ante su esposa, cogió la última media dona, se la llevó a la boca y mientras, decepcionado de él mismo, tiraba la caja vacía y las servilletas arrugadas por la ventanilla... se la comió también!!

Así que lo más probable habría sido que, riendo ahora en el Shadow por la carretera de Oaxaca entre la sierra y el litoral al acordarse de aquella historia con una risa mucho menos escandalosa que la que había compartido con Silvia en la salida del Cine Manacar al terminar de escuchar a Eduardo Bermejo contarla, hubiese compartido con su ex compañero esos íntimos matices de egoísmo y miserabilidad humanos y decidido acabar pagándole a Doña Meche y a la otra anciana que fungía de su representante, con un par de latas de Coca-Cola o con una bolsa de Sabritas ahí para su almuerzo.

Él entra en la propiedad, una finca de unos tres mil metros cuadrados en primera línea de playa. El terreno es regular y tiene forma de rectángulo con uno de sus lados menores dando hacia el mar, el maravilloso mar de Oaxaca, tan cerca, que cuando sube la marea, la espuma de las olas alcanza a golpear la pequeña barda que impide el libre acceso de los transeúntes que caminan por la arena. Aunque no son muchos; el lugar es bellísimo y, algo mucho mejor que eso para gente como él y la misma Pilar: solitario. Los turistas no han descubierto todavía esa pequeña bahía de intenso azul celeste vespertino, arena color paja con vetas de miel, grandes palmeras de un vertical a plomo y cangrejos entrando y saliendo de sus agujeros.

Tal vez por eso –piensa a veces Pilar- algunas personas ideáticas no encuentran el lugar tan agradable. Se imaginan a los pobres crustáceos atacándolos inmisericordemente en pandillas improvisadas. Pero los atávicos animalitos son, por lo general –nadie puede serlo siempre-, un amor; caminan con ese andar evasivo y sospechoso sin reparar en uno y sin que les importe, como ese cangrejo rosado de unos diez centímetros de diámetro – sin considerar las patas - que acaba de cruzar por enfrente de él a sólo unos centímetros de su pie derecho.

Él interrumpe la contemplación de los árboles en el jardín, las buganvillas increíblemente más bellas, y por mucho, que las de Cuernavaca, y las matas de plátanos.

Camina hacia la casa observando fijamente la pequeña porción de mar que se deja ver entre los espacios libres de los papayos y los guanábanos. Cada cierto tiempo modifica un poco el sentido de su avance para no dejar de ver allá a lo lejos el ondulante azul fileteado del blanco cremoso de las olas. Avanza como hipnotizado, peregrino a punto de salir a la inmensidad del mar prometido.

En lo más profundo de sus expectativas, subyace la esperanza de entrar sin tocar a la casa, ver a Pilar desnuda acostada en alguna terraza, soñando con sus tiempos de secundariana y con aquel compañero inteligente y atractivo que un día puso en su lugar a aquel japonés pretensioso..., acercarse a ella sin ser percibido, tocar sus senos, tal vez la simple aura de ellos para que todavía en ese momento no despierte con la delicadeza de su aproximación, y darle el beso mágico a la manera principesca del cuento, que preludie el abrir en cámara lenta de los ojos de la mujer - y el abrazo ansioso guardado por treinta años, que sería de una fuerza infinita a pesar de las dudas del ensoñamiento - y que se prolongará, ya inevitable y amorosamente tierno, hasta que el desbordamiento de los humores coincidan con la pasión del primer *real* orgasmo de Pilar y el reconocimiento, ya despertada completamente, de la preciosa realidad del reencuentro...

Él tiene que tocar una vez más pues nadie abre la puerta. Los únicos sonidos provienen del incansable mar y de las aves que picotean el árbol de mandarinas.

Ve hacia atrás, hacia donde dejó su auto.

Se retira de la puerta e intenta rodear la casa; probablemente Pilar esté desnuda, acostada en algún descanso viendo el mar desde el jardín.

Una mujer lo saluda e interrumpe su caminar. Se presenta como Concha, la señora que cuida la casa, y después de entender que el hombre debe ser ése que la señora Pili le dijo que llegaría, que por favor lo recibiera, le dice que pase a la terraza del frente, le ofrece algo de tomar.

Él ya dormita, sueña casi, cuando Pilar sale a la terraza desde la sala de la casa. En un principio no reacciona cuando ella se aproxima, pero al recibir el beso afectuoso, medido, educado en la mejilla, se le carga la emoción de la verdad y se incorpora para abrazarla efusivamente. Ella le da palmaditas en la espalda y le sonríe con la misma sonrisa que ha reventado siempre el piso bajo los hombres que la han conocido.

Él se separa y en el típico cliché de reconocimiento a la persona no vista durante años, le dice "pero déjame que te vea, increíble, estás igualita, bueno, aun mejor que en ese entonces..."; ella sonríe pensando que nadie está igualito a los cuarenta y dos que a los diecisiete años.

Aun así, lo que él ve es para impresionar a cualquiera: una piel inconcebiblemente lisa, sin accidentes, ni siquiera ínfimos, un cuerpo duro de músculos marcados, aun más que cuando jovencita, las piernas perfectas, el vientre plano, como tabla, el busto erguido bajo el bikini minúsculo, los ojos verdes... esos ojos... pero sobre todo, una parsimonia ingrávida que sugiere una absoluta paz de espíritu, un contento trascendental.

Ella le dice, como con timidez, suavemente, que lo ve con "algo" más de peso; le soba afectuosamente la barriga que él pretendió disminuir en las últimas semanas, pero a la que ni el susto de muerte por lo sucedido en Chiapas ni la falta de apetito por la depresión consecuente pudieron rebajarle esa voluminosidad adquirida tan contundentemente durante la primera parte de su viaje. A él no le queda más que sonreír mientras la mete un poco involuntariamente para que parezca menos prominente.

Las maneras de Pilar son elegantes, elásticas, seductoras, cuando le sirve con sus propias manos el agua de horchata. Lo trata con afecto. Ni siquiera piensa mucho en el proverbial pero acentuado mal hálito del ex compañero de secundaria y preparatoria, o quizá es que la naturaleza ha ayudado hoy al músico de los huapangoles y se ha decidido a ser su cómplice brindándole una digestión más apurada, un desvanecimiento momentáneo del sarro, una disminución de las exhalaciones de los orificios de las caries, una descongestión de los mocos y flemas catarrales y purulentas en nariz y tráquea, todo, como un homenaje respetuoso en reconocimiento y apoyo al heroico acto de intento de conquista.

Charlan de todo, del pasado que compartieron levemente, del que no les es común, del paso del tiempo. Cada uno evita hablar de Blanca por razones bien personales; de Takagaki sólo evita hablar ella, por lo menos, por lo pronto.

Pilar le cuenta su vida desde que salió de la Prepa, algunos de sus amores, sus años de carrera universitaria interrumpida por la oferta de un conocido fotógrafo para iniciarla en el modelaje. De sus años de modelo, una que otra anécdota para tirarse de la risa; le señala unas revistas que están entre dos niveles de una mesita de cristal a unos pasos de donde ellos están sentados, él mira hacia ellas y alcanza a ver la imagen de Pilar estilizada en la portada de ELLE, partes del bello rostro o del cuerpo se asoman desde el marco de otras portadas en diferentes posiciones:...TLER, MADEMOISELLE, AMICA, VOGUE, COSMOPOLITAN; él adivina que las portadas que siguen hacia abajo, cubiertas por las superiores, también son de revistas internacionales que se fascinaron con los atractivos de Pilar, como él y tantas personas más.

Al volver la cabeza después de verlas, para continuar atendiendo a la plática incansable de Pilar, de frente, él percibe de reojo el movimiento de alguien en el interior de la casa en penumbras. El contraste tan acusado entre el impío sol exterior y la umbría sala tras las cortinas entreabiertas, hace que el interior oscuro, inaccesible por la lentitud del ajuste de la pupila, le impida ver las formas de la persona que se mueve adentro. Teme que sea un hombre, el actual amor de Pilar; luego vislumbra que sólo son un par de muchachas más, platicando.

También modelos-piensa.

Escucha fascinado los pormenores de un mundo que siempre quiso conocer desde dentro; imagina a Pilar en los vestidores acompañada de muchas mujeres impresionantes con cuerpos que sencillamente no existen en ese otro mundo, su mundo de Temixco y de clases de música a domicilio. Piensa en Kelly, en la señora Gómez, en las Reynoso, en Ivonne, en otras. Ninguna resiste la comparación. Él considera seriamente la idea de ofrecer a su regreso, por medio del periódico, clases de música a las academias de modelaje para mejorar el ritmo de las muchachas en los desfiles de las pasarelas y, por supuesto, mejorar su gusto, percepción y sensibilidad y... los de *ellas* también. Imagina una posible práctica de una materia que podría llamarse: "Percepción Rítmica y Seguimiento de Patrones", él (el *Patrón*) moviéndose con una modelo al compás excitante de "Simply Irresistible" de Robert Palmer, *one, two, three, four*, más rápido, más marcado, más fuerte! Mete y saca! mete y saca! *sim-ply i-rre-sis-ti-ble*...mete, mete, saca, saca, a tiempo, a tiempo!; los dos perfectamente entrelazados sobre una cama en contorsiones espasmódicas incontrolables... la cara de la modelo se parece a la de Pilar; el cuerpo es el de una de las chicas monumentales del video de Palmer.

Se sorprende de pronto no entendiendo claramente lo que le cuenta Pilar.

Vuelve el espíritu a la conversación.

Pilar le cuenta que se hartó, se cansó de las idas y venidas, las maletas que permanecían hechas porque casi nunca había ni tiempo para llegar a instalarse cómodamente en un hotel. Sólo tiempo para ensayos, pruebas, ajustes, maquillajes, un pericazo, un revolcón. Él se sorprende con el desparpajo con que Pilar habla de ciertas cosas.

Además, le dice ella, el modelaje es una carrera demasiado corta, no todas pueden ser Lauren Hutton o Isabella Rosellini y seguir saliendo en películas o contratándose para multiplicidad de productos a sus treinta, cuarenta o cincuenta años.

Le cuenta que al dejar el modelaje se dedicó a muchas cosas: coreografiar desfiles de modas, diseñar pasarelas, escenarios, dar clases a principiantes, ser edecán de lujo e infinidad de cosas más, como instruir particularmente en modas, etiqueta y comportamiento occidental a las hijas de un sheik cosmopolita de los Emiratos Árabes Unidos.

Hasta que se cansó de las grandes ciudades, de tener que trabajar diariamente para gastarse lo que ganaba en ese ambiente de consumo y competencia, de tener que presentar declaraciones a Hacienda, hablar con contadores - "aquí, sólo estiro la mano y arranco un coco", le dice sonriendo triunfal-, de tener que permanecer joven y bella a los ojos de los demás, de respirar smog, de las prisas, de la urgencia, de todo; de tener que estar siempre a la altura de las circunstancias, con lo que aquello, en cada caso, quisiera decir.

No era que le molestara conservarse en forma: de hecho hace

ejercicio, y mucho, diariamente, sólo que en algún momento de su vida entendió que podía haber otra forma de gastar el tiempo, de pasar la vida, de esperar la muerte, una forma más libre, menos complicada, menos angustiosa... hasta las "vacaciones" que se toma de vez en cuando con sus amigas para variarle al letargo tropical tienen el sabor del naturalismo, grandes paseos en caminata por diferentes regiones del país conociendo la vegetación, la fauna, las tradiciones folklóricas de la zona, andando kilómetros diariamente por carreteras secundarias, por brechas y a veces hasta haciendo ellas el camino, durmiendo en tienda de campaña, cocinando con ramas; como la salida que planea hacer a fin de año para andar por los caminos del Bajío.

Hablan y hablan.

Ella lo invita a comer. Pasan al interior de la casa. La mesa está servida.

Él supone que las otras dos mujeres aparecerán en cualquier momento. Pero el tiempo pasa y no.

La comida es sencilla. Pescados, ensaladas de cangrejo y de frutas, jugos de naranja, lima y toronja. Él aprecia la sobriedad y sencillez de la casa no muy grande, de dos pisos, el segundo un poco menor, permitiendo la existencia de un balcón interior que da a la estancia, de los cuadros modernistas mexicanos de buen gusto adornando las paredes... la cerámica tradicional de barro de Oaxaca en la vitrina. Un único póster -original, firmado y con dedicatoria en inglés del mismísimo director-, de "Encuentros cercanos del tercer tipo", de Spielberg.

Hay cojines azul rey en el piso, un par de hamacas en un patiecito interior privado.

Ella escucha con notable interés la relación que él le hace de las supuestas razones de su viaje; luego, con más emoción, lo escucha relatar entre conatos de llanto y desconsuelo, los episodios del aeropuerto y de Chiapas, su aventura en el palenque de Villahermosa, su visita a La Venta, el entierro del gallo; él se siente orgulloso de parecer importante de alguna manera, de poder, por fin, después de tantos años, hablar con Pilar al tú por tú, al mismo nivel, sin sentirse menos. Siempre le pareció más grande cuando la veía en la Prepa: de años, de cuerpo, de ideas, de poder... ahora, sintiendo de cerca la mirada interesada de la mujer, viendo como la puede hacer reír a ratos, hacerse para delante a ratos, asustarse a ratos, está seguro de que logrará moverla, involucrarla.

La señora del servicio les sirve un Amaretto di Saronno cuando están de regreso en la terraza.

Recuerdan juntos a Toledano, a Barajas, el llanto de Marcial, las salvajadas de El Melenas, su pistolón en su funda de *cowboy* amarrada al muslo cuando iba a resolver problemas (o a crearlos), el día del sillazo en la biblioteca, el día de la expulsión de los porros grandes, la muerte de El Chabelo, las costumbres de los Gómara; ya más relajados, las putañerías de Blanca en la Prepa, los desfiguros de su novio, los modales de Pedro Galas, las peripecias de Chepina, las actitudes de Xóchitl, las expresiones de Silvia, los encantos del poema que era como el tema de amor de él y Silvia, una pequeña poesía del poeta gay Salvador Novo... ...se detienen un buen rato en Bartres.

Los dos recuerdan con simpatía al maricón que disfrutaba con igual placer tanto de una metedura como de un poema de Novo o de González Martínez. Llegaba a la escuela siempre con algún libro de poesía; podía olvidarse de la tarea, de las prácticas, del libro de Matemáticas, pero siempre lo veías cargando un libro de algún poeta. Se sentaba en uno de los patios horas y horas a leer, y otras veces, sin mediar aviso ni razón, se levantaba cuando estaban todos sentados conversando en algún salón, esperando la llegada del siguiente maestro, y empezaba a declamar de memoria, frente a todos, bella, emotivamente. En esos momentos –recuerdan- desaparecía cualquier posible crítica o burla que las maneras femeninas aplastantemente sinceras y desparpajadas de Michel pudieran despertar, y todos, hasta El Jarocho y Miguel el novio de Blanca, pasando por Silvia, por él mismo, por Pilar, por Galas, por todos, y alguna vez hasta por el maestro que acababa de llegar y se quedaba en el marco de la puerta escuchando antes de hacerles patente su llegada y disponerse a empezar la clase, simplemente esperando que el apasionado declamador terminara –el maestro respetuoso, encantado también con la interpretación-, *todos,* suspendían lo que hubieran estado haciendo o platicando y se dejaban llevar a los páramos intemporales de la belleza áspera de la estética de poemas de Aleixandre, Neruda, Yáñez, Goytisolo, Villaurrutia... vibrante.

Recuerdan la vez en que recitó de corrido, sin parar, sin detenerse, casi sin tomar aire, dándole una intención que nunca habían imaginado: "Y pensar que pudimos..." de López Velarde, seguida de otros poemas íntimos amorosos escritos por el genio zacatecano para su Fuensanta, y terminó haciéndolos llorar con las emotivas exaltaciones folklóricas de "Suave Patria", que tampoco en ese momento entendieron plenamente, pero que intuyeron con la fuerza de sus hígados, estómagos y pulmones mexicanos, acercándose a la comprensión de su verdadero significado como nunca antes y nunca después llegarían a hacerlo.

Pilar le comenta que gracias a Bartres dejó ella de leer como enviciada "Juan Salvador Gaviota" y otros libros de Richard Bach, para comenzar a valorar la literatura y la poesía mexicanas.

Él deja de escuchar a Pilar -que sigue hablando cosas de Bartres y de los gays y de los Bi's y del Sida y de la diferencia de las épocas-, y se desliza por la inclinada resbaladilla donde en Chapultepec, un domingo por la mañana jugando y paseando con Silvia y después de haberla columpiado y balanceado en los subibajas, se sentaron a la sombra de la pendiente metálica para besarse en aquellos primeros días del amor naciente y él le dijo a Silvia que estaba leyendo un libro de poemas de Salvador Novo, que algunos le gustaban mucho y que le iba a leer alguno, y se lo leyó; pero después, como él no había terminado de conocer el libro, continuaron los dos leyendo hacia adelante en silencio, coordinadamente, mientras él pasaba las hojas... y llegaron a la poesía que los puso a temblar con la insinuación de que eso era lo que podía estar pasándoles y terminaron de leerla sincrónicamente, se vieron y se besaron una vez más con el primer beso real de sus vidas, por lo menos para Silvia, sintiendo ella que en la mano de él, que le estrechaba y apretaba la suya con una intención más especial que en otros días, estaban contenidos todos los secretos del universo.

Ahora, mientras Pilar habla desde una niebla lejana sobre los gays, y los que se fingen, en el mundo del modelaje, él trata de recordar íntimamente aquella poesía olvidada durante décadas...

"...*para que estemos solos.... entre los juegos (juegos?, o fuegos?) y los cuentos...*

... y contemplar la estrella en que te alejas cuando cierro la puerta de

49

la noche."

Recuerda bien sólo algunas líneas y aunque intenta completarla en el recuerdo, prefiere dejarlo para después porque Pilar sigue hablando y si él quiere que suceda lo que pretende que suceda esa noche entre las piernas de la belleza de labios nacarados y piel tostada, más vale que le preste algo más de atención y deje de estar con anacronismos irrecuperables.

Pilar supone que la expresión ausente de él puede deberse a recuerdos asociados con Silvia, pero sabe que es mejor no preguntar; decide agotar el tema de Michel sacando a colación que con la misma pasión y constancia con las que leía sus libros de poesía, atacaba también la solución de las conformaciones de los cubos de Rubik, pasatiempo típico de aquellos años, que le sorbía el seso a Michel sustrayéndolo de la realidad circundante y en ocasiones, hasta de sus amados poemas.

Pilar y él reconocen el paso de los años no sólo en los físicos de ambos o en el inmenso caudal de recuerdos olvidados, sino en el cambio de los conceptos, de las costumbres, de los entretenimientos. Ella compara aquellos cubos con los modernos pasatiempos infantiles y juveniles donde –dice- no hay que pensar, sólo dejarse llevar con babeante concentración, pareciendo que el programado no es el juguete, sino el que lo usa; artículos como el Tamagotchi, la novedad, moderna locura de los consumidores adolescentes, la mascota virtual; ahora todo es virtual –dice ella-; coinciden en las tesis de él, de que al gran poder le interesa que el hombre común, el de la calle, esté cada día más alejado de la realidad, quédate en tu casa, compra desde tu casa, coge desde tu casa, ama desde tu casa a través de tu computadora, ve el mundo a través de la forma en que te lo presentamos por la computadora, paga con un simple tecleo de numeritos que quién sabe dónde tengan su correspondencia con la realidad. "Estamos virtualmente jodidos" –le dice él-. La risa de Pilar lo anima a intentar su Sketch del empresario desanimado como consecuencia de las terribles cargas fiscales y burocráticas, sus sermones sobre el sistema impositivo mexicano, sus quejas sobre la situación socioeconómica del país.

Pilar no se aburre del todo porque encuentra, en cierto modo, atractiva la nueva modalidad de su antiguo compañero, de hablar salpicando las ideas con groserías que el va agregando cada vez con más profusión y vehemencia animado por la intimidad creciente; ella se sorprende desde el "jodidos", pero pronto, ya relajado, él hace aparecer muchos palabrones más que dejan a ese primero en la absoluta temperancia. A Pilar, por la novedad, le cae en gracia oírlo decir sus "pinches" cada cuatro segundos.

Platican de cómo en México los "cambios" sólo son superficiales, como si el tiempo no pasara nunca realmente. Él se divierte y la divierte diciéndole que debería por eso mejor llamarse: Máxico. Hablan de Europa, de Oriente.

Platican más de Xóchitl, de las relaciones, de la promiscuidad. Como un par de humanos que se sienten más cerca de la vejez que de la juventud, comparan constantemente las épocas que han conocido y emiten juicios y preferencias. Los "antes" y los "ahora" se vuelven constantes.

La despenalización del aborto en estados y países, la eutanasia de Kevorkian y el montón de personas que va matando por aquí y por allá, a solicitud (llame, nosotros vamos); el reinado sin fin del rap ("claro le dice él – la música más comercial y popular será aquella que pueda ser hecha por el mayor número de personas, aun sin saber nada de música!"); las nuevas "Discos", los "revivals", los samplers, las nuevas drogas, los nuevos métodos anticonceptivos, la píldora masculina, las cada vez más generalizadas cirugías plásticas, Dolly, Polly y los clones humanos, los matrimonios legales en Holanda y los países nórdicos entre hombres gays, entre lésbicas, entre bisexuales; todos son temas que tratan y tocan con un cierto asombro desde su perspectiva original de cuando conocieron el sexo a su manera y se iniciaron en los pormenores de los hábitos y las manías en una época en que el SIDA sólo podía haber sido la potencial epidemia de un germen incubado en los retorcidos sueños de algún profeta visionario apocalíptico de la Quinta Avenida.

-Yo nunca me cuidé y ya ves, nunca tuve problemas ni de una cosa ni de otra –dice Pilar aludiendo a las costumbres generalizadas de las jovencitas mexicanas en la hipócrita sociedad tradicional de principios

51

de los años setenta, cuando los efectos del movimiento hippie se empezaban a manifestar en una naciente liberalidad sexual que sin embargo, en un país como México, permanecía en el substrato de la realidad familiar y social, a un nivel hipócritamente impermeable al conocimiento, al reconocimiento, a la comunicación, tanto hacia afuera como hacia adentro, y aunque las chicas como Pilar sintieran cómo la carne les caminaba más de prisa que las normas y vivían en su propio cuerpo el desfase de querer y saber, pero no deber ni intentar, ella y sus amigas acababan haciendo lo que sentían hacer, lo que veían hacer cada vez con más frecuencia a sus amigas y lo que el mundo entero de los jóvenes practicaba en otros países, pero ellas lo realizaban en la oscuridad más absoluta de ambientes, métodos y condiciones, sin píldoras, sin preservativos, sin clínicas oficialmente autorizadas, sin espacio, para terminar, Pilar no, eso sí no, pero muchísimas otras sí, con unos padres renegando del embarazo, con unos novios rascándose permanentemente la plaga en los genitales y orinando apestoso, con mil problemas, conflictos y preocupaciones en sus mentes, o con un alambre o un pedazo de vidrio en las entrañas perforadas en el anonimato de la clandestinidad, descalificadas para la gestación posterior de lo que fuera.

Pilar y él comentan que en muchos sentidos, muchas cosas como ésas no han cambiado nada en un país como México, que escoge "ser siempre igual y fiel a su espejo diario", pero en las cosas que no debe.

Pilar recuerda, emocionada como una chiquilla (hasta intenta entonar algunas de las melodías con las reservas debidas a la experiencia del visitante músico), al Raphael de la primera época, cuando se dio a conocer en América con "Yo soy aquél", "Mi gran noche", "Cierro mis ojos"…, y más emocionada aun al sensualazo y tembelequiento argentino Sandro de América que con sus sacudidas de pelvis le activaba las hormonas y la ponía a llorar con "Penas" haciéndole sentir una nostalgia que quién sabe de dónde le venía, pues ella en aquella época apenas andaba con su primer novio y la interminable lista de amantes aún no comenzaba.

El tema de los amores provoca que charlen sobre Silvia. Él empieza, pero sólo como un resbalón involuntario y rápidamente salen de ahí. Pilar sabe bastantes detalles de la relación y comprende que no será cómodo para él hablar del asunto, y él vuelve a caer en la cuenta de que lo que menos necesita en esos momentos de oscuridad paulatina en el ambiente tropical que estremece con un viento plateado las palmeras negras, es poner en la mente de Pilar la imagen de él acompañado por otra mujer que no sea Pilar misma.

Cenan en la terraza. Concha, la señora del servicio, resulta una estupenda cocinera, como muchas oaxaqueñas. Él oye en cierto momento que una muchacha se despide de Pilar gritando desde el comedor interior; luego escucha pasos y que cierran una puerta. Supone que son las muchachas de la tarde. Hija de Pilar? hijas?; no quiere ser entrometido ni metiche, no quiere que nada vaya a afectar al intento de la coronación de su sueño ideal más sublime pospuesto por tanto tiempo. Decide no preguntar. Si algo hay que decir al respecto... Pilar seguramente lo dirá a su tiempo.

Además, razona él, ella misma dijo que no había pasado ni una cosa ni otra, ni para bien ni para mal –se entiende-; no podría tener una hija de esa edad.

La vida retirada, la calma, la renuncia a necesidades impuestas, le han dado tiempo y espacio a Pilar para desarrollar otros intereses y capacidades. Ella le cuenta sobre sus estudios esotéricos, sus prácticas de meditación transcendental, su manejo de la energía.

Él se asombra, bromea, se interesa; sólo por quedar bien.

Las prácticas de Pilar incluyen magia y cosas del espíritu primigenio –como si la bella mujer hubiera decidido que ante su inminente menopausia y decadencia le resultaría más provechoso dar un giro y no depender del físico en el que había basado toda su existencia-.

Hablan de reencarnación, de quiromancia, de cartomancia. Se dirigen al espacio de jardín frente a la casa, junto al mar; ahí, en una pequeña extensión de cemento con cojines, acondicionada para la contemplación del mar, se recuestan uno junto a otro boca abajo para seguir conversando. Pilar abre la botella de Whisky que condujo en la mano, grita a la señora pidiéndole dos vasos. Sirve.

ya la hice... –piensa él, y más cuando Pilar le pide la mano para leérsela.

A la luz de los faroles estilo colonial mexicano, después de haber entrado a la casa por ellas –lo que él interpretó como un "pasar al baño" de la mujer antes del ataque final- y de haber regresado para tirárselas, Pilar le lee las cartas.

El desencanto de él da paso, cada segundo, a la curiosidad.

Pilar lo representa con El Emperador, pero luego comprende que se ha equivocado. Trabaja con una cruz céltica bloqueada, en el estilo y con el sistema que aprendiera en Marbella de Gaby Guder, la esoterista europea que le enseñó sus procedimientos por allá por el año noventa y uno, cuando Pilar estuvo en una exposición de diseñadores y modistos latinoamericanos...

Las siete primeras cartas: Seis de oros, Ocho de espadas, El Carro invertido, Siete de copas invertida, La Justicia invertida, Cinco de oros, Cuatro de espadas, hacen que Pilar opte por suspender la lectura. Pretexta cansancio, confusión, bromea; le dice a él que al día siguiente terminará de leérselas.

Permanecen comentando simplezas. Beben de más.

Se quedan dormidos.

Los sueños recurrentes de él se han transformado desde la experiencia con el Ejército. Se le ha hecho frecuente, desde aquel momento, empastelar, mientras duerme, sus temores más disímbolos.

Esa noche, al lado de Pilar en la plataforma al aire libre, golpeado por la sal de la madrugada, frente a la superficie continua del cielo proyectándose en el mar, la magia de la cercanía del símbolo sexual viviente y cercano de su adolescencia no es suficiente para calmarle las angustias del pánico. Ve de nuevo la entereza sin color, la solidez sin cabeza de Wilfrido, en el fondo de un espacio sepulcral en forma de rombo lleno de partituras. Él mismo está también muerto y degollado. Los ojos en su cabeza sin cuerpo ven desde el borde de su propia tumba cómo el cuerpo lacerado acéfalo excava sin cesar en un pozo que trasmina saliva, vómito y sangre, líquidos que le alcanzan a cubrir las rodillas. Su cabeza degollada gira en redondo sobre el piso, sin tronco que la sustente, para ver cómo el sargento avanza siguiendo a Marga que de pronto voltea y le dice adiós a él, que en ese momento descubre que Marga no era sino Pilar vestida como zapatista.

Él, en el desconcierto y la sorpresa, se remueve dormido en la plataforma y trata de asir lo que se pueda, como en un intento de no desmoronarse más todavía, alcanza   inconscientemente a Pilar, la toca, ella se aleja de él, se inquieta, acaba por despertarse ante los acosos insistentes del panzón al que le ha costado reconocer como su ex compañero, lo mueve para despertarlo e invitarlo a pasar y dormir en el cuarto destinado para él.

-Dormir a la intemperie en el mar te puede hacer mal si no estás acostumbrado- le dice.

Él no reacciona. Siente que un par de soldados acomodan su cuerpo en las viscosidades del fondo de lo que será su sepulcro. Quiere gritar, zafarse; no puede. Se desespera. Llora sin emitir sonidos. Se acurruca. Se enconcha haciéndose chiquitito. Pilar se fastidia de no lograr que reaccione. Se va y lo deja a la buena de Dios.

"Un lugar tan bueno como cualquier otro..." –dice él. Piensa que le gustan los pescados al mojo de ajo y los meros; los delfines saltarines coloreados con gelatinas transparentes multicolores, las palmeras y los mangos y las papayas y los cangrejos, pero lo que realmente lo tiene contento ahí es la posibilidad de relacionarse íntimamente con Pilar. El sitio, así, a secas, puede ser tan bueno para sentirse plenamente feliz como cualquier otro en cualquier otro lugar del mundo. El chiste es Pilar! Por ejemplo, en ese momento de reconsideraciones y partiendo de la base de que no ha visto a Pilar desde que se despertó: la casa confortable, las montañas violáceas y el mismo mar impecable le parecen, como diría Pedro Galas... "irrelevantes".

La buscó por toda la casa, abrió las pocas puertas y sólo encontró toallas de color mamey tiradas sobre camas con sábanas revueltas e intensos perfumes femeninos. La buscó después en las áreas de servicio y ni siquiera encontró a la señora Concha.

Con la mirada, sin moverse de la terraza, la busca ahora sobre las olas, en un yate de ricos que se bambolea en medio de la bahía a la deriva, en los cocoteros, en la curva del litoral, en los agujeros de los cangrejos.

Pilar, por fin, aparece.

Ha estado trabajando toda la mañana auxiliada por la sirvienta y el hijo de ésta, un chico de once años, moreno cáscara de tamarindo.

Pilar le explica lo que ella llama su "trabajo".

Desde tiempo atrás ha estado desarrollando en la comarca un sistema de trueque con los vecinos (alemanes, ingleses, gringos, argentinos, oaxaqueños) habitantes del lugar. Intercambian todo lo habido y por haber. Plátanos por mangos; papayas por papas; tortillas por frijoles y chiles; servicios de vigilancia por limones; vacas por cerdos; cortes de cabello por llamadas telefónicas; transporte por clases de aerobics o de cartomancia.

-Es una forma maravillosa de vivir –le dice ella-, te entretienes, eres creativo, te llevas bien con todos y no le das su tajada a ese gobierno del que tanto te quejaste ayer.... ya ves, así no pagarías impuestos-.

Él se manifiesta de acuerdo pero le señala que no cante victoria, que si el nuevo sistema lograra imponerse y generalizarse, sin lugar a dudas el gobierno metería su cuchara para mocharles su parte.

-Sí –le dice ella sonriendo mientras le sirve un vaso gigante de agua de Jamaica-, ya lo hemos previsto, pero si se ponen pesadas las autoridades, les pagaremos su parte también en especie.... que vengan a recoger su camión de cocos! Mira, hasta la renta de esta casa es un intercambio-.

Él no pregunta, pero se imagina rápidamente que si él fuese el dueño y le estuviera rentando a Pilar la propiedad, ya sabría qué pedirle como pago de la renta en lugar de dinero...

Al terminar de comer salen, a petición de él, a la plataforma en el jardín para que Pilar le termine la lectura de las cartas.

La señora del servicio ha quitado los restos de la cruz y las otras cartas que ya estaban separadas; el destino de él ha sido reintegrado a la confusión del conglomerado de imágenes premonitorias de otros tantos destinos.

Habrá que irlo escribiendo poco a poco.

Habrá que intentar más cosas.

Le pregunta por El Pescado; Pilar no recuerda más que en cierta ocasión, cuando caminaba con Chepina y Silvia rumbo al salón de señoritas, alguien gritó desde los barandales del piso de arriba: "Pero qué nalgas veo, que son el Pilar de mi deseo!" y cuando ella, jalada de los brazos por Chepina y Silvia que se reían de la ocurrencia, pero que querían ponerla a ella - y ellas mismas - a salvo de la agresión verbal, en el cobijo del privado donde guardaban las cosas de las mujeres, intentó girar la cabeza para alcanzar a ver al Romeo proletario que en dirección inversa al sentido de las tradicionales serenatas balconiles le lanzaba desde arriba los sicalípticas loas... alguien en la planta baja, a unos pasos de ellas, se le adelantó y le gritó al caliente majadero: "Cállate Pescado, cierra tu bocota de lenguado!", y lo que Pilar alcanzó a ver fueron sólo las piernas de unos pantalones raídos de mezclilla que desaparecían en el corredor superior impulsadas por la intención del anonimato. Ya luego ni oyó hablar de él.

Así que... no; de El Pescado....no.

Él trata de llevar la conversación por senderos que desemboquen en lagunas insinuantes de aguas térmicas, en jacuzzis. Le pide otra vez que le cuente sobre sus relaciones, sus experiencias, sus amores, y Pilar, suponiendo que la insistencia obedece a que en realidad ya lo sabe, o es un enviado de *aquél*, o algo quiere específicamente, se decide y le suelta lo de Pedro.

-Sí señor, qué no sabías? Pedro Galas, el "irrelevante", tu amiguísimo de Secundaria y Prepa, uña y carne los dos; uña y mugre mejor dicho, ése con el que te desaparecías para irse los dos de pinta y volarse todas las clases sólo porque el malvado no conseguía convencerme para que me fuera con él a manosearnos.... acabó por convencerme, o más bien yo a él, veinte años después! de intentar formar pareja, y qué pareja!; él la verdad siempre se me hizo muy feo, pero de esos feos atractivos, varoniles, con sus lentes y toda la cosa, medio intelectual, aunque no como para intentar algo y menos en esos años en los que estaba yo tan solicitada y pensaba por mi inexperiencia que lo único que verdaderamente importaba era una nariz griega, unos labios voluminosos, unos ojotes, unas nalgas compactas y paradas y el bultote entre las piernas. Ahora también pienso que son cosas que importan, pero no nada más eso; y después de tener malas experiencias y vivir situaciones desagradables con los maniquíes, Apolos y Narcisos de medio mundo, un día, después de mi segundo divorcio, revisando mis fotos de adolescente, me acordé de él. Fue como el destino, porque al día siguiente, como algo mágico, voy viendo en el Excélsior que presenta Pedro Galas hijo, su exposición: "A la búsqueda del barro perdido", en el Museo Tamayo; una muestra de sus esculturas menores con motivos indígenas, realizadas en barro combinado con aluminio y tungsteno; y me arreglo y me voy a verla. Ya te imaginarás su cara de sorpresa cuando me vio. Yo ya sabía, siempre lo supe, que yo le gustaba, pero nunca creí que le provocara todavía, en mis treintas y con las huellas que nunca dejan de notarse en la cara y en las manos, accesos de fiebre tan fuertes como los de antes. Temblaba el pobrecito, se deshacía sólo al mirarme, y eso y su carácter, para otras cosas decidido y determinante, me convencieron de que era él mi siguiente, quizá mi último amor. Nos vimos de nuevo dos días después en su taller. Cuando lo vi trabajar un trozo de madera, tallarlo, moldearlo, acariciarlo con esas manos tan sensuales, tan sexis que tiene, me derretí, hasta comprendí el sentido de algunas escenas de películas idiotas y no me cupo la menor duda. No sé si ese día lo hizo a propósito así, de esa manera tan especialmente incitante, pero yo sólo quería, cuando lo vi en acción, que me hiciera en la espalda y en el cuello, por atrás, lo que a ese trozo de caoba. Ni para que te cuento lo que sentí el día que lo vi con un soplete trabajando una pieza de fierro!

Él, anonadado, no sabe qué decir. Nunca imaginó que Pedro hubiera conseguido lo que siempre soñó, el amor de su adolescencia, la mujer perfecta, su "MB" o, como en la película que si hubiesen visto en su adolescencia se habrían vuelto locos: su "10", bella, bellísima, con cultura, inteligente, experimentada; mujer de mundo, pues; admirada, políglota, hablando a la perfección el francés que a Pedro le encantaba.... un poco grande ya, era verdad, no precisamente una joven, pero el balance general era extraordinario, unas cosas a cambio de otras.. y qué cosas!

Felicita a Pilar, los felicita; pero cuando pregunta "y Pedro?" Pilar se levanta rápidamente, con total naturalidad, como si ya hubiera pensado hacerlo desde antes, y se dirige corriendo hacia la casa. Le dice a él que va a cambiarse, a ponerse un traje de baño.-"No quieres nadar? –le grita desde la puerta de acceso del jardín, -si quieres, cámbiate, te presto un traje de baño, hay algunos en la recámara de invitados, en tu recámara".

Los rayos oblicuos del sol no queman ya como al mediodía. Rebotan insistentes en el caldo azuloso y se disparan dudosos, en múltiples direcciones.

La sombra de las nubes acelera la invasión de la oscuridad.

Es el momento perfecto para intentar el gran asalto.

Una mujer que se baña –piensa él- en bikini con otro hombre, los dos solos, y que platica con él horas y horas, no está precisamente enamorada, ni satisfecha con cualquiera que sea su pareja permanente en ese momento. *Si no habló más de Pedro, por algo será; y yo no le voy a preguntar, a mí que más me da, ya ella me lo dirá, yo a lo que vine. Nunca pensé que si yo ganara, perdería mi gran amigo de la Prepa, pero así son las cosas, además, no es por mal, él me entenderá.*

-En qué piensas? –pregunta ella.

Mmmh... Típica pregunta de enamorados –piensa él-. "En nada... – dice decidido, mirando fijamente las piernas que Pilar se está secando frotándolas suavemente con la toalla-, en lo bien que te ves, en lo hermosa que eres, que siempre has sido...."

Ella se sienta como si nada, como si fuera lo más natural del mundo estar ahí con él, escuchándolo halagarla, como si lo hubiera previsto. Se sienta en la plataforma junto a él, lo mira a los ojos. Él se turba, se contiene; la mano con la que quiere empezar a acariciarle el pelo, los hombros, los senos, no le obedece.

-Qué haces? –la voz proviene no del pecho de Pilar, sino de atrás, de la puerta de la sala. Él voltea.

Es una de las dos muchachas del día anterior. Avanza hacia ellos sonriéndole a Pilar. Unos diecinueve años, las piernas más derechas y mejor formadas que él ha visto en su vida, unos piecitos casi de niña, tiernos, esbelta, pero con la cintura tan pequeña que se destacan sobremanera el pecho y la cadera. La cara de niña precoz o de mujer inocente, bella, diferente.

-Te presento a una amiga –le dice Pilar. La muchacha le sonríe encantadora, sin decir palabra, y luego se dirige a Pilar:

-Vas a estar aquí todavía un rato? – pregunta la chica, que no da tiempo a que le contesten cada una de sus preguntas-. Voy a cambiarme. Quieres algo de tomar? Preparo algo para todos?-.

Se va seguida por la mirada sonriente y orgullosa de Pilar.

Él también la ve alejarse, le gusta, se excita al pensar por primera vez que con un poquito de suerte bateará doble y empezará la noche con un espectacular –como diría Pedro- "*menage à trois*".

-Es genial –dice Pilar-, es muy buena-.

Él sonríe asintiendo, pensando que por lo menos *está* muy buena.

Pilar habla del talento artístico de la chica, de lo bien que dibuja, de su gusto por la música, especialmente la clásica, como si quisiera que a él le agradara y le cayera bien, que la aceptara.

Cuando la chica reaparece, a él se le desconchinflan los ojos.

Mamma mía! –recuerda a Topo Gigio- *Mammas Mías!* la chica se aproxima con una diminutísima tanga dorada, unos tres centímetros cuadrados detenidos en el pubis por un hilito color vino; y arriba.... arriba nada!, sólo dos espectaculares pechos de pezones puntiagudos que apuntan sólidos hacia el frente, despiadadamente coordinados.

La chica llega, se inclina, coloca la bandeja con las bebidas en un tronco recortado al lado de la plataforma. Los pechos son dos misiles apuntando hacia abajo, listos para salir a causar estragos, de hecho causándolos ya, por la simple visión y la amenaza.

-Traje varias cosas para que escojan – dice a Pilar señalando las botellas de Tequila, Mezcal, *Cognac*, Whisky y Ron.

Personalmente él preferiría que la telita fuera un poco más grande, es decir, que asegurara la presencia de una gran mata de vello púbico detrás de su cobertura; pero no importa, tal vez la muchacha tenga poco o quizá se lo haya rasurado- *como se acostumbra ahora*, piensa-; aunque sea chiquito es tremendo, la hace verse más joven.

-Le pedí a Concha que traiga las Coca-Colas y los Tehuacanes –dice la muchacha sentándose en un extremo de la plataforma.

Platican los tres, La muchacha es bastante callada, se reserva muchas de las opiniones que piensa. Permanece seria casi todo el tiempo.

Cuando la sirvienta llega con los refrescos y habla con Pilar, la muchacha le hace un par de preguntas a él. La de que si conoce al escultor Pedro Galas, se le hace curiosa.

El trata de responder sin dirigir la mirada al busto absorbente de la joven. Le resulta casi imposible.

Pilar bebe y platica, platica y bebe. Él se preocupa de pronto al reflexionar en que la ha visto beber demasiado desde el día anterior.

Pilar sigue hablando y bebiendo. Muchos de los momentos sólo monologa. Él bebe y admira el cuerpo de Pilar y las postreras claridades allá, en el fondo, del océano Pacífico. A veces, cuando Pilar mira hacia otro lado o señala las enredaderas de la casa, él le da un vistazo más a los pechos de la chica.

Los cojines sobre la plataforma propician con naturalidad los cambios constantes de postura. En un momento están sentados, en otro recostados; un minuto frente a frente, otro juntos, de lado, viendo a los cojines ó a las estrellas que empiezan a imponerse.

La joven, un poco más allá, cierra los ojos.

En algún punto de la conversación, Pilar empieza a hablar de Pedro Galas, de que lo que había empezado tan prometedor, se fue volviendo rutinario, aburrido; que ciertos juicios y opiniones del escultor eran muy esquemáticos, poco flexibles; que en resumen era bastante cerrado y dominante.

Èl piensa que el momento ha llegado. Por fin Pilar habla sin reservas.

Por fin deja ver que ha perdido el interés en el tipo y que él puede tener posibilidad real de lograr algo con ella.

Mmmmh...Al fin entramos en terrenos íntimos –piensa-. "Y en otros aspectos, se entendían? Quiero decir, físicamente, sexualmente?" –lo último lo dice como terminando de abrir una grande y pesada puerta.

-En general... sí –dice Pilar-, yo creo que ese no fue el problema, él hacía lo más que podía; a veces las cosas sólo pasan porque así tiene que ser...-.

Pilar no dice más, no entra en los pormenores eróticos que él desea escuchar para asegurarse de que el terreno está listo.

Cuando intenta preguntar sobre posibles hijos –una forma de variar ligeramente la estrategia sin salirse de temas relacionados con el coito-, Pilar y la muchacha voltean hacia la casa. Como mandado a hacer, como un efecto teatral, las luces del jardín se encienden automáticamente al aparecer en la terraza la otra muchacha que él había atisbado el día anterior.

Camina ágilmente hacia el grupo recostado en la plataforma. Es igualmente atractiva, pero un poco más bajita y de complexión algo más robusta; lleva una *T-shirt* pegada al cuerpo y unos shorts rosa mexicano; el cabello suelto, tenis Nike.

Llega y se sienta directamente haciendo que Pilar se tenga que correr un poco hacia él para hacer espacio. Nadie se la presenta. De hecho, parece que a Pilar no le agrada del todo su presencia. La recién llegada abre una bolsa de Gigante y empieza a mostrar calzones y cosméticos que compró.

De pronto, es como si para las tres mujeres él hubiera desaparecido.

Viendo los tenis, los tobillos de la chaparrita, la nuca de Pilar y haciéndose ligeramente hacia el frente para atisbar lo que se pueda, disimuladamente, del busto de la otra, él vuelve a sentir una descarga de entusiasmo en la garganta, en la cabeza, en la columna.

Con un poquito de suerte, más por supuesto que la que lo acompañó en el palenque de Villahermosa, aunque quizá de otro tipo, podrá incluir a la nueva chica en la fiesta de la carne que se avecina.

 Todo es perfecto, el clima, el aroma mezclado de los cuerpos, el ruido de las olas, las bebidas, *Con un poquito de buena fortuna* –piensa él- *esto acabará por convertirse en un menage à ... car? kart? Ay! güey, qué me pasa?, cada día se me olvidan más las cosas! menage à..* –no encuentra la palabra, no recuerda los numerales del francés de la Prepa- *menage à... qué carajo! Menage à trois plus une!"*.

Pedro Galas tal vez quiso y buscó siempre a la mujer perfecta, pero no supo o no estuvo dispuesto a entender que una mujer mejor, más mujer, más completa, tiene casi siempre –por consecuencia- más exigencias y requerimientos que otra cualquiera.

-Nunca se preocupó realmente por mis inquietudes, dio por sentado que como yo lo quería seguiría con él aguantándole todo; no es que fuera malo, ni nada por el estilo....-.

-Simplemente dejaste de quererlo-.

-Cómo dices? –pregunta Pilar.

-Que simplemente se acabó el amor –dice él-; así son ustedes las mujeres, de repente ni te conozco y si te vi ni me acuerdo. Son capaces de buscar a su hombre hasta el fin del universo; de seguir a su amor como las Adelitas de la revolución, durmiendo en el piso, 'de piedra ha de ser la cama', no? y ellas a pie tras el caballo que lleva a su revolucionario encima; pueden hacerle mimos al guerrero, limpiarle sus botas, lavar sus calzones sucios de mierda, coser su ropa, trapear sus vomitadas de borracho... pero en un determinado momento, y no porque todo lo que dije antes pase necesariamente, sólo es un decir, pero un día amanece y como si el mundo hubiera sido creado esa noche pero al revés, ustedes son capaces de abandonarlo, de dejar al amor de su vida, sin el más mínimo remordimiento, sin dudas, sin nostalgias; de verlo a punto de morir en ese mismo momento y ustedes sin mover un dedo... simplemente lo mandan a la chingada porque ya dejo de interesarles, sólo así -él truena los dedos-, gracias por todo, ahí nos vemos, y se van como si nada... o, peor aun, atacándolo.

Pilar prefiere no seguir por ahí, permanece callada, inmóvil. Sabe lo que pasó entre él y Silvia y no quiere abrirle las heridas. Él también se detiene en sus comentarios. Tendría tanto qué decir para sustentar sus opiniones... como platicarle a Pilar de un amigo que tenía y se llamaba Jamín, y lo que le pasó, pero sabe que si dice todo lo que siente sobre algunas mujeres puede parecerle a Pilar un amargado misógino hablando mal de Silvia, de Blanca, de la ex novia demoledora de Jamín, poniéndolas como devoradoras insaciables, mantis religiosas, arpías, gárgolas, greas... y eso no iba a poner el asunto muy romántico que digamos.

-Lo que pasa es que ustedes no se dan cuenta de que lo que nos dan, o mejor dicho, lo que nos permiten tomar de ustedes o arrancarles casi contra su voluntad, no nos es suficiente. Queremos... la frescura, la novedad, el interés de ustedes, del hombre; nos mata el tedio... por eso siempre seré partidaria absoluta de los dormitorios separados para esposo y esposa; mantener la magia, la independencia, la intimidad... no sabes lo importante que es mantener la *intimidad* a salvo en un matrimonio, bueno, en todo, aunque ahora sea algo tan difícil; hasta a nosotros – ve hacia el cielo – en este momento nos están observando con el montón de satélites... es difícil, pero esencial... – ve de nuevo directamente hacia el músico- y también queremos... –Pilar busca los términos- *necesitamos* más... más amor, más comprensión, más sexo..., todo como producto de un real amor, sin egoísmos de ninguna especie por parte de ustedes.

Él sabe que ya están en donde deben. La palabra mágica ha sido dicha, como si Pilar quisiera invocar al Dios de los excesos y los disfrutes.

-No puedo creer —escoge él con cuidado la estrategia- que Pedro, que soñó contigo durante años, no haya sabido valorar lo que por fin había conseguido, no puedo creer que no haya dado de sí....

-Sí puso mucho de su parte —dice Pilar reconociendo con desgano; la de los shorts se levanta sin decir nada y se encamina a la casa; la otra está ahora muy seria, viendo el mar-; pero mira, por ejemplo, así son todos ustedes, no están realmente al tanto de lo que nosotras podemos necesitar; qué pasa la mayoría de las veces que hacen el amor? terminan, se corren rápido, ya acabé, ya acabó, punto, o... tráeme por favor algo de tomar, o... prende la televisión a ver qué hay, si?, y nosotras, biológicamente, fisiológicamente, necesitamos mucho más, necesitamos una atención, una consideración y una constancia muy particulares, que nos tengan paciencia y nos comprendan, que *nos adoren* —la chica de la tanguita y los pechos como brassiere de Madonna vuelve la cabeza y los mira sin expresión-; eso es lo que necesita una mujer para seguir contigo toda la vida, que la adores, que la hagas sentir no amada, sino adorada, que le muestres una verdadera adoración! – concluye vehemente Pilar.

-Ja, ja, ja, no me digas! ya ves? por eso *nunca te cases con un ferrocarrilero!* –dice él canturreando y moviéndose al ritmo, burlándose, pero evita continuar porque independientemente de que no quiere entrar en discusiones que distraigan lo verdaderamente importante o hagan pensar a Pilar que no está de acuerdo con ella o de su parte, se dirige su atención a la música que la de los shorts acaba de poner en el estéreo de la casa: "Wannabe", de las Spice Girls.

Pilar piensa que tendrá que aguantar una vez más el dudoso gusto musical de la jovencita, pero por lo menos, por la ocasión, esta vez la canción se justifica.

Permanecen callados, una vez que los shorts regresan, recostados los cuatro en la plataforma. El cielo no es negro, es un enjambre interminable de destellos luminosos blancos que los ponen a él y a las tres muchachas a soñar: a Pilar y a él, con otras épocas, cada uno en un rincón diferente de la Ciudad de México; a la muchacha de la tanguita, con sus amigas y amigos del colegio, cuando sus doce años no implicaban más que una adolescencia sexualmente hiperactiva; a la de los shorts, con el perfume que compró en la mañana y que se puso en las axilas, en el vientre, en el pubis, en el cuello, en los lóbulos de las orejas y en el canal entre las nalgas, antes de poner el compact de las inglesas.

La chaparrita se incorpora, acerca troncos de algún lado, enciende una fogata.

Cuando la reproducción de los temas llega a la banda tres, con los sugerentes acordes de "2 become 1", él decide actuar, pase lo que pase; hay mucha concurrencia pero a la vez eso es bueno, tal vez de eso se trata; estira el brazo de un modo perfectamente imperceptible y toma de la mano a Pilar.

-No te sientas sola –le dice quedito-, siempre habrá alguien capaz de adorarte como a tí te gusta-.

Pilar se voltea y se coloca boca abajo; con el movimiento se suelta de la mano de él, pero parece natural.

-Tal vez por la amistad que llevaron, no te guste lo que pasó con Pedro –dice Pilar.

-*Y dáaale con Pedro* –piensa él-, *pasemos ya a la acción, carajo!*. Observa de reojo una mueca de disgusto en la de la tanguita, seguramente a ella también le han de fastidiar las continuas alusiones a Pedro.

-Tal vez no fue él quien falló –continúa Pilar-, sucede que luego ya no puedes querer a alguien porque te clavas por otra persona *(así que eso fue* –piensa él- *pobre Pedro, tuvo lo que soñó en sus manos...);* es feo pero así es *(... luego lo perdió; tuvo a Pilar, luego ya no...);* y quién sabe que sea peor, si perder con alguien a quien consideras inferior a ti *(la felicidad se evapora, pinche Pedro...),* o perder con alguien invencible *(...se e-va-po-ra-* se lamenta él cada vez más, sintiendo amargura por su amigo...),* o sea: que la persona a la que amas se enamore de alguien contra quien tú no puedes ni podrás nunca hacer nada *(... se va, pinche Pedrito, tst, tst, eso es un hecho-.)* me entiendes? –termina susurrándole Pilar cerca del oído; lo toma delicadamente del brazo; después, se lo va apretando poco a poco.

Hay un instante, mágico, todopoderoso, en que ambos saben lo que sigue, él se incorpora un poco, ella se acerca más.

El beso prolongado le revuelve todos los elementos de su cuerpo, siente él que lo voltean de cabeza sin moverlo de su lugar; en un instante, a pesar de haber cerrado los ojos, ve las estrellas pero abajo de él, desde arriba, como si todo el cielo sostuviera la plataforma, sólo desea que Pilar esté sintiendo en ese momento algo parecido a la millonésima parte de lo que él siente, con eso bastaría...

Pilar se separa con delicadeza, con dos dedos le cierra a él la boca que, ansiosa de continuar, se niega a dejar de dar y recibir. Se recuesta de lado frente a él:

-Discúlpame, créeme que lo intenté.... sencillamente... no me nace-.

Él se queda quieto, aguantando el aire que salía de sus pulmones. Cierra la boca. Le dice a la mujer, bajito, dos o tres frases con la intención de convencerla, se le acerca, le hace un par de arrumacos, le insiste, pone cara de niño desamparado, de limosnero de la Alameda Central, le da razones, argumentos... pero nada. Ella se voltea hacia la muchacha de la tanguita. Él contempla azorado cómo Pilar se vuelve completamente hacia la chica, que a su vez deja su vaso en un espacio entre los cojines, toma del cuello a Pilar y le desabrocha el top del bikini mientras le lame los pechos a lengüetadas largas, plenas, pacientes, amorosas.

Él introduce más aire en sus pulmones y trata de recuperar el ritmo de la respiración, las dos mujeres se aceleran cada segundo más, Pilar mete sus largos dedos en la tanguita, ni siquiera la quita, sólo la desplaza de lugar, introduce los dedos en la vagina de la muchacha que se retuerce arqueando el tórax y arranca a su vez casi de cuajo el calzoncito de Pilar, acariciándola rápido por delante y por detrás, metiendo la mano izquierda entre las piernas de la mujer y un segundo después apretándole las nalgas, siguiendo la línea divisoria, apartándolas, humedeciéndolas con su misma mano húmeda, mojada con los efluvios de los órganos de Pilar y anunciando la intención de meter posteriormente el dedo medio en el culo de la ex modelo.

Él permanece estático, extasiado ante la portentosa figura de su ex compañera de clases, viendo los fulgores inquietos de la lumbre de la fogata entre sus carnes, viendo las maravillas que siempre soñó en sus días de muchacho, sus pechos (que por un momento le parecen operados), su vientre inflamado por las ganas, sus piernas, esas piernas! sus nalgas infinitamente superiores a las que dejaba suponer su falda de la escuela, sus labios oscuros, temblorosos y rosados como esos otros, los de abajo, que cobran vida propia con los tallones de los dedos de la muchacha de la tanguita, triangulito de oro de vértices prolongados, que ha terminado por reventarse y dejar a la vista el otro triangulito, el de los vellos púbicos que parecen tomar vida propia al lado del pedacito de tela que acaba por caerse entre los movimientos apasionados de las dos mujeres para revelar a la joven también en toda su belleza fabulosa y dejarla completamente desnuda, sin aretes, sin anillos, sin maquillaje, sin nada, sola en la danza horizontal que ejecuta coordinadamente con Pilar, permitiendo a la brisa que entibie sus pechos inflamados, peligrosamente puntiagudos.

Por un instante, él, absorto en la indecisión de qué curvas admirar con más fruición, ha terminado por eyacular, por correrse inevitable, desamparadamente, sin sentirlo.

La jovencita de los shorts lo mira y él supone que quizá todo es un preámbulo necesario y previamente planeado y ejercitado. Recobra la esperanza de participar, más cuando la joven se quita los shorts y la camiseta y desnuda se integra completando el trío femenino. La chica sigue con la mirada fija en él, en sus brazos, en su prominente abdomen, en la mancha de semen en el traje de baño prestado. Sigue viéndolo mientras acaricia a la de la tanga por atrás, haciéndola sentir, proporcionándole placer, sin celos de que la otra sólo atienda a Pilar, le lame los músculos, la espalda, las orejas. Y luego, cada momento más excitada, le desliza la lengua hacia arriba y hacia abajo por el surco entre los glúteos, le rasca el ano con su apéndice bucal y le sorbe los excesos líquidos de la vagina, cuando la muchacha de los pechos asesinos y la braguita destrozada ha quedado con las nalgas al aire, apuntando hacia arriba, por estar consagrada a introducir su lengua en las profundidades del pozo de las angustias entre las piernas completamente abiertas del desfogue de Pilar.

La mirada insistente de la chica que usaba los shorts le hacen pensar que llegó el momento de sumarse a la vorágine, pero justo en el momento en que decide acercarse, ella deja de verlo insinuante para concentrarse en besuquear y lamer las piernas, los pies y los dedos de los pies de la muchacha que cada vez más apasionadamente continúa con dedos, nudillos, nariz y lengua jugueteando, haciendo que se yerga, que crezca, que se levante -despertándolo de su sueño vespertino- el clítoris, la pequeña palanquita de carne traslúcida y brillante que resplandece en el pubis de Pilar.

Él comprende que la muchacha no lo estaba invitando. Le duele el desencanto, pero más, la sangre atrapada, apelotonada en las arterias de su miembro que se niega a descansar, a relajarse –*los maderos de San Juan piden pan y no les dan*-, alucina, traga con dificultad, los labios secos, observa maravillado el clítoris erguido de Pilar por los efectos de la complacencia sin tregua de la muchacha y comprende lo que quiso decir algún sabio con lo de que con un punto de apoyo movería el mundo –*piden queso y les dan hueso*-, se saca del traje de baño al compañero ilusionado que se niega a ser menospreciado, parece tener vida propia, carajo, hasta lo oyó decir trae para acá tu mano y sácame, pendejo, que una cosa es que no te quieran a ti, pero a lo mejor a mí sí, quién no ve no se entusiasma y hay que mostrar la mercancía, mi gordura no es de grasa, ándale, que yo también quiero probar suerte, no es posible que estos tres monumentos puedan prescindir de un buen palote como yo –*se les atora en el pescuezo*-. Termina de sacarlo, testículos y todo, lo sacude frenéticamente, lo talla, se viene con una salpicadura poderosa que desde hacía años creía no poder lograr en esa magnitud. A pesar de eso, la erección no cede, se acerca al grupo de mujeres tratando de meter mano primero a Pilar, ella lo rechaza amable pero firmemente, luego intenta acariciar el busto de la compañera de Pilar, pero la chica se hace a un lado sin dejar de acariciar a las otras dos, por último, sólo por no dejar, trata de llegarle a la de menor estatura, temiendo el resultado que efectivamente se presenta, la muchacha le da un golpe en el antebrazo cuando él le pone la mano derecha en la pantorrilla.

Se regresa a su lugar, se recuesta, se acomoda. Las mujeres forman una cadena viva de exigencias más inquietas y candentes que las llamas de la fogata que las mira, y ésta sí consigue, por lo menos con su cálida luz, acariciarles a las tres todas sus partes, llegar hasta donde ni las caricias de las manos y los dedos llegan. Pilar hunde la lengua en la boca de la de los shorts; ésa mete su mano derecha en la entrepierna de la otra, la de los pechos, que no suelta a Pilar por nada del mundo y ahora hasta se frota el vello púbico contra la espalda de Pilar metiéndole el pulgar por todos lados...

Él se masturba tres, cuatro, seis veces...

La energía del trío sobrepasa todas sus expectativas y acaba con su paciencia, hasta el grado de que cuatro horas después, entre sus propios desahogos gelatinosos –*seis, Dios mío! quién dice que estoy viejo? Sólo es cuestión del pinche estímulo adecuado!*- y la revoltura de las constantes rellenadas de su vaso de tequila, whisky y mezcal, y por el desgaste de la repetición, finaliza inmune al incontenible espectáculo, dormitando, viendo con mirada turbia a las incansables amantes que no paran, y con los ojos entrecerrados, ya ausentes, a la luna del alba que se mete entre las aguas.

Cuando despierta, las otras dos ya no están en la plataforma, duermen un poco más lejos, cerca del rompimiento de las olas, en la arena agujerada.

Pilar está parada junto a él, bañada, reluciente, vestida con otro bikini. Sostiene un vaso lleno de un líquido rojo en la mano.

Le ofrece:

-Preparé jugo de tomate, es natural, quieres?-.

Él no contesta, toma el vaso y comienza a beber tratando de que el dolor de cabeza desaparezca. El jugo está frío, le refresca la boca ulcerada, después le arde.

Se despierta del todo.

Pilar se sienta junto a él.

-Al principio creí que lo sabías, por eso no decía ciertas cosas; pero después me di cuenta de que no. Y traté, de veras traté de hacerlo contigo, qué más daba, sé que me deseas, que me deseaste desde la escuela y yo lo he hecho ya con gente que ni te imaginas y hasta sin ganas; si cierro los ojos –lo hizo y sonrió- y me acuerdo de cómo eras en ese entonces, o te veo sólo la cara – lo vio dulcemente-, no creas que me resultaría difícil; a pesar de que nosotras, aunque digamos que no, vivimos siempre muy atentas a los cuerpos, a las formas; pero no es eso, es sólo que no me salió, no pude, no lo sentí; yo qué más hubiera querido que disfrutar todos juntos, pero me bloqueé, tal vez por lo de Pedro, por lo tan amigos que eran.... o por remordimiento, no creas, a veces siento un poco de culpa....

-De qué? -le pregunta él extrañado y confuso por la explicación que no llega a ningún lado.

-No sabes nada, verdad? –dice Pilar sin poder creerlo.

-No... de qué? –pregunta él ya más extrañado e inquieto por tantos rodeos.

Pilar lo piensa un momento, estática, muda... luego se resuelve, señala hacia la playa, específicamente hacia una de las chicas.

-La de los pechos extraordinarios, la de las superpiernas, la de la tanguita, qué rostro tan especial, no?, es la razón de que me haya separado de Pedro; nos descubrió, no pudo tolerarlo; no había mucho qué explicar, era bastante penoso todo el asunto, para todos. Un día nos fugamos las dos, lejos, lejos... lo abandoné por ella, con ella, sin decirle nada más. Qué más le podía yo decir? qué más le podíamos decir? –él nota una desesperanza sincera en los ojos húmedos de Pilar-, qué dices en *esos* casos? Paty, así se llama, es la *propia* hija adorada de Pedro Galas, tu amigo, la hija de su primer matrimonio.

CAPITULO XIV

Sabrá Dios   (Noviembre/1997)

Levantó su camisa de la arena, su pantalón y sus calzones – *quién chingados los trajo para acá?*-, los mismos de cuando murió Jamín pero más deteriorados por el viaje y las lavadas; metió los pies en los tenis sin molestarse por sacar o acomodar los calcetines que se hicieron bulto en la punta y dejaron que metiera el pie sólo hasta la mitad. Los ruidos de él y el "a dónde vas?" de Pilar despertaron a las chicas. Caminó así, desnudo de los tobillos para arriba, chancleando con el calzado a medio poner, su ropa hecha bolas en la mano derecha, por la angosta franja de arena entre el mar y las rejas, dejando atrás a las dos mujeres que siguieron con la vista durante unos momentos su trasero robusto y luego hicieron espacio para permitir que Pilar se recostara entre ellas, se pusieron a mirar el cielo y se abandonaron al gusto de sentir cómo el sol comenzaba a calentarlas lentamente al irse asomando sobre la densa vegetación.

Ellas empezaron a hablar de música hindú; Pilar pensó que sería conveniente llamar a Blanca Ramírez por teléfono; quería comentarle, platicar, tendría que caminar esa tarde los cuatro kilómetros hasta la caseta de larga distancia del pueblito donde le guardaban y daban los recados y la mantenían informada. En ocasiones como ésa, pocas por cierto, deseaba no estar tan aislada o por lo menos conservar a la mano algún medio moderno de comunicación.

Cuando él llegó a la siguiente bahía (Cala-Caleta) vio a la distancia un grupo de hombres pescando, dos niñas jugaban con un perro. Avanzó absorto en su propia distracción hasta que la cara, los gritos y la actitud de dos de los tipos que lo habían descubierto ya, le recordaron que iba desvestido y con todos sus colguijos al aire.

La playa nudista era la otra, la que había dejado atrás, pedazo de güey.

Así que lo consiguió, el muy cabrón lo consiguió –pensó en Pedro Galas y en su relación con Pilar, que, de acuerdo a lo platicado por la

71

mujer, símbolo sexual compartido de su juventud, aunque hubiera sido referida con palabras reservadas y medidas, había resultado, en su propio juicio y por lo menos en una parte, maravillosa –*qué buena onda por él....*-; que más daba si después la vida se lo había cobrado pasándole una factura excesivamente grande; de cualquier forma, en su momento debió disfrutarlo y mucho, pero qué tremendo el hecho de que de todo ese largo sueño acariciado por el escultor desde que era un estudiante de preparatoria, y de toda esa pasión concretada y hecha realidad, quedasen ahora solamente algunos distantes comentarios, recuerdos no compartidos entre dos seres, ajenos y extraños otra vez, resentidos, viviendo a cientos de kilómetros de distancia, prácticamente muertos el uno para el otro, y en el fondo de las almas, el gran tormento interior: el infierno.

Resultaría interesante escuchar a la otra parte. Quizá Pedro podría ser un poco más explícito y detallista al hablar de aquellos aspectos de la relación que al músico en particular le hubiese gustado escuchar de boca de Pilar, los más físicos, los de más acción, los del erotismo que él había querido ejercitar con ella desde que la veía infinitamente lejana en la secundaria y después –hacía poco-, cuando planeó encontrarla e intentar aquello durante tantos años pospuesto. Pilar había preferido, mesurada, concentrarse en los aspectos románticos, existenciales, en los sentimientos, en las generalidades, en su percepción de la relación, la forma en que deseaba recordarla, y al hablar de ella sonaba en general poco entusiasta. Y cómo no! Era como si la ex modelo hubiera decidido colocar una brecha de indiferencia emocional entre ella y su recuerdo, o más exactamente, como si a ella realmente no le hubiera nunca importado demasiado.

Él también decidió que sería mejor no pensar más en el aspecto negativo ni en la fase crítica de la relación de Pedro Galas y Pilar –*debe haber sido terrible* –pensó- *cómo se va uno a sentir de que el amor de su vida se nos vaya con la propia hija de uno...?!*-, y prefirió aligerar el dramatismo pensando en cosas más banales – *naaa... lo mejor es acordarse nada más de las cosas buenas que nos pasan* –.

Si encontraba la forma apropiada de preguntarle, Galas podría platicarle su propia versión de los hechos, sería interesante contrastarla, compararla. En el fondo anhelaba escuchar lo que sería quizá una versión mucho más emotiva y pasional; esperaba que a Galas si le fuese posible,   prescindiendo del dolor y honrando la antigua absoluta intimidad que cuando jovencitos compartían, pormenorizar los detalles de su goce estético, de la pasión de las formas y las carnes de la mujer soñada por ambos, conseguida sólo por el escultor.

Y vaya que la mujer había sabido cuidar esas formas y esas carnes y conservarlas en un conjunto armónico y perfecto para su edad!

Era una verdadera lástima pensar que *él* en particular no había podido llegar a disfrutarla y, seguramente después de lo sucedido, nunca llegaría. Pero así son las cosas, qué le iba a hacer?

Y qué iba a hacer Galas? qué podía haber hecho Pedrito para salvar algo insalvable? para lo cual —en su calidad de hombre hecho y derecho— no estaba calificado, por lo menos en los últimos años de su permanencia con Pilar. Cómo iba a saber su amigo Pedro que esa unión se iba diluyendo?, no porque él para Pilar fuera siendo menos hombre cada día, sino porque era ella la que a cada cambio de ropa y de modelo, cada instante, cada minuto, cada desfile, cada temporada, iba siendo menos mujer! O tal vez más? Más plena? *Cómo iba a saberlo? carajo, si nunca sabemos nada! Sólo Dios. Cómo, si yo mismo muchas veces tardé en darme cuenta de algo trascendental aunque lo tenía clarísimo ante mis ojos! Cómo, si son más las cosas que no sabemos, aquéllas de las que no nos damos cuenta, y a veces tardamos tanto en hacerlo que acabamos muriéndonos antes de descubrirlas?! Porque hay hechos, razones, aventuras, intenciones que nunca notamos ni descubrimos en el ser amado, en los amigos; secretos que se llevan ellos a la muerte porque prefieren lo que sea antes que permitirnos conocerlos, antes que darlos a conocer, antes que reconocerlos. Y así, nos pasamos toda una pinche vida creyendo tener la certidumbre de algo que en realidad no es de esa manera, creyendo que algo no pasó cuando sí pasó, y al revés; pensando que era blanco, y era negro, quizá porque muchas de las veces nosotros mismos colaboramos al engaño porque intuimos calladamente el posible dolor de la revelación, porque inconscientemente escogemos el engaño piadoso (hasta para nosotros mismos), la inconsciencia inofensiva, porque presuponemos un dolor inaguantable y preferimos el camino nublado pero tranquilo, al diáfano pero violento y torturador. Porque sabemos en lo más profundo que hay pinches cosas que es mejor no saber y por supuesto, en nuestro propio caso, ni contar. Porque sabemos que así como nosotros, ellos, los otros, tendrán sus cosas que se guardan, y entendemos que hay cosas que es mejor guardarse, cosas que es conveniente no contarnos ni a nosotros mismos. Habrá sido este último, hasta que no le quedó más remedio que reconocer y admitir que lo sabía, el caso de Pedro Galas?*

A pesar de toda su honestidad, madurez, desenvoltura y vanguardismo, Pilar no se animó a decirle, *a él*, que dentro de sus múltiples actividades posteriores al modelaje había estado la de prostituta, *call girl*, chica de lujo, pues; que en uno de los últimos desfiles de moda en los que participó -en aquella ocasión para una convención en Veracruz-, Blanca Ramírez, su compañera conocida de la prepa, la había invitado a unas reuniones, fiestas y agasajos y de una cosa pasó a la otra y aceptó sumarse al elenco de "La Casa Beige", el selectísimo y superprivado burdel de categoría que la gorda regenteaba por esos años con su talento natural para las relaciones públicas, capacidad de organización absoluta y discreción a toda prueba; casa de estilo colonial de un tono casi crema, con amplios jardines y palmeras y dispositivos de vigilancia y seguridad, a la que acudían cónsules, gobernadores, embajadores, senadores, capos y magnates empresariales, hasta el Presidente fue una noche dizque de incógnito, agárrate de ésa!, nadie que no tuviera peso de a de veras en el desarrollo del país, entraba. Con la lista de asistentes y las fotos que Blanca tomaba en secreto con sus cámaras ocultas, podía elaborarse un maravilloso "Quién es Quién?" de la sociedad mexicana de finales de los 80's, al estilo *hard-core*. Pilar, por supuesto había causado revuelo cuando se integró. Fue la sensación, la favorita de muchos, y le entraba a todo y a todos, con algunas contadas excepciones. Como la noche que se negó a bajar y presentarse frente a Takagaki para acostarse con él, como Blanca pretendía , y fue imposible convencerla hasta de que diera la cara y por lo menos saliera a saludar, porque Pilar sólo decía "ni se te ocurra, Blanca, no tengo nada que pensar, si insistes o le dices algo, me largo"; y Blanca dio gracias a Dios de no haber hablado de más y de haberle dicho al doctor Takagaki - su cuate de la prepa convertido en acaudalado magnate de la medicina, superbien relacionado en todas las áreas y que llegaba en esa época a pasarse a veces hasta una semana completa en el lugar entrándole a todas, a una por una y a varias a la vez- que acababa de llegar un monumento, una maravilla, una fémina fuera de serie, tienes que verla, Taka, te vas a morir, ni te imaginas quién es, ahorita te la traigo, pero gracias a Dios sin llegar a decirle, gracias Dios mío, el nombre de la mujer, para pasar ella después momentos de angustia tratando infructuosamente de convencer al monumento que se le abría a quien fuera pero que en ese momento quién sabe por qué razón estaba resultando tan remilgosa –"Eres racista, o qué?, ni que te vaya a manchar la piel, Pili, la tiene del color de la casa, anímate!-, y, sin haberlo conseguido (a pesar de ofrecerle a Pilar diez veces más! y de su propia bolsa), bajar moviendo su voluminoso cuerpo por las escaleras, tronándose los dedos y elaborando una razonable explicación para "El Chinito", como ella le decía en privado.

Nunca se animó, nunca lo vio, nunca coincidieron. Takagaki le preguntaba a Blanca por la maravilla que algunos de sus amigos le decían haber disfrutado en distintas ocasiones, pero con el cambio de nombre: Genevieve, el francés fluido que adoptaba Pilar mientras atendía –aunque era capaz de joder en los siete idiomas que dominaba- y los artilugios de Blanca, el Doctor jamás llegó a enterarse. Después de un tiempo, Takagaki dejó de frecuentar el lugar.

Y yo que me quejaba de Silvia! Mmj! Todas son iguales y algunas peores! Lo que hizo Pilar no tiene nombre y lo que me hizo Silvia tampoco.

Para qué estar mandando tantas cartitas y pinches mensajes de amor repitiéndole al hombre que es lo máximo, que lo adora, que nunca lo abandonará. Para que estársele hincando al hombre y mamándole la verga lo mejor posible y besándole y lamiéndole hasta el culo diciéndole a cada rato mi rey, mi rey vamos a hacerlo de nuevo otra vez, sí? ándale, sí? méteme por donde me gusta, por donde te gusta y como tú sabes, ándale, sí? nomás tantito... y restregándosele y metiéndole mano a cada rato y diciéndole al oído las mismas cachondeces a lo pendejo mientras le buscan al hombre hasta el martillo del oído interno con la lengua? Para qué? Si luego: toma! El trancazo donde más duele, en el lugar que saben más vulnerable y desprotegido de tanto que lo han llegado a conocer a uno durante todos los años de convivencia. Mentira que lo hagan sin pensar o sin pretender hacer daño, una vez que les cambia el ánimo y su pinche vagina vibra con otros músculos, otras manos y otras caras... preparan el terreno, analizan, planean, deciden. Preparan, apuntan y disparan, y uno, que terminó por creerles sus pinches promesas de amor porque no había forma de no creerles porque las decían con tanta sinceridad y tan seguido que hasta resultaban atosigantes, empieza a desmoronarse irremediablemente, nos despedazamos por dentro y por fuera porque en algún momento las llegamos a considerar constantes, leales, fieles para siempre, llegamos a sentir que son el único puerto seguro al que podemos regresar, la única cosa buena que permanece vigente a través del desencanto de nuestras vidas. Pero no, ya no. Nos lastiman las heridas sin tocarse el pinche corazón. Es lógico que una mujer nos pueda dañar: venimos de mujer y es lo único que verdaderamente necesitamos después de la unión de las dos células para llegar a ser, a nacer, a vivir los primeros meses de nuestra vida; y esa sensación se nos queda grabada desde el principio y para siempre. El que un pinche hombre nos abandone, nos traicione, nos lastime, no nos duele tanto, no nos afecta tanto. Y ellas saben perfectamente que tienen el poder de dar y de quitar. No les preocupa en lo más mínimo quitarle la vida a alguien al abandonarlo, náaa, cuando saben que ellas simbólica, conceptual y realmente son las que dan la vida. Las que la quitan. Las que pueden volverla a dar si se les antoja. La vida... y lo demás. Eso sí nos duele, en los pliegues más profundos de los surcos de nuestra manos apretadas desde el interior de sus vientres, en los pliegues más primitivos de nuestros cerebros. Es también cuestión de imágenes, de íconos. En asuntos de afectos, de relaciones, sólo nos puede dañar realmente una mujer. Los pinches hombres no son capaces de hacerse daños entre ellos a tal extremo, aunque sólo sea por la sensación de solidaridad ante su mismo desamparo.

Los hombres dicen que van a hacer y no hacen; las mujeres hacen y no dicen.

Los hombres te amenazan, triáaaa... pero no te chingan; las mujeres te chingan coink, coink, coink hasta sin amenazarte. Los hombres planean, las mujeres actúan. Los hombres quieren tener un hijo, las mujeres lo tienen. Por lo menos hasta ahora.

Y da lo mismo si se habla de hombre y mujer en el sentido heterosexual o se habla de homosexuales. En cualquier pinche relación amorosa sexual siempre hay alguien que juega el papel femenino porque de otro modo no podría darse la relación. Siempre hay un "hombre" y una "mujer", aunque ambos estén encapsulados en cuerpos de hombres o de mujeres, indistintamente. En un par de muchachos gays, novios, hará más daño siempre, tendrá esa capacidad en mayor grado, el que sienta, vibre, actúe más como mujer, como el elemento "femenino" de la relación. En una pareja de pinches lésbicas, igual. Aquella que aún dentro de su condición sea menos masculina y cuente con una sensibilidad más propia del carácter femenino (a pesar de su aparente mayor dulzura, a pesar de la ternura manifestada de sus pinches actos), será la que potencialmente tenga la mayor capacidad de dañar verdaderamente a la otra. Dañar en serio, eh? como la pinche Silvia me dañó a mí. Con aquella inmutable frialdad que desplegó en los años de nuestro departamento. Nuestro. *A pesar de no estar casados lo consideraba nuestro, de los dos! Porque así era, porque así debía ser. Y lo puse a su nombre porque era ella la que tenía más tiempo para realizar los trámites mientras yo andaba para arriba y para abajo con mis clasecitas; y confié en ella, carajo, y en lo que me decía, sin pensar que acabaría por irse, mandarme al rechingado puto pinche carajo y quedarse con todo! con mis cosas, con el departamento y hasta con el pinche auto que teníamos en esa época. Jodido el pinche auto, pero era auto! Ese sí estaba a mi nombre pero se lo llevó cuando se largó.*

Y para qué pelear? si lo que a mí más me dolía en ese momento no era ni el departamento ni el auto ni nada, para mí lo mismo daba un palacio austríaco que una pinche choza de bajareque como éstas de al lado de la carretera, no era eso lo que me dolía, sino ella, el hecho de que se me fuera, el hecho de perderla, y más que nada su traición. La frialdad con que lo hizo; la pinche desconsideración!

La pinchísimapinchepinche frialdad con la que había empezado a actuar desde el día en que me di cuenta, sin querer, que una grieta impresionantemente enorme cruzaba todo lo que lentamente habíamos construido: la relación, los recuerdos, los sueños de grandeza, las mismas caricias y besos que desde ese día entendí por qué ya desde un tiempo antes habían empezado a parecerme tibios, insípidos, lejanos, fríos.

La pincherrísimapinche frialdad hija de su puta madre con que aquel día de pretendida reconciliación de mi parte me recibió, porque para esas fechas yo ya había empezado a admitirle, sin discutir, para tenerla contenta, que la culpa de sus enojos era mía y nada más mía (como hacemos con la mujer cuando comprendemos que no podemos vivir sin ella, o cuando queremos cogérnosla, como esos pinches dizque sociólogos, escritores, argumentistas que saben que las mujeres son unas hijas de su chingada cuando quieren, o mejor dicho cuando ya no quieren, pero que hablan bien de ellas y les dan la razón y se minimizan como hombres, porque saben que las que compran y van al cine y hacen el éxito de cualquier obra son ellas! así que hasta comercialmente les resulta mejor tratarlas con pinzas, darles la razón y homenajearlas, pública y privadamente, como yo a Silvia ese día), y le compré de regalo un precioso perrito cocker spaniel de mes y medio de nacido, con el último dinero que me quedaba para terminar la quincena, carajo, y lo metí en una pinche cajita de Fab-Limón que yo mismo acomodé y forré con papel para envolver regalos dejándole un par de agujeritos en la pinche tapa para que el perrito respirara, y le puse su moño rojo y toda la cosa. Y llego y noto que está dormida, o por lo menos haciéndose (porque esas cosas tenía, se hacía güey), y me acerco y le digo mi vida, mira lo que te compré, mi vida, moviéndola con la mano, más que nada porque estaba seguro de que ella no estaba dormida en realidad y tratando de no mover mucho la caja para que el perrito no ladrara y no hiciera absolutamente ningún ruido y llegase a ser una completa sorpresa; y ella abre los ojos fastidiada (cómo podía verme en ese momento con fastidio si hubiera estado realmente dormida y sin saber la razón que tenía yo para despertarla? podía haber sido un accidente, una urgencia lo que me motivara!), y ve el regalo y le importa un rábano y me dice que la deje en paz y yo insisto en que lo abra y lo vea (porque sé que los animalitos le gustan y que si lo ve se le va a pasar el pinche coraje y además el pobre cocker ya ha pasado varias horas en la caja por el pinche tráfico del Periférico) y le vuelvo a insistir Silvia, anda, ábrelo mi amor, siquiera mira lo que es, y ella termina por sentarse en la cama, darme la impresión de que lo va a abrir y un momento después con toda premeditación, alevosía y ventaja, toma la caja y la avienta con todas sus fuerzas contra la ventana del cuarto, yo creo que no imaginó que estaba abierta y pretendía romperla, Dios mío, imagínate si la hubiese roto o le hubiese atinado bien en medio y el pobre perro hubiese salido volando entre las inmensidades del smog hasta ir a estrellarse en el pavimento al final de su vida ni larga ni gloriosa...! pero en vez de romper la ventana e ir a desmadrarse en la banqueta o en medio de la calle, el regalo se estrella en la pared, a un ladito de la ventana gracias a Dios, por lo menos, y la caja cae al piso y yo me espanto y corro a abrirla sin más remedio porque quiero ver si no se lastimó el perrito y lo saco y se lo muestro y le digo Silvia, mi vida, mira lo que es, te va a encantar, míralo cielo, cielito, mientras acaricio al cocker por todas partes y lo consuelo y ella se levanta de la cama, me empuja con todo y perro y se dispone a salir del dormitorio y cuando yo la sigo extendiendo mis brazos con el perrito, diciéndole cálmate Silvia, agárralo aunque sea un ratito, él no tiene la culpa, ella sin voltear y antes de encerrarse definitivamente en el baño, echa el brazo izquierdo hacia atrás como para hacerme a un lado y evitar que la siga y le pega con la mano al pobre perro que por segunda vez esa noche de su triste destino de aviador rompe su propio récord de caída libre sin paracaídas y va a dar esta vez contra la pinche lámpara de la mesita de la sala en la esquina de la pinche mísera estancia.

Yo entendí que no había mucho qué hacer pero mantuve al perro con nosotros con la esperanza de que ella se suavizara en los pinches días subsiguientes. Pero nada. Aquella vez el coraje le duró un mes; yo ni entendía por qué tanto odio, y cada tres días me decía saca esa mugre de aquí, saca ese animal de aquí que la casa apesta a rayos... (cuáles "rayos"?, si yo cada vez que estaba en la casa limpiaba la caca del perrito y trataba de enseñarle a que hiciera sus necesidades en el patio de la unidad o por lo menos en las jardineras del pasillo!) Y así pude haber seguido mucho pinche tiempo, tolerando sus recriminaciones y quejas, haciendo tiempo (yo quería mucho al pinche animalito), si no fuera porque me di cuenta de su grado de locura y odio hacia mí, hacia los perros, hacia los cockers spaniels, hacia el mundo, qué se yo! el día en que llegué al departamento y no lo encontraba por ningún lado, dónde estás Brahms? así le puse, dónde te metiste? (y lo decía yo bajito

*porque Silvia estaba en la cama dormida, o haciéndose, pero que tal
que ese día si estuviera dormida y yo la despertase, la que se me
armaba!) Brahms, psst, psst, Brahms!, y seguí buscando a Brahms hasta
que lo vine a encontrar amarrado, pobrecito, todo embozalado, con el
bozal y el collar bien apretados y él casi desmayado de debilidad, o de
pinche desencanto, qué se yo?!, allá hasta allá hasta el fondo del
horno, pobrecito amarrado a las parrillas de la pinche estufa!!*

*Silvia fue inamovible. Y yo, hasta por su propia protección -del
perrito-, se lo regalé a la vecina del nueve, porque con mis constantes
salidas no podía cuidarlo y quién mejor para conservarlo que la hija de
seis años de la señora, que lo adoraba.*

*Si así trató al pobre animalito...! Ay, ay... yo debía haber entendido
desde aquel momento que la vida y su desamor por mí la habían
incapacitado ya para cualquier ejercicio de ternura y resultaría
absurdo hacer lo que hice cuando le propuse, tiempo después, tratando
de salvar nuestra relación, que tuviéramos un hijo. A fin de cuentas era
lo que ella siempre había querido y años antes habíamos planeado tener
uno, pero al principio las cosas no se dieron y luego pensamos que no
era conveniente, por nuestra situación económica, y que debíamos
esperar un poco. Y hasta eso, la pinche situación había mejorado y ya
era más o menos estable, pero ahora entiendo que no fue por eso, sino
por su absoluto desprecio hacia mi persona (que yo en ese pinche
tiempo no notaba), por lo que Silvia (pinche Silvia!) me contestó el día
que yo se lo volví a proponer:"Para qué quieres un hijo? si no puedes
siquiera ni contigo mismo! pareces loco y desquiciado queriendo nada
más traer problemas a la casa y cosas que nos complican la vida, como
ese mugroso perro que se te ocurrió comprar o como un chamaco llorón
que se va a andar cagando por toda la casa y no nos va a dejar ni
dormir en paz!!!"*

Él apretó el acelerador para llegar lo más rápidamente posible a
Pinotepa Nacional, comprendiendo que se entiende que la gente cambie,
pero es muy doloroso. Cuándo se iba él a imaginar que las cosas
llegarían a ponerse tan mal, en aquellos otros lejanos días de principios
de los '70, en que la amorosa Silvia, mucho más joven, se quitaba la
comida de la boca –literalmente- para dársela y habría sido capaz de

dejarse cortar un brazo si él se lo hubiera pedido! Días en que Silvia era capaz de hacer lo que fuera con tal de tenerlo contento. Lo que fuera.

Uno de aquellos días, impresionado él torpemente por una película que había visto, en donde un esclavo amoroso y fiel soportaba sin queja, sin inmutarse –película al fin y al cabo, pero él no lo entendía así-, que unos guardias del palacio le sostuvieran la mano sobre una llama ardiendo, sólo para que su amo les demostrara a unos invitados la lealtad y el cariño que dicho esclavo le profesaba... le dijo él a Silvia que a ver si era verdad tanto amor y a ver si era capaz de aguantar –"como las machas", le bromeó-, y hasta qué punto, algo qué a él se le había ocurrido.

Él tenía diecisiete años pero la suficiente inseguridad y la mente lo bastante retorcida como para acabar de oír en la radio del auto en que se encontraban platicando, la noticia sobre aquella primera gran crisis mundial del petróleo y la muerte en San Juan de Puerto Rico del violonchelista Pau Casals, quedarse un rato pensativo, apagar la radio con toda calma y sin ninguna expresión en sus facciones, empujar hacia dentro el encendedor del auto, bien hasta el fondo, esperar a que se botara hacia atrás, ya con las resistencias ardiendo al rojo vivo, y decirle a Silvia:-"A ver si es cierto, préstame tu brazo –le tomó el brazo derecho y se lo sujetó de la muñeca firmemente-, no lo vayas a quitar por nada del mundo"-. Ante la mirada asombrada de Silvia, le aplicó el encendedor del auto en la parte posterior del antebrazo quemándole los vellitos y un poco de la carne. A pesar de la intención de la Silvia romántica, idealista, adolescente hasta de una personalidad propia, intento de feminista, pero de feminista enamorada, y a pesar de sus ganas de quedar bien con él y de demostrar lo indemostrable, aun por esos medios, la muchacha encogió el brazo cuando sintió la quemadura y trató de zafarse, pero él retiró el encendedor y ella aflojó la presión y aguantó paciente la explicación de que la que seguía era la buena, que no había problema, pero que en la siguiente oportunidad tenía que poner todo de sí y aguantar porque él así lo quería y así podría demostrarle ella todo el gran amor que decía sentir. Él volvió a meter el encendedor para que se calentara y, sin soltarla ni un momento, lo volvió a aplicar varias veces contra el brazo de Silvia que, haciendo un verdadero esfuerzo, lograba por momentos controlarse y aguantar las quemaduras entre

81

conatos de llanto compungido, unos cuantos segundos más, pero nunca el tiempo que él deseaba. Él entendió que lo que pretendía: que ella aguantara sin la menor señal de dolor –como el esclavo de la película-, era algo muy difícil; pero comprendió también - al ver cómo se le saltaban las lágrimas a Silvia, apretaba el brazo y el puño y trataba de obligarse a la inmovilidad ella misma para que el cuerpo no se le retorciera del ardor - que podía dar la prueba por terminada de manera más o menos satisfactoria. Nunca como a él le hubiese gustado.

Al final, se sorprendió de ver las marcas circulares de rayitas concéntricas que habían quedado impresas, ahora sí que "a fuego", en el brazo de Silvia, se preocupó, temió que se las fueran a descubrir en su casa, le dio alguna razón para justificarlas. Ahí quedaron: haciendo que Silvia usara blusas con manga larga y suéteres durante los siguientes seis meses de Preparatoria, hasta que lo obscuro de la carne quemada y de la costra de las cicatrices, dio lugar a las huellas pálidas que se destacaban en su piel morena pero que poco a poco fueron resultando menos llamativas y reintegrándose al fondo del color general, aunque sin llegar a desaparecer nunca por completo.

Silvia explicaría reiteradamente en el transcurso de los años, a sus diferentes hombres, usualmente en la cama después de hacer el amor con ellos, que cuando estaba jovencita su hermano la había empujado contra los tubos de escape del humo (!) –seis(!)- de una estufa de carbón que tenían en su casa(!)

Cómo era posible que alguien con esa capacidad de aguante y espíritu de sacrificio, hubiera llegado a perder hasta el más mínimo residuo de interés por *él*? Según él, no era posible explicarlo sólo como la consecuencia de hechos malvados de él hacia ella -como aquél de las quemaduras-, porque no habían sido muchos a lo largo de tantos años y porque habían ocurrido principalmente en lo que podría considerarse el principio de su relación – sus tres primeros años juntos-, allá por sus años de adolescentes. Además, nunca fueron hechos, según él, con mala intención, nunca realmente *malvados,* sólo para encontrar y definir las más profundas bases de su amor, y hasta porque ella de verdad le interesaba, porque si no, según él, que más le hubiera dado que ella lo amase realmente o no? me entiendes?, le decía. Mucho tiempo después de aquellas cosas ella aún seguía cariñosa y absolutamente enamorada, y después del interludio de los años en que ella se cansó y siguieron caminos diferentes, cuando él decidió recuperarla y volver a hacer que se enamorara de él como antes, y después de mucho lo logró, Silvia volvió a ser la misma de cuando jovencitos –o eso le pareció a él-, con el mismo afecto incondicional expresado ahora a través de más cartas de amor, de besos, de sacrificios, de consideraciones, de invitaciones a recitales del cubano Silvio Rodríguez en la UNAM, a películas de Fassbinder en la Cineteca, de entrega incondicional y desinteresada de regalos de discos de Noel Nicola cantándole ella a él con su voz no muy afinada que lo que no le perdonaba era haberla besado con tanta alevosía (ocurrente, inteligente y detallista esa Silvia, y llena de sorpresas), de ramos de flores de mujer a hombre -como en su primera relación-, y con el mismo aguante, o más, para cualquier posible ofensa de las que él a veces le infligía. Pero también era cierto que él había cambiado, y para cuando quiso convencerla -por haber llegado él finalmente a valorarla, o por querer sentir que alguien lo quería de verdad en su vida tan solitaria- de que *él* era el verdadero amor de su vida, su primero y el único, y que lo mejor para ambos era que ella lo volviese a amar como al principio, sin reservas, y lo logró, a él ya no se le ocurrió tensar tanto la cuerda ni demandar pruebas de amor tan concluyentes, ni quemarle nada, ni enterrarle una aguja en ningún lado. Fue bueno que no se le ocurriera, porque el amor inocente, incondicional, absolutamente pendejo pues, se presenta una sola vez en la vida y nada más, aunque se relacione uno varias veces con diferentes personas o inclusive con la misma.

Aquella forma de quererlo sin límites, de los días de los besos en la Secretaría de Educación Pública y de las caminatas por Reforma, quedó como un símbolo imborrable en el capítulo de su psicología que él destinaba a su concepto de EL AMOR, pero había ya terminado para cuando él y Silvia pasaron de los veinte años, y nunca volvería a aparecer, a pesar de haber sido tan poderoso como para despertarle el deseo, hacerlo sentir el rey del universo, meterle en la cabeza y hasta casi en el corazón –así fuera tardíamente-, que un amor como el que Silvia le ofrecía era difícil de encontrar y valía la pena y merecía una segunda y una tercera oportunidad para situarse definitivamente en su vida; y tan poderoso como para haber hecho, a sus catorce años, que él pasara de las masturbaciones solitarias en el baño de su departamento y en los cines de barriada, a esas otras de caricias *reales* aplicadas por la mano ajena a la sombra intermitente del parpadeo de los proyectores del gigante Cine Ópera en las tardes cinematográficas familiares en que románticamente, a no dudarlo, Silvia y él intuían la película que después inventarían ante sus propias familias, porque no habían visto nada por estar dedicados a los escarceos de adoración de el uno para con el otro – la de ella por amor, la de él por deseo- en la parte de hasta arriba del cine, al fondo y junto a la cabina del operador, en las últimas butacas, que substituían a las habitaciones de motel, inasequibles para ellos, jovencitos, por el momento.

En la desviación de Pinotepa Nacional hacia Miahuatlán dudó él entre subir por ahí hacia la Ciudad de *Máxico* o continuar hacia Acapulco. El desencanto de lo sucedido con Pilar lo había desgastado más que lo de Chiapas. Había sido menos violento, mucho menos sangriento, pero en el contexto de todas sus expectativas, mucho más conclusivo, doloroso y lapidante.

Después de comerse veinte tacos al pastor –ya sin la menor preocupación por su panza creciente-, cargó gasolina y decidió continuar hacia Acapulco. Desde que Blanca Ramírez le había contado en Veracruz su dramática experiencia, la última, con Miguel, él sintió deseos de volver a visitar el puerto del Pacífico. Tenía años de no ir para allá. La última vez que lo visitara, fue en 1975, cuando aprovechó un puente para tomarse un descansito y darse una escapada junto con sus primos que vivían en Tacuba.

-*Más de veinte años desde aquella vez...*- pensó. Tiempo suficiente para encontrar una ciudad completamente diferente.

Necesitaba un lugar para recargar el crédito de su teléfono celular, quería llamar a Monterrey para tratar de localizar a Jorge Toledano; pensó que era probable que ya hubiera regresado de su viaje después de todos esos días. Aunque por la distancia y por su propia situación económica le resultaría muy difícil regresar a Monterrey para poder irlo a visitar, quería por lo menos platicar con él, intuía que le haría sentir bien escuchar a su exitoso ex compañero, seguro de sí mismo, hombre capaz de conseguir todo lo que se proponía, después de todas las decepciones que él mismo había sufrido en las últimas semanas.

Pero era obvio que le iba a costar mucho trabajo encontrar algún distribuidor de Telcel en Pinotepa, y decidió seguir su camino. Considerando la magnitud de sus recorridos, la distancia que tenía que viajar hasta Acapulco resultaba mínima.

Se lamentó una vez más de la falta de papeles; esperó tener la suficiente suerte como para que no lo detuviera ningún agente de tránsito y no tuviera él que inventar alguna absurda explicación. *Si les digo que los perdí cuando anduve con aquello de los zapatistas en Chiapas, voy a acabar peor.* Llegando a Acapulco trataría de hacer algo al respecto.

Fragmentos de su conversación con Pilar y chispazos de las imágenes de los excesos orgiásticos de las tres mujeres conseguían filtrarse entre sus denostadas recriminaciones a Silvia y le pegaban en la mente por momentos aislándolo del calor húmedo del día nublado guerrerense que le daba al paisaje una tonalidad totalmente grisácea. Como a través de un velo de odalisca, él reparaba a veces en las redondeces de los árboles, las vacas y las curvas y sinuosidades del camino. Se sorprendió pensando en Blanca, recordando aquella noche en que la mujer había parecido pederasta incontenible acometiendo el cuerpo de él, menor, tiernito, infantil, desamparado, con prácticas que estaban más allá de sus conocimientos y dominios, la imaginó revolcándose con Pilar y las dos chicas y dándole, *ella sí,* la oportunidad para que él les demostrara a todas que pa' los toros del jaral, los caballos de allá mesmo, provocando con sus atractivos y capacidades, por fin reconocidos, que las muchachas, viendo los efectos que su masculinidad provocaba en la gorda, le pidieran, le rogaran que las tomara en cuenta y les guardara un poquito pa'l final. Ahí sí, su venganza contra ellas, contra Silvia y contra toda fuente femenina de insatisfacción terrenal, quedaría consumada.

Como le ocurría siempre después de una noticia mala o triste, y especialmente después de algo que lo indignaba, sus morbosos monólogos interiores empezaron a estallarle en diversas partes del cuerpo, a cada instante más alienados, delirantes, pasionales y truculentos. La violencia contenida de sus resentimientos y frustraciones iba tomando cuenta de sus músculos y articulaciones, alterándolo como nunca.

Se vio en el espejo del auto las ojeras. Reparó en las arrugas al lado de los ojos y se sintió inmensamente triste.

No es justo, carajo, nomás lo encandilan a uno! Uno es capaz de cualquier cosa por ellas y ellas pueden llegar a ser tan insensibles y tan crueles...! cambia uno sus hábitos, sus costumbres por ellas. Hace uno lo que nunca imaginó, aprende uno a callar, a coser, a cocinar, tiene uno detalles con ellas que jamás imaginó. Les regala uno flores, bombones con cerezas, diamantes, comidas, viajes, cenas, veladas de ilusiones, románticas costumbres, les da uno la chequera, mimos, lumbre, aprende uno a bailar, a todo se acostumbra uno, a dormir sin cenar, a cenar en penumbra, les da uno una estrella, lo oscuro de la luna, pasa uno sobre todos, hermanos, tía, hermanas, se olvida uno de vicios, manías, drogas y mañas, si alguien las ofende, las venga uno con saña, con odio, con pasión, cruza uno océanos, ríos, salva uno precipicios, y sube uno montañas, volcanes, montes, cerros... y les compra uno un perro...

Se dio cuenta de que había ido pensando todo lo último a ritmo de rap, golpeó con rabia el tablero del auto. Espantó de tres claxonazos a una vaca que pretendía acabar de dormir su siesta en mitad de la carretera. Le hizo señas al conductor de un auto que avanzaba por el carril de regreso para que tuviera cuidado con la vaca.

Y yo leyéndole poemas y tomándola de la mano! Pinche vieja! Mira nomás, ya ni me acordaba de esa onda. Qué pinches desfiguros debo haber hecho! y eso que lo del pinche poema fue en los tiempos de la secundaria, cuando según yo no la amaba. No quiero ni pensar en las cosas que hice, los desfiguros que hice, las groserías que le aguanté años después, cuando los papeles y las posiciones entre los dos habían cambiado. Si hubiera yo sabido que cuando decidí darle una oportunidad de amarme en serio (y demostrármelo) para toda la vida, cuando decidí volver con ella, todas esas consideraciones y atenciones de mi parte, que según yo lograrían hacer que ella recuperara la confianza, creyera en mis buenas intenciones y decidiera intentarlo de nuevo por lo menos una vez más, iban a lograr eso, pero sobre todo asentar las bases de su sensación de triunfo final, de su superioridad, de su posición inmejorable para ejercer desde ahí la venganza gestada durante años en alguna parte de su subconsciente y cultivada con mis desplantes de groserías y olvidos..., habría optado yo mejor por olvidarme de todo y por conseguirme otra compañera.

Pinche Silvia. Me acuerdo bien que ya en ese tiempo en que me entusiasmé de plano por ella, hasta lloraba yo de sentimiento sólo de oír la canción "My eyes adored you" de Frankie Valli, pues era oírla y automáticamente ver su cara, sentirla junto a mí y salírseme el corazón... hasta la saqué en el pinche piano para cantársela y ella, ya en su nuevo plan canijo, sólo atinó a decirme: No se dice "adored" sino "adoré" you!

Las novias adolescentes amorosas, tiernas y gentiles que uno abandona, son irrecuperables, al menos en su estado original. Lógico! Es mejor buscar otras que conserven la inocencia de lo desconocido y el encanto de la ilusión, el romanticismo puro. Pero qué difícil encontrarlas! Kelly, Kellita, no te canses, no te olvides, ahí te voy. No escuches las promesas de esos pinches mequetrefes adolescentes de tu escuela, no atiendas sus insinuaciones, no te creas, no seas tan crédula, date cuenta de la gran diferencia de maneras entre ellos y yo, de maneras, de costumbres y de estilo. Yo nací con la luna de plata, de lana , de queso, cuando todavía era posible soñar... cuando los pájaros negros frente a las nubes rojas y los atardeceres en llamas, pitaban hasta ensordecernos, no en una pantalla de ordenador, Kelly , no en un CD-ROM, Kellita, no en un DVD, sino en la maravillosa realidad de nuestras vidas cerrándonos los ojos y golpeándonos la cara...! Ves? Qué te pueden decir tus pinches amiguitos, Kelly, que yo no pueda contarte mil veces mejor? en qué programa de televisión van a escuchar o a leer ellos en la pantalla "Plenitud" de Amado Nervo o algún poema de Alfonsina Storni para después írtelo a decir despacito y al oído? como yo..., cómo? cómo, Kelly? si nunca amarraron la cuerda del trompo para arrojarlo sobre el pavimento y luego subírselo a la mano y hacerlo después bailar sobre una uña y luego sobre su cabeza! ni nada parecido, nada! más que en algunas pinches versiones del Nintendo, y los pescaditos y los aros del Buda de las ferias sólo los ensartan ellos con un click! Dime entonces qué onda, pinche Kelly!

Y para qué te quiero yo, Kellita (a pesar de que nuestro amor sin estrenar no te haya dado, por lo mismo, la oportunidad de desilusionarte y puedas tener, tú sí, entre tus pliegues de calor la ternura que me falta) si en un dos por tres, o en un descuido, vas a acabar como Silvia, como todas, haciendo que le duelan a uno los recuerdos, las palabras...!

"Amar es este tímido silencio cerca de ti sin que los sepas..."

Ya me acuerdo pinche Silvia, ya me voy acordando, ja ja! buena onda, pinche Pilar, buena onda, qué chingona poesía! gracias por el recuerdo, aunque me hubiera gustado quedarme junto a ti frente a la playa para acabar de acordarnos juntos; o no, verdad? Porque supongo que tú no te la aprendiste, sólo se la oíste declamar alguna vez al Michel Bartres ése, o tal vez Silvia te la platicó junto con nuestra anécdota de la resbaladilla en Chapultepec, cosas de mujeres, pláticas de chavas (se cuentan todo), o tal vez alcanzaste a escuchar cuando yo se la decía a Silvia entre clase y clase, así que en vez de recordarla juntos, Pilar, en tu casa frente al mar, te quedarás mejor muy quieta viendo a Venus y a los pelícanos que casi los rozan con las alas mientras yo te la enseño de nuevo, te la muestro y la descifro, sin el libro (no como a Silvia), sin necesidad de apuntador, con la fuerza portentosa del entusiasmo soñador de saber que te estaré por fin enamorando, aunque sea en este último sueño, olvidando la desgracia de saber que quise a Silvia alguna vez porque sabía que nunca me podrías tú querer a mí, ya ves, ni ahora.

"...Y contemplar (contemplar?) su voz (tu voz?) cuando te marchas (carajo, de esa parte no me acuerdo) ... y sentir el calor de tu saludo..."

Pinche Novo, qué chingonería! Y todo para qué, Pilar? para qué los cuentos, para qué las poesías si no tenemos ni a quién contárselos ni a quién decírselas? si el mejor poema siempre es ése del que uno no se acuerda, si aunque lograra enamorarte terminarías por dejarme, como a Pedro, aaay!, como a otros... por otro Pedro o por otros "otros", o por una Paty! peor aún...!, a pesar del encanto de los versos. Pinche Novo, Pinche Michel... qué sensibilidad, mariquitas los dos...... tendrá que ver? (Wilde, Verlaine y tantos, tantos más!) Chance y entre ellos, como en una oculta cofradía, la lealtad y la fidelidad perduran más. Puede ser!

A lo mejor la erré, le fallé al asunto buscando una mujer que me quisiera... debí mejor haber buscado un pinche gay, no haber sido tan obtuso, tan insensiblemente machista y tan erróneamente macho, tan güeymente macho!, mal entendiéndolo todo, como decía Silvia. Tal vez por su diferente sensibilidad y por la mía, habría yo logrado una identificación más plena y permanente con algún homosexual. Total, por mi forma de ser hubiera sido yo el que diera, y el otro el que me recibiera, el dolor le hubiera correspondido a él, al otro, pero ni dolor porque les gusta, porque lo gozan, lo disfrutan, y yo tal vez hubiese encontrado a un ser que me valorara más, que me apreciara un poco, la carne es la carne, los besos son los besos, las manos son las manos y esta soledad está cabrona, no es como para andarle viendo los colmillos al pinche caballo regalado. La soledad no tiene sexo! La alegría, la compañía, la felicidad tampoco! Qué tendría de malo? A mi generación le enseñaron que ser gay estaba mal, era malo... pero no es cierto, es tan bueno o mejor que ser hombre, mujer, fantasma o ángel! Hay ángeles buenos y ángeles malos, hombres buenos y hombres malos... así de simple! Tal vez aún no es tarde, tal vez en una vuelta del camino, en un recodo, en una curva, una cantina, algún hotel, un hotelito, algún burdel... (pinche rap, ya cálmate) encuentre yo el amor perfecto en los brazos de otro hombre, a lo mejor los griegos tenían razón; si las mujeres sólo me han servido para descuajaringarme el ánimo y desmadrarme el pinche corazón, quién dice que un pinche hombre no me serviría para otra cosa? Para algo bueno, por qué no? Qué pinche desespero! Pinche mundo, el día tendrá que llegar en que sea absolutamente irrelevante si eres hombre, mujer, marica o lésbica, en que sea "irrelevante", como diría Pedro Galas, si te acuestas con otro hombre, otra mujer, u otro gay, si te acuestas con tu hermano, con tu hermana, con tu primo, con tu prima, con tu padre, con tu madre, con tu abuelo, con tu abuela, con tu hijo o con tu hija ...o si lo haces con un perro, un pinche Doberman, un Gran Danés o un Pastor Alemán... o un

Pekinés!... o con un gato, un tigre, un toro, un búfalo, un caballo pura sangre, una cebra o un burro! porque el mundo habrá entendido por fin que el sexo sirve para muchas cosas, no sólo para engendrar, sirve hasta para ayudar a ser feliz a la gente, para que ame y disfrute en vez de gritar y golpear y agredir a los demás, a los propios hijos, a la propia mujer, al propio esposo... y las píldoras masculina y femenina y los modernos controles y previsiones y las nuevas técnicas de fertilización y clonación harán que sea posible disfrutar el placer, adorarnos sana, limpiamente y sin consecuencias, más que aquellas nobles, positivas, buenas del goce de los sentidos, amarnos todos, ser felices...; ese día, liberados ya del yugo de su papel de pinches, sufridos, agobiados y comprometidos procreadores, el hombre y la mujer podrán por fin dedicarse a gozar indiscriminada e irrestrictamente del sexo en todo su esplendor, todos con todos, por todo y para todos, sin importar razas, edades, sexos, estado civil ni lazos familiares. El negro con la china, el teutón con la latina, el judío con la árabe y también con otro árabe, la negra con el celta, los chicos con las chicas y otros chicos y otras chicas a la vez todos juntos, por qué no? unga, unga, murunga, dale, dale, dale, no lo saques, no la saques, no lo saques... aaay! aaaaay! ay aaaaay!, las señoras de cincuenta años con los niños o las niñas de diez, los jóvenes de diecisiete con las ancianas de noventa (qué quieren? que ahora que viven tantos años y si ya de por si enviudan y se quedan solitas, se la pasen hasta sin coger? sin amar?), los hombres de cuarenta con las púberes (o los púberes), los gays, las lésbicas, los bis, los viejos con las niñas de ocho, de cinco años (qué quieren? que ya de por sí viejos y con tristes jubilaciones carcomidas por la superinflación, si es que se las pagan, y con expectativas de vida de muchos más años, vivan, además, pobres, tristes, abandonados, jodidos y sin amor? casi como bajo tormento sádico inhumano?), el hermano con la hermana, los primos con las primas, la tía con el sobrino, la sobrina con el tío, la madre con su hijo (ya sin problemas atávicos ni psicológicos ni culturales ni morales, verdad Yocasta? verdad Edipo? Elektra? Chaplin? Tiberio? Vadim? Carlos V? Polanski? Felipe II? Jefferson?, Franklin? Todos?)-, y la madre con su hija también! (por qué no? si eso les da placer, proximidad, entendimiento... comunicación!), el padre con su hijo (igualmente), las hijas con su padre, el niño de cinco años con la niña de seis (que claro! que tienen pulsiones sexuales y se excitan, y mucho! pues cómo no?! eso de que "no", es un invento creado históricamente por los sistemas económicos para su conveniencia y porque no había técnicas confiables de control de la natalidad, así de simple, pero bien visto y en el fondo, no sólo no tiene nada de malo, sino que es una realidad absoluta a la que no nos podemos sustraer, no nos podemos seguir negando a reconocerla, porque por eso y desde esas edades comienzan los pinches problemas psicológicos gravísimos de los niños, de las personas..., por reprimirla!!), los solteros entre sí, los casados con diferentes parejas entre sí, la mujer con la mujer, el hombre con el hombre, la hermana con sus hermanos, y no es barbarie ni salvajismo, sino auténtica, pura y evolucionada civilización, libre, liberada realmente de trabas, culpas y complejos, noble, buena, inocente *en el mejor y más general sentido, orientada racionalmente hacia las cosas que verdaderamente importan: el avance, la paz, la salud, la unión, la evolución, el desarrollo, los descubrimientos, la armonía, el conocimiento, el amor en la mejor y más sagrada amplitud, una civilización ya no preocupada ni coartada por estupideces, bobadas y niñerías! (nos pasamos más de tres cuartas partes de nuestras pinches vidas procurando parejas, intentando relaciones estables, satisfactorias, luego sufriendo y después tratando de olvidar, siempre entre la búsqueda insatisfactoria y el posterior sentimiento de culpa, siempre entre celos, envidias, chantajes, penas y castigos idiotas que sólo tienen que ver con un absurdo y distorsionando entendimiento del sexo! y del pinche amor!) El "amor", entendido como lo entiende la pinche gente ahora, es el* distractor total! *Por Dios! La tragedia, la pinche tragedia empezó cuando quisieron separar el pinche amor del sexo, un pinche concepto del otro. Nos pasamos media vida rompiendo "reglas", y la otra media, castigados! Por amor de Dios! Estamos ya casi en el siglo XXI!! Y seguimos siendo tremendamente infelices por conceptos atrasados, complejos y prejuicios absurdos! Herencias terribles de un pasado que ya demostró que no funciona! Y sufrimos cada pinche día porque nuestros padres, los viejos y los dictadores se empeñan en la pinche tarea de hacer que el hombre y la mujer se aprieten y encajen en moldes que no les corresponden y sólo los coartan, torturan y limitan! No es sólo la mujer la que está limitada, infravalorizada y reprimida, también el hombre! y el problema es de esta pinche sociedad. De cómo se entienden las relaciones, empezando por las familiares: esposo, esposa, hijos e hijas se pasan 90% del tiempo discutiendo, celándose, recriminándose, dudando, preguntándose, reclamándose y castigándose, por cuestiones que en el fondo tienen todas que ver con el sexo! Hasta parece que lo hicieran por divertirse, que no tienen otra pinche cosa de qué discutir, como si no existiesen miles de cosas más, y todas más importantes! El mundo va a cambiar, tiene que cambiar! y no sólo en lo superficial y físico, sino también en lo interno y conductual. Pero para eso es necesario destruir los pinches putos cabrones desgraciados prejuicios, complejos y traumas socialmente conformados por las leyes y tradiciones anquilosadas, es necesario permitir que las transformaciones económicas, genéticas, psicológicas y biológicas, que cada vez ocurren más rápido, impacten también más rápidamente (y quiebren) las estructuras que limitan y esclavizan el comportamiento del hombre. Cabronespendejoscríticosmoralistas!! El motor de la Historia no es más que una sucesión alternada y compensadora de excesos; si los que luego habrían de resultar condenados, derrocados, destituidos, aniquilados, no hubiesen construido los Versalles, Taj Mahales, Pirámides y Coliseos del mundo... no tendríamos ahora pinches motivos para andarnos pinchenorgulleciendo de los alcances del hombre, ni maravillas para catalogar como "Patrimonio Histórico de la Humanidad"... pinchesísima "Humanidad"! Hipócrita, Malagradecida, Mojigata y Egoísta!!*

El concepto de "propiedad" acabará por ser un concepto económico y social caduco, y a nivel de las relaciones sociales eso se reflejará en que todos "serán" de todos! sin posesión, sin celos! cuando todo "es" de todos, nada es privativo de nadie en particular y se acaban esos pinches pleitos de un mundo primitivo! Como de hecho debía haber sido entendido desde siempre (y entenderse ahora): Las personas no "son" de otras personas, no son de su propiedad; pero los pinches sistemas económicos nunca han dejado ver esa gran realidad: tú no eres "mía", tú no eres "mío", ni yo soy "tuyo", ni "tuya" ni tus hijos son "tuyos" en el sentido de "propiedad", opresión, esclavitud y determinación existencial, claro que no!! No!! No!!! No!!!

El día que el sexo deje de ser fuente generadora de culpa y castigo para convertirse en objeto exclusivamente de deseo, satisfacción y placer... la humanidad va a haber encontrado (por fin) uno de los más fuertes elementos potencialmente capaces de ayudar a construir las verdaderas paz, tranquilidad y felicidad humanas! ummh, ummh, uuuummh... Y eso, cuando lleguemos ahí a ese nuevo entendimiento de las relaciones y la conducta humanas, será sólo como un paso intermedio hacia el siguiente estadio, donde los seres humanos acabarán por no sentir placer en el sexo como tampoco en el uso de otros sentidos y órganos, como los de la alimentación (donde los dientes, el estómago, los intestinos irán disminuyendo en número y tamaño ante nuevas formas de alimentación y captación de energías, en que los sabores, nuevos, poderosos, sintéticos, brillantes, serán lo que subsista y complazca, provocados eléctrica o químicamente, controlados, enriquecidos, acentuados, pero no ya por medio de los kilos de materia inerte que el organismo procesa con trabajo para sacar unas cuantas pepitas de oro del montón de desechos que termina por defecar), y en el sexo con mayor razón porque la razón primera del placer, el cortejo y la exhibición no es más que preparar al cuerpo, excitándolo, para la procreación, y al desaparecer ésta, sustituido el papel de las mujeres, de pinches probetas ambulantes, por las incubadoras de laboratorio (sí, por fin las mujeres, entonces, dejarán de sufrir la carga del pecado y la maternidad pesada, larga, dolorosa, esa gestación tan impactantemente heroica, sacrificada y exigente de cada hijo), y el papel de pinche semental, del hombre, por agujas y mitosis planificadas y generadas in vitro, atómicamente..., la selección natural "descubrirá" que los seres humanos más capaces, económicos y libres de las cargas pasionales y emotivas de la eyaculación, los humores y el sangrado menstrual de la mujer, serán aquellos que produzcan más y mejor y actúen de manera más perfecta y suprahumana, y serán ellos los que con las nuevas técnicas harán perpetuarse y evolucionar sus características adquiridas, y ese día, por medio de la pinche selección artificial de la biogenética, estarán capacitados para reproducir ellos mismos sus mejoras y obtener entre sus logros científicos y tecnológicos, y con una pequeña ayuda de la naturaleza, la nueva especie de cerebros gigantes, cuerpos andróginos sin tetas infladas y colgantes, sin meñiques en los pies, sin lóbulos en las orejas, sin dientes, con menos órganos internos, sin vello, con nalgas planas, sin ombligo (nos guste o no, se puedan poner ahí un pinche piercing, o no!), especie que será capaz de sentir otro tipo de placer: el placer divino! Pinche mundo, a ver a qué hora? así que, qué más da? Qué más da a fin de cuentas de qué sexo seas? Tal vez me vi muy pinche retrógrada y reaccionario y yo mismo me cerré la puerta en las narices y la posibilidad de ser feliz con alguien como yo, con alguien verdaderamente como yo: un hombre cuidadoso, inteligente, sensible, cariñoso, que me tomara en sus fuertes brazos y me meciera y me moviera valsando un vals sin fin por el planeta y me arrullara con su voz de hombre delicado, comprensivo, honesto, desenfadado... ...como Salvador Novo...

"... Contemplar la estrella en que te alejas..."

Y tantos y tantos otros que anduvieron por ahí, que siempre han andado por ahí y que podían haberme protegido, cuidado, querido de verdad mientras yo en el piano interpretaba alguna melodía... tal vez todavía es tiempo Michel, Michel Bartres, fui injusto contigo; probablemente, como tu decías, nuestro pasado y nuestro futuro son lo mismo: seres bipolares con las dos caras de la misma pinche moneda, auténticas las dos, con las dos debilidades, los dos humores, y tenemos que dejar de negarnos a nosotros mismos aquellas partes de nuestro interior que más nos duelen (precisamente porque las negamos y pretendemos apagarlas), pero que nos curarían y salvarían si las dejáramos ser... Let it be, te acuerdas, pinche Michel?

Después, ya en un hotelucho, se le recargaron aun más la insatisfacción y la depresión, como si esa vez la desesperación fuese tanta – y el combustible de su angustia, soledad y desubicación, inagotable – que pudiera seguir quemándose por dentro, que quisiera – más bien – seguir quemándose por dentro por medio de esas recriminaciones, rechazos, quejas y arrepentimientos indiscriminados y a mansalva, a cada segundo de los que penosamente transcurrían... hasta conseguir él mismo, tal vez, aniquilarse, extinguirse completamente desde adentro, desde el núcleo de su desilusión.

A veces, cuando vemos a los ojos a la gente con la que hemos convivido durante muchos años y a la que estuvimos seguros de amar con locura alguna vez, se nos figura que vemos de pronto a un desconocido. El efecto en nuestro ánimo es doblemente devastador porque es - en algunos casos, cuando la persona conservó las cualidades físicas que nos atraían - como ver un tronco hueco, una sala vacía, y en otros -cuando ese ser se deterioró injustamente, innecesariamente y nos mira ya sin pelo, cansado, excedido un cien por ciento de su peso- es como ver una pálida resemblanza, distorsionada, monstruosa, de lo que alguna vez quisimos poseer. En cualquier caso lo que más nos impresiona no es tanto el pinche cambio de físico, sino el de alma, al grado de que aun cuando la persona se haya mantenido físicamente muy similar a la que conocimos, nos impacta sobremanera el cambio en la mirada, en la pinche expresión, en el interior, pues ver sus ojos en ese momento es como asomarnos a un pozo donde inadvertidamente desapareciera el agua y nos encontrásemos de repente con serpientes allí, en el fondo sombrío.

Y a partir de ahí todo se vuelve una lucha quijotesca para vencer gigantes que no existen, una búsqueda proustiana, infructuosa, estéril, del tiempo que se fue. Un aullido a la luna nueva.

Nos aplicamos, si la persona aún nos importa, si todavía la queremos, a tratar de revivir a un muerto, a reconstruir lo destruido, a volver a poner en nuestras manos el agua que se fue, que se escurrió. Nos resistimos a entender lo obvio, a aceptar lo evidente, actuamos como pinches ilusos adolescentes con un detector de metales, como buscadores de tesoros, durmiendo sin dormir, soñando con la expedición al Caribe del mes siguiente, en que si el destino nos ayuda podremos vislumbrar en las profundidades del tiempo un resplandor del oro que se perdió, un reflejo rojo de rubíes entre las aguas verdes, la señal del tesoro que quisiéramos ver aflorar de nuevo en la pinche superficie. Y lo hacemos, si amamos todavía, con toda la pinche pasión,

95

la garra y el dolor de los primeros años, con la inocencia de la vejez - tan parecida a la de la infancia-, con la obstinación del toro, sin saber, como él, que en la aventura saldremos picados, burlados, sangrados, cansados ah!, heridos de muerte, y que jamás lograremos nada, ni el perdón ni el triunfo ni la revancha, porque nuestra corrida, nuestra propia y particular fiesta taurina, es sólo una absurda ilusión donde "el otro", el mítico torero, no es más que un pinche montón de espejismos y reflejos, y no podremos coreografiar lances con él, ni siquiera (por lo mismo y aunque nos lo propusiéramos) cornearlo, lastimarlo (aunque fuese como sustituto deficiente del amor o a veces en una más de sus multiprismáticas camas), ni (como un último recurso) domarlo, porque aunque se duerma con nosotros, coma con nosotros y de vez en cuando coja con nosotros, ya no está, ya se fue, ya no es, ya no existe, kaputttt!

Hoy, lo más terrible es que acabo de ver en la mañana, en el baño, ese vacío de ausencia y deterioro en los ojos de la persona con la que he vivido durante más tiempo, aquélla que más me importa, o quizá ya la única que tengo, y me he quedado triste, aniquilado, porque jamás imaginé que pudiera sentir ese vacío tan grande, esa indefinición, esa desorientación, esa desubicación tan angustiosas, al mirar esos otros ojos, que nunca imaginé mirar tan extraños, tan desconocidos, tan opacos, tan faltos de amor, tan ajenos, frente a mí... en el espejo.

Al avanzar otra vez por la autopista coqueteó con la idea de desbarrancarse a propósito en una de las pronunciadas curvas. No se requería mucho: meter el acelerador a fondo, hacer los cambios de velocidades convenientes, escoger el puente más alto, sobre el río Balsas, calcular poder salir de la carretera antes de entrar en la estructura de acero del puente y gritarle adiós a este mundo cruel mientras el enorme camión de redilas se precipitaba metros y metros hasta el fondo, donde el caer sobre rocas o sobre agua sería, con lo definitivo del impacto, absolutamente "irrelevante". Si lo hacía según lo planeado, podría lograr que pareciera un accidente; tampoco era cuestión de demostrar al mundo su ineptitud para sobrellevar la vida manifestándolo como un suicidio.Además, estaba lo del seguro. No lo pagarían si sospechaban una muerte provocada, y aunque el beneficiario había sido escogido por él de manera absolutamente irracional cuando el de la aseguradora preguntó y él vio colgado en la oficina del entrevistador un calendario que decía "Almacenes Don Miguel" y se acordó de uno de sus pocos tíos lejanos que aún vivían en Tlaxcala, pensó que sería injusto que una empresa tan grande y poderosa se saliera una vez más con la suya dejando de pagar algo que en estricto derecho le correspondería a su tío Don Miguel Martínez, legalmente el único beneficiario de una muerte si no absolutamente involuntaria, por lo menos completamente accidental. O no era un accidente terrible encontrarse a sus cuarenta y dos años deseando morir cuando toda su vida creyó que a esa edad tendría su vida resuelta, exitosa y acomodada?

La vida es completamente accidental –pensó- *desde el momento en que un óvulo y no otro es accidentalmente fecundado por un accidental espermatozoide y no otro. Por lo menos hasta esta época. Y hace falta vivir toda una vida para llegar a comprender que la vida, por la multiplicidad de sus elementos y lo absurdo de sus conexiones, es algo completamente aleatorio* –pensó sin querer en John Cage y su música de sonidos raros-, *así que lo que me llegue a pasar en los próximos diez kilómetros deberá ser entendido simple y llanamente como un accidente. Que se joda la pinche compañía de los tráilers y más aun las pinches carroñeras putas compañías de seguros!*

En algún punto de esos kilómetros, aumentando la velocidad del camión de redilas, sintiéndose terriblemente atormentado por tanto pensamiento y viendo hacia el occidente las nubes de colores pardos, marrones, que adornaban la atmósfera por donde el sol iba descendiendo, se puso nostálgico y sentimental; pensó en mandar al diablo al seguro y al tío inconsciente y afortunado, escribiendo una nota breve, pero concisa y aclaratoria, y aventándola al viento, alguien la encontraría, pero corrigió en seguida porque le disgustó la idea de que alguien que en alguna parte recibiera la noticia, supiera que él, prometedor alumno en su juventud, inteligente, atractivo y talentoso músico con expectativas, cuate con madera, pues, había terminado fracasando en el fracaso más grande y definitivo de una existencia bajo ciertas condiciones: el suicidio. Deseó que toda su familia se hubiera muerto, que su tía Alfonsa estuviera muerta, su primo Eusebio, su tío Miguel y su tía Carlota muertos también. A veces llega uno a desear que toda la familia esté muerta, para que no nos pueda ver aniquilados, acabados, para que no se llegue a enterar de aquello en lo que uno se convirtió.

No había forma. Mejor seguir con la idea original y terminar de una manera más hipócrita pero más productiva, por lo menos para terceros.

Subió la velocidad a ciento cincuenta. Apagó la banda civil. Colocó las luces largas.

El camión era lo de menos, qué importaba. La compañía transportadora tenía treinta y cinco de ésos y ése en especial era un poco viejo; y ese color amarillo sucio... Les vendría bien renovar sus activos cobrando el seguro del vehículo.

Pensó en Pedro Galas. Daba lo mismo no volver a la capital. Para oír las mismas ondas, los mismos desencantos en él éxito o en el fracaso, para percibir en el amigo la misma palidez decadente, moribunda, casi transparente, que en otros... mejor cortarse. Qué le iba a platicar Pedro Galas (que él no supiera ya) después de haber tenido ese sueño tan sólido, tan largo —como le platicó Pilar- y de haberlo conseguido y haberlo disfrutado con tanta intensidad, para después perderlo como lo perdió? Galas seguramente sólo podría hablarle del desencanto, de lo que significaba, lo que se sentía, pero no mucho más de lo que *él* mismo no supiera ya.

Deseó poder llevar a Jamín otra vez ahí, con él, acompañándolo, platicándole, discutiéndole, como en la carretera de Tamaulipas, como en la subida a Zihuatanejo... Trató de imaginárselo, como allá por Matamoros, se forzó a imaginárselo...... pero esta vez no pudo. Tal vez valdría la pena regresar sólo para iniciar en serio una investigación sobre el posible asesinato de Jamín, asunto que por momentos, como oleadas de fiebre de una enfermedad tropical, lo asaltaba, lo encendía y lo ponía nervioso, al grado de casi motivarlo a abordar una cosa en serio por primera vez en su vida. Entonces se sentía animado, con energía, impulso, dirección, dispuesto a lo que fuera para descubrir a los asesinos y vengar la muerte del querido amigo. Pero también esa intención acababa por ceder al desencanto y la nostalgia del fracaso, del pasado, del vacío que no contenía –obvio- nada en sí mismo, pero que le llenaba el cuerpo hasta aturdirlo, y acababa él, casi siempre, por pensar que para qué moverle, mejor dejar a los muertos en paz, como decía su abuela.

No. Era inútil, innecesario regresar, dar con el escultor, buscar a alguien más, investigar... qué? Del viaje no había salido nada bueno, sólo una sensación mayor de frustración y una seguridad más absoluta del fracaso.

Al llegar la aguja a los ciento setenta kilómetros por hora pensó de pronto en Kelly. A la altura del camino en la que se encontraba el camión, le faltarían solamente unos cien kilómetros para llegar a Cuernavaca, a Temixco... *Temixco* –lo repitió en su cerebro- el nombre le pareció extraño después de tantas semanas de vagabundear por Manzanillos, Saltillos, Catemacos y Juchitanes. Se sentía ido, ausente, confundido de no sentir el cúmulo de emociones tan intensas que siempre pensó sentiría un hombre a punto de suicidarse.

Podría continuar adelante, llegar a la Hacienda de Cortés, parar el sorpresivo y sorprendente camión frente a la casa de la familia Soriano y bajar con sus kilos de más y su nueva barba a medio crecer, a tocar el timbre para esperar a la sirvienta que abriría asombrada y decirle "dígale a la señorita Kelly que llegó su maestro de piano". Era jueves, día de clase, coincidencia que a lo mejor encerraba la clave de su futuro. Kelly estaría haciendo su tarea o quizá tocando en el piano alguna de las piezas que él le enseñó, acordándose de él con melancolía.

El indicador de velocidad subió a ciento ochenta y cinco sin que él se diera cuenta, el pie presionaba el acelerador por inercia. El mundo todo, afuera y adentro del camión, vibraba.

Cuando Kelly saliera podría decirle "mira, vengo en este camión de redilas –así, sin más explicaciones, sin tratar de justificarse-, vente conmigo". Se la llevaría rumbo a las lagunas de Cempoala para hacerle el amor, todo ese amor desencantado que llevaba desesperadamente adentro sin poderlo entregar desde hacía semanas, años, décadas!, acostados a la orilla de la laguna más solitaria, vestidos sólo con el aluminio de la luna. Subiría, para tener un fondo musical apropiado mientras descansaban después de amarse en la hierba, el volumen de la radio, ese mismo que ahora estaba apagando definitivamente porque no, no tenía caso el regreso ni el inicio de nada, aunque se tratase de Kelly. Había que terminar con todo, y ya.

Se acordó de su perro: *Si está muerto, si no se brincó, lo veré pronto, a Jamín también*. Pensó en las altas cuotas de peaje, en las casetas que había pasado desde Acapulco, en el montón de dinero que había gastado, en que ya no le importaba lo caras que fueran porque a fin de cuentas no era él el que pagaba sino la empresa, porque si él ahora hubiese tenido que pagar de su bolsa no habría podido con ninguna; el dinero se le había terminado y el poco que había conseguido vendiendo su auto en Zihuatanejo, lo había despilfarrado en dos semanas de putas y borracheras.

Había llegado a Zihuatanejo veinte días antes, cuatro después de su salida de Acapulco, en un intento por subir por toda la costa oeste del país hasta Sonora, una vez más, y completar su periplo de los estados exteriores de la República Mexicana. Quizá allá en Sonora de nuevo, le vería sentido a seguir hasta Tijuana para volver a ver a Takagaki; independientemente de lo sangrón, necesitaría, por su enfermedad, un poco de ayuda y comprensión, aunque fuera del más perdido de sus ex compañeros. Había pensado también que después de eso podría intentar pasarse para los Estados Unidos, aunque fuese con un pollero. Buscaría la cantina y al tipo de las botas. Pero al llegar a Zihuatanejo comprendió que nada de eso sería posible. El dinero en efectivo se le había terminado, el de su tarjeta de débito Banamex también y le habían cancelado la Bancomer. Le encantó el lugar, conoció a un gringo fugitivo de la justicia americana que llevaba diez años viviendo ahí y que se dedicaba a comerciar con lo que fuera. Le vendió el Shadow, con todo, en ocho mil pesos. Sólo conservó su inseparable teléfono celular, tomó un taxi, recorrió los ocho kilómetros que lo separaban de Ixtapa, buscó el mejor hotel –alguien le dijo que el Westin- y se pagó en efectivo una única noche en una supersuite de siete mil y pico de pesos, incluido el *room service*. Al día siguiente volvió a Zihuatanejo y se pasó ahí varios días haciendo de todo: lavó autos, pidió dinero en las calles, tocó las maracas en un grupo tropical en el Congal de Isabel y ayudó al gringo a vender otras cosas. El poco dinero que sacaba lo gastaba cada noche en tequilas, cubas y chamacas. Pudo haber seguido así por mucho tiempo si no fuera porque se le vació el mundo. Y materialmente.

Cada noche eran menos las putas que aparecían en sus francachelas; menos, los cantineros que le servían; menos, los otros parranderos como él, y hasta menos, los niños y los perros que veía correteando por las calles calientes y polvosas cuando salía tambaleante de los tugurios a las tres de la tarde para comenzar el día luego de no dormir toda la noche y de haber tratado de curarse la cruda con la mona, dormitando toda la mañana. Él, a pesar de su constante sopor alcohólico, no pudo dejar de notarlo, pero para cuando se acordaba y sentía preguntar angustiado oiga, qué pasa? por qué ya no veo por ningún lado a la chamaca que ayer me la chupó de lujo en el Hotel de la Cañada? dónde quedó la señora rubia, así muy rubia y maquillada que me la presentó? dónde están todos, carajo, pinche vida, que cada vez veo a menos de los que miré ayer… y antier… y antes de antier, ya estaba completamente ebrio otra vez, hasta atrás, balbuceante y a dos segundos de volver a guacarear y perder de nuevo el conocimiento.

Y es que, efectivamente, la colonia de los puteros, prácticamente toda la zona sur del puerto estaba siendo evacuada paulatinamente. Nadie daba una explicación coherente, fuera científico, ingeniero, doctor, charlatán o curandero. Unos decían que los conductos más profundos de drenaje se habían roto y estaban filtrando todo el caquerío a las diversas capas del subsuelo; otros le asignaban causas patológicas a la inmunda pestilencia que desde hacía semanas se recrudecía y ya no los dejaba vivir tan miserablemente como antes, pero por lo menos sin tanto hedor, decían que era una epidemia de alguna terrible enfermedad tropical desconocida; otros hablaban de una variedad nueva de gusanos mutantes pisciformes anfibios que habían empezado a pulular en la zona y emitían cuando copulaban esa hediondez insoportable, llamaron inclusive a brigadas de Salubridad y pidieron apoyo de grupos de ayuda sanitaria internacional… pero nadie sabía a ciencia cierta el origen de la temporada apestosa, de la que todos señalaban el principio más o menos por la época de la toma de posesión del nuevo Presidente Municipal de Zihuatanejo, por los días en que hicieron su huelga los maestros de primaria, esos días en que cerró por unas horas la marisquería de Don Juan por el asesinato de su hijo, la semana en que llegó aquel güey del Shadow blanco, ese dizque músico famoso cantador tocador de piano en El Portal de Doña Herlinda...

Hubo inclusive un niño de seis años -al que desgraciadamente nadie hizo caso a pesar de todos tenerlo conceptuado como una lumbrera-que dijo que el culpable de la peste era precisamente ese músico del auto blanco, que donde él aparecía, aparecía la pestilencia, que era más que nada cuando comía frijoles y carne de cerdo y sólo hasta después de unos cuarenta y cinco minutos de haberlos ingerido, que el asunto se ponía mucho peor con la ingestión de tequila y pulque, que de hecho el tipo ése estaba descomponiéndose, tal vez hasta es lepra, dijo el niño, yo le vi como que una de las manos, creo que la izquierda, se le está cayendo, insistió, el labio inferior también, vean cuando lo vean como le cuelga, dijo el niño convencido, y yo ya me di cuenta que es en noches de luna nueva, sin luna pues, dijo ante la extrañeza de los asistentes, es ahí cuando más le sale esa peste de la boca, bueno, prácticamente de todo el cuerpo, yo creo que por todos lados pues el otro día pasé por atrás de donde estaba sentado él en la pulquería de Chano y ni les digo a qué apestaba el pedo que se echó...! fue la cosa más nauseabunda, 'uácala!, más descompuesta, apestosa y vomitiva que he olido en mi vida, todavía cuando me acuerdo me dan ganas de vomitar, de orinar y de zurrar, todo al mismo tiempo... y aquella noche era luna nueva, yo sé lo que les digo, insistió el niño.

-Pues entonces ha de ser una especie de hombre-lobo, o vampiro... o el Demonio! el Anti-Cristo!-se santiguó la abuela mocha del niño precoz, pero nadie los tomó en serio, todos se rieron bobamente y cambiaron de tema buscando otras posibles causas de la plaga creciente que afligía a la localidad. Lo único que tenían claro era que lo más razonable y sano sería el alejarse de ahí. De manera que la zona comenzó a vaciarse y a resultarle al músico nómada cada día menos animada y atractiva.

Decidió volver, no a Temixco sino al Distrito Federal, para localizar al único del que tenía datos: Pedro Galas.

Consiguió con el americano, casi a precio de costo, un juego completo de documentos de identificación falsificados: acta de nacimiento, pasaporte y licencia de manejar. Buscó el trabajo idóneo en la zona norte de la ciudad y se contrató por cualquier cosa para llevar un cargamento de sandías a la Ciudad de México en ese camión de redilas que ahora empezaba a salirse de la carretera y a deslizarse por el acotamiento rumbo a la cuneta, a doscientos diez kilómetros por hora en un viaje ya sin prisas hacia la muerte.

Al salir las dos llantas delanteras de la carretera, los faros del camión apuntaron inseguros hacia uno y otro lado temblando, el polvo de la vera del camino levantó una nube que envolvió los arbustos y los árboles, la caja del camión con todo su peso salió de la carretera jalando a la cabina del conductor con fuerza hacia afuera. Inconsciente, involuntariamente, con el estómago en la garganta y la cabeza palpitándole, apretó los frenos hasta el fondo y cambió velocidades, la parte de atrás no frenó en la misma proporción y la caja adelantó a la cabina haciendo girar por completo el vehículo, derribando un par de árboles y consiguiendo avanzar en reversa –la caja adelante, la cabina atrás- por la orilla del camino rumbo al precipicio. Plantas y arbustos fueron arrancados de cuajo. Una piedra, un giro del volante, casi producto de una contracción nerviosa, una de las llantas traseras entrando de nuevo a la carretera, hicieron que el camión volviera a girar sobre su propio eje y se proyectara hacia adelante de frente otra vez, milagrosamente, sin voltearse.

Se detuvo veinte metros más adelante, a la mitad del puente, después de haber dejado ocho líneas negras de marcas de llanta en el asfalto, una tormenta compacta de polvo a la distancia, un montón de estragos en la vegetación y algunas piedras cayendo trescientos metros hacia el río.

Él estaba lívido, blanco, le temblaba todo el cuerpo, se orinó... se cagó!

Permaneció largo rato sin moverse, pensando sin pensar, oliendo, como a lo lejos, el olor ácido del miedo intestinal endulzado con sandías. Aferraba todavía el volante con las manos crispadas y conservaba los dos pies en el freno dando la impresión de que conductor y máquina eran un solo cuerpo.

Un automóvil atinó a pasar del otro lado de la carretera, dirección a

Chilpancingo; el conductor de ese auto sólo alcanzó a ver un camión de redilas amarillo sucio parado a mitad del puente con las luces prendidas y el conductor inmóvil viendo hacia el frente y, más adelante, algo de polvo en el camino.

Él, después de tres minutos, aflojó por fin un poco las manos y empezó a respirar normalmente, sintiéndose mareado pero ya absolutamente tranquilo.

Aflojó la presión de los pies, cambió velocidad e hizo avanzar al camión parsimoniosamente rumbo a la salida del puente. El resto del camino lo recorrió a cinco kilómetros por hora. Doscientos metros después del puente percibió conscientemente los olores; estiró la mano derecha, alcanzó una franela y se la fue pasando por la ingle y por el trasero para limpiarse la caca y los orines.

CAPITULO XV

Cuando morimos descansamos

(Fines de Noviembre/1997)

Como mandada a hacer para la ocasión, como a propósito, entró aquella llamada.

Fue por la desviación a Iguala. El teléfono móvil lo sobresaltó al resonar insistente en la cerrada cabina del camión de redilas. En seguida el corazón le saltó de emoción de –por fin– recibir una llamada de "alguien". Hasta vio la pantallita de señales en el teléfono para confirmar visualmente que se trataba de una llamada real. Contestó rápido para que no fuera a perderse la señal. Era el doctor Takagaki con la noticia que pretendía ser sólo un pretexto para establecer contacto, pero que a él se le pegó a la espalda como una carga muy difícil de sobrellevar. Si lo que le dijo Takagaki lo hubiera sabido antes de su tentativa de suicidio del día anterior, probablemente sí habría concluido con éxito el fallido intento.

Y el doctor sólo quería saber qué onda, darles respuesta a las interrogantes que lo molestaban desde que había recibido la visita de él en su clínica de Tijuana. Había pasado con Silvia unos extraordinarios días en la Ciudad de México, después de su junta con Alberto Gómara en Guadalajara.

Los amorosos ex compañeros la habían pasado tan bien que Takagaki aceptó con entusiasmo la propuesta de la emocionada Silvia de ir a pasar unos días a El Chico, cerca de Pachuca. El increíble pueblo entre montañas, con su hotelito y su romántica parroquia, con sus angostas callejuelas culebreando entre los numerosos declives y desniveles como en un colonial modelo de Serpientes y Escaleras, les había regalado momentos de calma y contemplación para relajarse entre los numerosos intercursos.

Pero las pláticas de los enamorados sobre "El Marco Polo de los

Pobres", no les permitió sacar en claro cuál era el asunto que traía entre manos el antiguo novio de Silvia ni por qué había hecho ese viaje tan largo para buscar primero a Takagaki y luego a Marcial. La angustia de Silvia ante la evidente desmejoría del doctor – aun sin saber lo de su enfermedad - y la necesidad de concretar los imperiosos planes futuros, habían provocado que en esos días los amantes no le brindaran demasiada atención al asunto del "viajero visitante".

Tampoco Alberto Gómara había destinado todavía al hombre que sería el encargado de localizar al ex condiscípulo de Takagaki para ver "*qué pedo?*", como decía Alberto al referirse a qué se traería entre manos el músico que algunas veces le amenizó las tardes y le tocó sus temas musicales preferidos en la preparatoria, pero que no tenía ninguna razón lógica –ni buena, según él- para andarlos buscando a esas alturas de la vida.

Así que el doctor Takagaki intentó tomar al toro por los cuernos –que en ese caso resultaba para Takagaki una justa expresión, porque el sentir que por fin aventajaba a su antiguo rival escolar en los modernos afectos de Silvia, le alimentaba el ego, aunque en estricto sentido Silvia no estuviera poniéndole los cuernos a nadie, más que a su propio esposo –y decidió llamar directamente al peregrino de las preguntas misteriosas para ver si conseguía más información, utilizando el pretexto de la noticia que a él personalmente le había dolido, pero no tanto como para quitarle el sueño, y que jamás se imaginó que fuera a resultar tan devastadora para el del Shadow: el suicidio, el día anterior, de Marcial Gómez.

La noticia le cayó al músico como un balde de agua fría, no porque él hubiera sido alguien cercano a Marcial, sino por lo que para él en esos momentos representaba. El golpe de saberlo le hizo confrontar la realidad con la posibilidad, la causa y el efecto, el saber que él lo había intentando y el otro -quizá al mismo tiempo- lo había conseguido, el sentir en carne propia lo que podría haber sido de él si hubiese continuado acelerando para terminar finalmente desbarrancándose en el precipicio.

Balbuceó algunas respuestas para las preguntas de Takagaki, que no lograron sacar de ninguna duda al doctor, y sin contarle nada de los otros pormenores de su viaje se despidió con bastante desatención, colgó y se fue a orillar un poco más adelante para tratar de digerir los ácidos desgastantes de la amargura de la noticia.

Había amanecido ese día con un poquito de esperanza, había comprado algo de artesanía mezcala por el camino, se había desviado de su ruta para conocer Taxco, había disfrutado con los atractivos del pueblito platero recordando de nuevo aquel día en que corrigió grosera y generosamente a Takagaki en la clase de Literatura, y había hecho todo un esfuerzo por volver a encontrar el hilo que le permitiera continuar su vida con algo de decoro, pero todo lo construido con tanta paciencia y buena voluntad para escapar de la depresión, se le había derrumbado en los pocos minutos que duró la plática con el Doctor. Ni siquiera le dijo lo que le vino a la mente cuando reconoció la voz de Takagaki en el auricular: *No te vas a morir doctor, me acordé de ti hace un par de horas* - a Takagaki le habría parecido de mal gusto el comentario, pero habría quedado tranquilo al suponer que su absoluta discreción y su voluntad de no dar a conocer salvo a muy pocas personas lo de su enfermedad, rendían sus frutos; habría pensado que el otro no sabía nada y que había sido todo sólo una estúpida coincidencia -, *en serio, hace un par de horas estuve en Taxco, te acuerdas del día aquél que estabas haciéndote el muy sabihondo con lo de Juan Ruiz de Alarcón?* Ni siquiera le contó que ya no andaba en el Shadow, que ya era todo un camionero, un transportista, ni sintió prolongar la plática porque casi en seguida, unos minutos después de empezar, Takagaki le dijo que Marcial Gómez –"sí te acuerdas, verdad?, me enteré que fuiste a verlo"- se había disparado un tiro en el paladar con una pistola en su casa móvil de Ciudad Victoria.

Paró el camión por Xochitepec y permaneció inmóvil viendo hacia el frente. Escuchaba, amortiguados, los ruidos de los vehículos que lo rebasaban. Estuvo ahí una hora sin pensar en nada, o, por lo menos, sin darse cuenta. Aunque a primera hora del día había pensado que cuando pasara por Temixco haría un alto para ir a su casa a recoger ropa, revisar sus recados y ver cómo estaba todo, incluido el perro, en ese momento, a un lado de la carretera y a pesar de estar sólo a unos cuantos kilómetros de Temixco, optó por no hacerlo.

Camino a la capital pasaría por Cuernavaca. Decidió que entraría a "la ciudad de la eterna primavera", pero no para buscar a Kelly ni para otra cosa que no fuera caminar un poco por el centro y visitar la Catedral. Un día, muy poco después de haberse mudado a Temixco tras el temblor del '85 en la Ciudad de México, sin nada qué hacer y sólo por conocer, visitó Cuernavaca, caminó por el Parque Municipal, visitó el Palacio de Cortés, oyó la banda del pequeño kiosco, comió una pizza enfrente, en el mercado probó por fin los jumiles, las hormigas que desde tiempos prehispánicos los aborígenes consumen vivas, comió también chicharrones por donde se alquilaban los mariachis y caminó tres cuadras hacia el sur para meterse por curiosidad a conocer la Iglesia. Había quedado encantado. Estuvo un par de horas mirando el altar y viendo a los feligreses salir con sus trajes tradicionales y sus rebozos...

De qué se trata? Carajo! Lo vi reírse, tal vez con una risa estúpida, sin sentido, pero risa al fin. Ni siquiera estaba serio, ni se veía tan amargado como yo! Parecía necesitado, deficiente, pero tranquilo hasta cierto punto con su situación. Perfectamente ambientado en su contexto, en su lugar. Si era pollero o no, qué más daba? Carajo" Si era narco, guardaespaldas o ratero, qué más daba? Debí haber entendido que un solitario deshecho de borracho a media noche en su casa móvil no puede ser precisamente la representación de la felicidad (o quién sabe?) ni el ejemplo más tradicional que podríamos tener de la autorrealización (o quién sabe!) Me lo hubiera llevado conmigo. Me lo hubiese traído hasta acá. Por qué no me dijiste, pinche Marcial, que se te estaba resquebrajando el mundo? Por qué no me contaste? Por qué no me pediste algo, carajo? Caráaajo...! Qué te costaba decirme quiero esto, quiero aquello? Pedir ayuda...

Las veladoras amontonadas sobre la mesa calientan el rincón; algunas son grandes, metidas en vasos de flores pintadas verdes y coloradas, y otras están en vasitos de vidrio más barato. Pequeñas ondulaciones de humo han manchado la pared durante siglos y en el techo, a pesar de la distancia, las peladuras del esmalte revelan el continuo impacto del calor que se ha aliado con la humedad para desprender la pintura en una especie de estalactitas vinílicas irregulares. El aroma del incienso religioso impregna todo.

Él piensa en la posibilidad de comprar una veladora para ofrecerla a la memoria de los muertos. No tanto de Marcial en particular, porque aunque la muerte de éste sea la que le ha provocado la inquietud del homenaje, no resulta -en términos egoístas- tan significativa como otras: la del niño Wilfrido, la de los indios y soldados de Chiapas, la inminente de Takagaki, las lejanas de Raúl Mirado y Barajas, la ilusionada de Miguel Hernández, la paulatina de Cruz Lugo... y la diaria irreversible de él mismo.

Piensa, sin embargo, dejar el asunto para más tarde. Quizá para cuando salga.

Una anciana indígena, a su lado, con el rostro invadido de surcos más negruzcos por la profundidad que por la mugre, contempla inmóvil, encorvada, llorosa, murmurando sola, los cientos de llamitas que los dolientes han ido a ofrecer durante los últimos días. Él siente que su decisión de comprar la veladora le ha hecho, además, tener la intención de dirigirse a sentar en una de las bancas frente al altar y siente como si ya lo estuviera haciendo y una parte de su cuerpo estuviese ya en ese momento caminando por el pasillo central de la Catedral de Cuernavaca, mientras la otra, *él,* sigue ahí, "ido", ausente, contemplando la encorvadura de la anciana, su rebozo viejo negro y morado, sus ojos lacrimosos y sus labios musitantes.

En alguna parte del camino, de ese largo camino que ya suma miles de kilómetros y que curiosamente se encuentra en esos momentos en un punto muy próximo al de su inicio, él ha dejado el ánimo.

Ahora sólo siente una adormecida laxitud en su interior, que le impide sufrir el cansancio de la espalda por tantas horas de manejo, el desgaste físico de las deshoras, el agrio sabor de boca de la bilis cuando el patinazo con el camión de redilas, el dolor de vientre y hasta las inmensas, inmensas ganas de llorar. Todo ha quedado reducido a una inmovilidad desamparada que le dice que quizá lo mejor sea quedarse ahí sin dar un paso, sin dirigirse ya a ningún lado –ni siquiera a unos metros del altar-, y sólo a la espera de cualquier cosa. *A veces –piensa- la vida se encauza mejor cuando no la intentamos encauzar.* Cuando no planeamos y nos dejamos llevar sin oponer resistencia, porque así, aunque la corriente sea rápida, hacemos un sólo cuerpo con la dirección y el sentido de las cosas y no les oponemos la fuerza contraria ni la terquedad que en otros momentos nos llevan con obstinación a buscar infructuosa y dolorosamente El Dorado, La Piedra Filosofal, la otra ruta al Polo Sur.

Parado ahí, estorbando a otros que, como la anciana, llegan, rezan y se van, imagina él que un ángel baja deslizándose por la luz azulosa de uno de los vitrales y lo toma en sus brazos para llevarlo tiernamente a las alturas, y siente claramente sus pies en el vacío y observa con detalle la América del Norte, la América del Sur y el país de sus sueños y arrepentimientos como en un mapa-mundi, definido y coloreado: Máxico.

Ve desde las alturas las penínsulas de Yucatán y Baja California, el Río Bravo, El Papaloapan, El Usumacinta, El Coatzacoalcos, La Laguna de Pátzcuaro, La de Catemaco, El Nevado de Toluca, El Citlaltépetl, El Valle de Cuauhnáhuac, El Palacio de Cortés, La Catedral, y adentro de ella, al desamparado microbio que no atina a dar un paso por miedo a que pase algo o a que siga sin pasar nada en absoluto, y que por el mismo temor se queda meditando con la cara amarillenta por el resplandor de las veladoras mientras él, su mejor parte, quizá la peor, superándolo todo, se remonta a espacios y momentos más confortables, menos arduos, menos tormentosos, tranquilos...

La permanencia –se dice él casi sin oírse – *le asegura a uno que se puede confiar en algo, no importa qué tan bueno o qué tan malo sea ese algo, pero al ser permanente puede uno confiar, contar con una base, con un punto de referencia... o de partida.* Su problema es precisamente la constante volubilidad de las apariciones dentro de la niebla. Cuando ha creído ver una brecha entre la bruma y se ha dirigido hacia esa sugerencia de esperanza, se ha encontrado con que el espacio en claro ha vuelto a cerrársele convirtiéndole todo en un muro blanquecino que impide avanzar. Después, allá, otro claro, pero antes de pensar siquiera en traspasarlo, se cierra como el de antes, como todos. De nada le ha servido planear alguna ruta. El problema es que la vida no es como esas carreteras por las que él ha podido transitar con mayor o menor fortuna, con mayor o menor seguridad, pero que claramente le indican que llevan a "algún lado" –al final lo hagan o no-, sino que es una gran llanura sin brechas, sin vías, sin caminos, sin nada definido, más que la plena conciencia de la ambigüedad, y la certeza absoluta de que no importa para dónde se ande, ni cuánto ni de qué forma, al final siempre se cae en el difuminado e inconsistente abismo de la muerte. Ésa es la única certeza, la única realidad después de la niebla; como esas representaciones del mundo de los tiempos en que los filósofos creían que la tierra era plana y que eventualmente el hombre que viajara o navegara más allá de cierto límite terminaría por caerse desde el borde.

Y tener a la muerte como única posible realidad final, como la única posible consecuencia, lo agobia, porque sabe que es una batalla que no puede ser ganada, que podemos hasta ganar la guerra, pero no *esa* batalla – por lo menos por ahora-.

Él, sentado ya –sin saber cómo o en qué momento llegó hasta ahí - en la segunda hilera de bancas de madera frente a la imagen de Cristo, piensa que tal vez en el devenir de los tiempos, en la gloria del futuro, y así como el hombre encontró la forma real de su planeta y superó su estado previo de ideas erróneamente conseguidas, podrá el hombre encontrar el secreto de la larga vida -eterna no, quizá, porque aunque pudiese lograrlo de ese modo, tal vez le resultaría tan aburrido como a Dios-.

De creer a ojos cerrados en el Dios de esa religión cuyos íconos tiene ante sí, y que él ha recibido como la herencia automática acostumbrada en las familias de clase media mexicanas, podría hasta a llegar a suponer con osadía que en ocasiones la ira de ese Dios o ciertas catástrofes universales, obedecen más a las angustias de la monotonía y a la necesidad de distraerse y divertirse exorcizándolas con fuegos de artificio de carne, sangre y hueso, que a los castigos o venganzas de un ser supremo emocionalmente inestable, inmaduro y volátil.

La penumbra de la Iglesia lo acoge con una especie de confort maternal, al menos ahí dentro se siente a salvo del frío de la sierra, de las tentaciones del juego, del sargento asesino, de los accidentes. Si pudiera uno quedarse en un lugar así, para siempre… *Esto es lo que nos vende* – reflexiona él - *la franquicia de más éxito en el mundo. Qué Mc Donald's, ni qué Pizza Hut, ni qué Holiday Inn, ni qué ocho cuartos!; ésta, la Iglesia, la Religión, es la más efectiva, la franquicia transnacional más poderosa: te venden la esperanza de la salvación eterna en lugares adecuados como estas iglesias para que te sientas cómodo, protegido y seguro en su interior. Te dan tu obleíta gratis y gastan en promoción, pero se lo cobran a lo grande! Y lo bueno es que si estás bien con esta gente, tienes un lugar que te cobija y te abriga física y espiritualmente y puede darte fuerza para afrontar el futuro, la incertidumbre, las penas, la niebla y la muerte.*

Distraído ya de la insensibilidad provocada por el descontrol extremo y embarcado de nuevo en las aguas de sus procelosas lucubraciones, imagina él la fuerza, la increíble fuerza que tendría el supermercado, el centro comercial, aquella cadena de grandes almacenes que uniera los dos conceptos más generales y brillantes bajo un mismo techo, el santuario dentro de El Santuario Mayor, el supermercado que le ofreciera al público ahí mismo, dentro de sus instalaciones, en una área especial para pasar antes o después de comprar las chuletas de cordero, las dietas de Weight Watchers y el video de "Titanic" – o para que los hijos y la mamá o el papá pasen mientras otro hace la compra-, la capilla de imagen barroca con sus bancas, sillas y cajas metálicas para las limosnas, que les permita a los mortales alimentar su alma mientras se abastecen para alimentar su cuerpo y dar gusto a sus sentidos. Ya de por sí los Shopping Centers son un espectáculo, un espectáculo en sí, la gran invención moderna, el aglutinador y estabilizador social; los pobres diablos miserables proletarios tienen libre acceso a ellos y sienten la ilusión de que son iguales a los que sí van ahí a comprar mucho, y disfrutan, mezclados con ellos, rozándose con ellos, de un ambiente seguro, rico visualmente, lleno de gente "bonita", donde es posible todo, o casi todo: comprar, divertirse, comer, obtener servicios, pasear, flirtear, coquetear, relajarse y excitarse a la vez, todo!, donde prácticamente no vas porque quieras comprar, sino que compras porque vas, mundos mágicos al alcance de todos, los modernos mercados, infinitamente mejores que aquéllos de las épocas pasadas. Ahora... si además... con iglesias católicas reproducidas en todos sus detalles funcionando ahí dentro, o unos templos orientales, unas mezquitas... y unas sinagogas... Impecable! Perfecto! Espiritual y materialmente perfecto! *A Dios lo que es de Dios, y al César....me pasas mi ensalada, porfa? Ay! güey!*

De cualquier forma, dentro de esa nueva consideración de darle seguimiento a su deseo de retomar alguna dirección o el rumbo adecuado - ya una vez que él mismo fuera incapaz de suicidarse -, había entendido que era necesario llegar a la Ciudad de Máxico, entregar el camión de redilas y la mercancía y decidirse entre continuar con ese trabajo o hacer alguna otra cosa. Así que al llegar allá nada perdería con darse un tiempo para visitar a Pedro Galas. A la luz de los últimos sucesos, esencialmente el de Marcial, sería razonable pasar con Pedro, aunque sólo fuese para verlo por última vez antes de que se muriera.

Para como estaban las cosas...

El peso del camión y la falta de experiencia en la conducción de ese tipo de vehículos hicieron que tomara de una forma muy distinta las curvas de la carretera Cuernavaca-México, que tan bien conocía. Tomó las cosas con calma. La paz del recinto eclesiástico había contribuido a que su sensación de adormecimiento e insensibilidad se convirtiera en algo más parecido a una especie de calma, de tranquilidad espiritual. Cuando vio la invariable nube negra copando la ciudad de sus lamentaciones e impidiéndole ver más allá del Estadio Azteca desde las pendientes de llegada, no fue, por esa misma calma, tan cáustico, ni tan grosero ni tan lastimero ni patán en sus consideraciones sobre la Ciudad de México, como en otras ocasiones. No pensó en palabrotas ni maldiciones. Sólo se lamentó con tristeza del estado de las calles, de la gente, de la atmósfera. Recordó aquel día en que para él había empezado el derrumbe definitivo de la ciudad. No porque los problemas del crecimiento desmedido no hubieran existido desde antes, sino por el hecho de que aquella tragedia fue como esos accidentes que les ocurren a las personas y que, independientemente de que ellas se restablezcan, las dejan marcadas para toda la vida, lisiadas. De esa misma forma, aunque la sociedad y la ciudad se repusieron, se arreglaron calles, se recogieron escombros, se retiraron heridos y cadáveres, se enterraron muertos, se levantaron edificios, parques, plazas públicas flamantes en los lugares de aquellos otros edificios mates derrumbados y todo aparentó volver a la normalidad, la ciudad realmente no se repuso, no pudo –lógicamente- volver a ser la misma, quedo paralítica, minusválida. Algo en el subconsciente, en las cicatrices, en los servicios, en la basura, en el polvo, en la actitud de sus habitantes, cambió substancial y definitivamente desde aquel acontecimiento que se convirtió en un hito, desde aquel día, el día del temblor del año 1985.

Él dormía con ese sueño profundo del agotamiento por una noche de desvelo dedicada a componer una sonata para piano, en la única recámara de la casita que rentaba por el rumbo de Contreras. Una construcción de sesenta años de antigüedad de un solo piso, de ladrillos y cemento, con la pintura exterior descascarada y un pequeñísimo jardín al frente, separado de la acera por una reja trabajada en herrería negra.

El teléfono empezó a sonar insistentemente. Primero fue Altamirano, compañero del Conservatorio. Luego Carlos Yuis, maestro de sexto año en la primaria donde él daba clases de música a los niños del kínder. Media hora después, Silvia. Él intentaba volverse a dormir entre una llamada y otra pero ni bien lo lograba cuando los nuevos timbrazos resonaban en el cuarto para dar paso a alguien más que le preguntaba si estaba bien, si no le había pasado nada, si no eran muchos los daños en su colonia, y a quien él, de mal humor, con prisa de volverse a dormir y fastidiado, le colgaba con un gruñido. Preguntas todas que necesitarían para él una explicación porque con la pesadez del sueño y el terreno rocoso de montaña de la zona donde vivía, que trasmitía con dificultad las vibraciones, él no había sentido ni el más mínimo temblor.

Ya bien despierto sintonizó los noticieros y se fue sorprendiendo cada vez más al ir cayendo en la cuenta, gradualmente, de la magnitud del fenómeno. Pero las verdaderas dimensiones de la catástrofe las fue a comprender en su totalidad hasta el momento, a las seis de la tarde, en que decidió salir de su casa en su coche viejo, un Datsun '71 totalmente desvencijado, para recorrer las calles de la ciudad y ver personalmente los daños y las consecuencias.

Manejó por el Periférico Sur rumbo a Villa Coapa y fue entonces cuando vio las aceras de cemento y los pasajes de piedras del camellón central resquebrajados y separados del piso de tierra. Avanzó por Tlalpan hacia el Centro, desviándose en aquellos puntos donde el derrumbe de los edificios impedía el paso de frente; vio de lejos, entre las manchas pardas del polvo en el ambiente, los edificios de costureras y maquiladoras que –él se enteraría después- se habían derrumbado no solamente por la magnitud del movimiento de tierra sino por la deficiencia de los materiales que unos constructores criminalmente irresponsables habían utilizado, poniendo alambrón en vez de varillas de ¾ en las columnas. Manejó lentamente por la Calle 5 de Mayo, viendo las banquetas destrozadas, las piedras sobrepuestas, amontonadas de manera irregular con pedazos de ropa, muebles y alambres chamuscados saliendo de entre ellas, los carros de bomberos, la desesperación en los rostros, y sintió la misma especie de angustia que había sentido la última semana de clases en la preparatoria, cuando tomó plena conciencia de que esa fiesta de graduación a la que acudiría sería como una especie de muerte porque las exigencias de la vida y las diferentes vocaciones harían que no volviera a ver nunca más a ninguno de sus compañeros – como en efecto sucedió con Xóchitl, con Miguel, con Mirado y con muchos más-, desasosiego igual al que ahora, en el interior de su auto, sentía viendo la cercanía de la muerte, agravado éste por el hecho de que estaba consciente de que a varios de esos amigos realmente –ahora sí- nunca más los volvería a ver, y no por los destinos diversos y los desencuentros, sino porque podían estar muertos ya, para esos momentos, entre los fierros retorcidos y los pedazos de concreto arrancados de cuajo por el temblor.

Ni el dolor –más personal y definido- que sentiría al día siguiente al escuchar en la radio la noticia de que su amigo Félix Sordo había muerto cuando se encontraba trabajando en una estación televisora que se vino abajo, ni el nerviosismo del recuento de los daños previos al segundo temblor de gran magnitud – en esas cuarenta y ocho horas aciagas en que se sucedieron infinidad de sismos de muy diversa graduación en la escala de Richter-, le resultarían comparables a lo que sintió esa primera noche de lúgubres hallazgos; él se encontraba ya, a las ocho de la noche, como la ciudad, absolutamente devastado.

Guardaría para siempre en su memoria su tránsito por las callejuelas aledañas a Bucareli, los grandes nubarrones de humo gris oscuro - densos como esos que cubren la ciudad trece años después, el día en que él está llegando con el camión de redilas de inconcebible adquisición a enfrentarse con la primera entrega de su inimaginada, imprevista nueva profesión-, las llamas que después del temblor se asomaban como vecinas curiosas tras las ventanas de los edificios multifamiliares, las calles inundadas por las tuberías rotas, el olor a excrementos –como el que va a sentir ahora en el ambiente, trece años después, el mismo todavía, cuando se aproxime por la Calzada Ermita Iztapalapa a la Central de Abastos para entregar las sandías-, las toneladas y toneladas de escombros –iguales a las pilas de los enormes basureros que le harán valla hoy a su paso por la Calzada Zaragoza, pero esta vez ya no como producto directo del temblor, sino como consecuencia de las regurgitaciones diarias del monstruo-, el llanto de las madres, de los soldados de rescate, el ruido de las ambulancias y el barullo general de desesperación - idéntico al que alcanza a escuchar al empezar ahora a transitar por las afueras de la Ciudad de México, en condiciones menos accidentadas que entonces pero igualmente, para él, catastróficas y dramáticas -, ese confuso llanto sordo que lo despedaza aun después de todos esos años desde el temblor, al ir llegando a la ciudad dentro del camión de redilas amarillo (viejo y gastado como él se siente), reflexionando en que ya algún día en algún lugar se le había perdido el mundo y habían desaparecido de su vida los edificios, el verdadero arte, los sueños, las cosas bellas..., importantes, como recuerda ahora que se dio cuenta aquella vez en que por el terremoto desaparecieron para siempre las casas, la gente, el edificio de Tlatelolco desde donde una noche de octubre años atrás los inquilinos habían oído el tiroteo de la matanza a la que su mamá no lo dejó asistir, el Hotel Regis, los candiles, las bombillas, las alfombras, el mismísimo mural de Diego Rivera y afuera, en muchas partes de la ciudad, los anuncios y vallas monumentales de las azoteas de casas y edificios que también se vinieron abajo con todo y sus letras atractivas de colores brillantes, sus caras de personas felices, sus cuerpos exuberantes en bikinis, sus jarras y tazas gigantes de café, sus cigarros desproporcionados y sus estructuras metálicas que los sostenían, anuncios espectaculares, muchos, muchos, pero no tantos como ahora en que muchos otros llegaron para sustituir a aquéllos y hay tantos y tantos más sobre los techos – infinitamente más que los que vio aquel día que se subió con Galas al techo de la Catedral -, que él, cuando casi está a punto de llegar con su camión a la caseta de cobro, prácticamente no ve ya una ciudad a lo lejos, sino sólo un mar, un océano de anuncios abigarrados que cubren el hormiguero directamente bajo la espesa nube negra de la contaminación.

Tanta tristeza y decepción acabaron por despertarle y exacerbarle la rabia.

Yo no aprendo, mira que regresar a este pinche pozo de vómitos y exhalaciones malolientes... ...Máxico... México City... Tóxico City! Los veintidós millones de personas, las cacas de todos, el smog, las aguas puercas, los orines, las menstruaciones, la sangre infectada, las emanaciones de los humores biliosos, las glándulas sudoríparas, el almizcle mezclado y las erupciones de gases expulsados por las bocas y los culos de los neuróticos psicóticos anémicos erráticos famélicos, forman una masa chocolatosa, chiclosa y burbujeante que se mueve hacia arriba y hacia abajo, hacia adelante y hacia atrás como el enorme bolo de una vaca gigantesca rumiando su aburrimiento.

Pero aquí vamos, bueno, mi camión y yo, ah chingá, me salió como canción, de regreso inevitable a la dinámica espiral que te chupa hacia adentro y hacia el fondo en cuanto te asomas a sus bordes. Así desde tiempo inmemorial, desde los pinches aztecas que andaban como perro en basurero buscando la tierra prometida y vinieron a asentarse en medio de los pinches lagos, hasta los conquistadores españoles que teniendo el Golfo de México a su alcance, las palmeras prodigiosas y las sensuales jarochas, prefirieron cruzar cordilleras, ríos y valles para venir a la Meseta del Altiplano; hasta Hidalgo con sus huestes hambrientas, miles y miles llegando al Tepeyac a las puertas de la capital del Virreinato; hasta Juárez, engrandeciendo su sabiduría de indio oaxaqueño para poder llegar a los asientos del Congreso; hasta Maximiliano y Carlota viniendo a México a buscar en el Castillo de Chapultepec la pinche grandeza de los palacios que les negaba su familia; hasta los americanos entrando para desmadrar a los Niños Héroes; hasta Pancho Villa y Emiliano Zapata llegando aquí para compartir la algarabía de sus contlapaches y disfrutar la hospitalidad del Palacio Nacional; hasta los exiliados de la Guerra Civil Española y del Franquismo; hasta los millones y millones de provincianos mexicanos que perciben en el espejismo de la capital la posibilidad de un sueño enfebrecido, sumándose a los guatemaltecos, hondureños, salvadoreños, cubanos, que huyen de un rigor y una pobreza que suponen mayores a los que la madre de todos los vicios, la Ciudad de México, les entierra en el alma; a los europeos que huyen de otras guerras para venir a ésta, peor, más cruel, inacabable −o quizá para ellos no tanto por el trato cálido de sarapito y hojas de plátano que les da nuestra Malinche eterna, escondida, bien escondidita en nuestros corazones-, a los chinos esperanzados, a los japoneses ambiciosos y a los chilenos que pretenden olvidar a Pinocho Pinochet; y sumándose todos hasta al Papa Juan Pablo II y a los testaferros del Citibank y a los capitalistas de Price Club, Carrefour, Mercedes Benz, Club Med y del Banco Bilbao Vizcaya, y hasta a mí mismo que aquí vengo (bajando con mi camión de redilas, por las pinches curvas del Cerro del Topilejo con el pinche y cabrón impulso de la inercia y sintiendo ya que me pica el polvo la garganta, la nariz, los ojos, todo mi cuerpo) miserablemente... de regreso.

Como Blanca Ramírez que ya está pensando en regresarse de nuevo, como todos, que nos quejamos y nos asqueamos y maldecimos pero acabamos volviendo y quedándonos, reincidiendo en el insólito, desgastante y aniquilador pecado de insistir en vivir con la prostituta que nos escupe, nos vilipendia, nos desprecia y nos descuajaringa el alma. Como atraídos por el espanto y el terror. Como obsesionados mirando con la expresión morbosa el enorme pedazo de caca o el cuerpo ensangrentado y podrido del que no podemos apartar la vista. Obsesivamente venimos, obsesivamente nos quedamos y obsesivamente volvemos. Como en una ruleta rusa, buscando el maldito día en que un salvaje conductor atrabancado nos desparrame por el Periférico, intentando que algún neurótico chofer de camión nos asesine, persiguiendo el momento en que una banda nos atore en un cruce del Viaducto, por Tacubaya, en Santa Fe, en Santa Cruz, en Santa Clós o en Semana Santa, esperando el próximo cólera, la próxima tifoidea que nos lleguen en las verduras de la carne mal cocida y contaminada de un taco de perro, zarigüeya, zopilote, murciélago, ratón o gato, o el temblor que acabe por derrumbarnos de plano la existencia. Buscándole, buscándole tres pies al gato, sabiendo que tiene cuatro. Tentando a la suerte, a la fortuna. Ajajay! Sí señor! Tan machos como siempre, la vida no vale nada... así que así venimos, con la intención oculta de que nos quiebre una bala perdida la noche del 15 de septiembre o nos perfore el pecho el cohete desviado por las chinampinas, o nos envuelva la ciudad acogedoramente, como planta carnívora, hasta chuparnos el jugo y deshuesarnos, para que haga ella por nosotros lo que nosotros por miedosos y mediocres no podemos (ni siquiera eso): acabar de una vez con nuestra vida. Pinche México, porque si consideramos lo mucho que nos atraes y lo bien que nos haces sentir entre la muerte, vienes a ser como un prodigio de eutanasia: un pinche Kevorkian magnífico y perfecto.

Quién dice que no tenemos derecho a disponer de nuestra vida? Quién dice que no tenemos derecho a disponer de la de los demás? Con mayor razón de la nuestra! A quién chingaos le importa? Me preguntaron a mí para hacerme venir al mundo? Me pidieron mi opinión para traerme a este valle de lágrimas que abate? Verdad que no? Verdad, Salvador? Entonces, por qué carajos tenemos nosotros que pedirles su opinión o su pinche permiso cuando nos queremos largar a la chingada terminar desconectarnos deconstruirnos ausentarnos juirnos pirarnos desvanecernos diluirnos...? Quién nos puede decir que no cuando a nosotros nunca nos dieron ni la pinche oportunidad de decir que sí? Díganme a mí, cuando me ensombrezco y me ennegrecen las depresiones de mi derrota, que vale la pena seguir viviendo... díganle al cuadripléjico que sólo puede escribir poniéndose una pluma entre los dientes, que se anime y sea positivo y se sonría...! ay! díganle a los niños de África, Medio Oriente, Tchetchenia, Timor Leste, Indochina, Tailandia, a sus papás que los miran desangrarse, prostituirse, morirse de hambre, hacerse viejos a sus cinco, seis, siete, ocho años, volar por los aires despedazados por una bomba o una mina, la cara aquí, los hombros y una oreja allá... díganle al ciego, sordo y mudo que disfrute de la vida... díganle al tronco sin piernas y sin brazos anímate! vamos, hagamos un trato, no te me puedes morir, aguanta! qué es eso de andar queriéndote suicidar? échale ganas! yo te apoyo, venga esa mano, amigo......, hijos de su rechingada... díganselo!... díganmelo a mí!

CAPITULO XVI
Memories are made of... *shit* (Diciembre/1997)

No era necesario mencionar a Pilar... ni a Paty. La cara que había puesto Pedro Galas cuando él le dijo: "Me dieron tu teléfono y dirección en Oaxaca", había sido más que expresiva. Bajó después los ojos, hizo una pequeña mueca indicándole que pasara y confirmó al avanzar silenciosamente por delante de él a través del pasillo, que estaba plenamente consciente de que el visitante se sabía la historia completa.

Él pensó que le iba a resultar muy difícil mantener la conversación dentro de límites que no tocaran ni de refilón lo que debía ser la llaga más viva y lacerada en los resentimientos y amarguras de su amigo el escultor. Por lo menos trataría. Ya si Pedro sacaba el tema a colación, entonces sí se animaría él a preguntarle algunas cosas que le preocupaban especialmente, claro, sin decirle qué había pasado exactamente cuando estuvo con su ex mujer y su "ex (?)" hija aquella noche de desnudos calientes frente al mar. Ninguno de los dos había externado una gran emoción al reencontrarse, ninguno de los dos intentó abrazar al otro. Fue –cuando Pedro abrió la puerta del departamento- como si el músico viviera ahí mismo y hubiese regresado por algo que había olvidado dos minutos antes, y como si el escultor- a pesar de los veinte años transcurridos- lo estuviera esperando. El pasillo era –real y metafóricamente- la reunión de las dos partes de un camino que se había bifurcado por la diferencia de intereses y el simple correr de la vida. A cada paso que daban rumbo al cuarto de Pedro, los recuerdos comunes iban floreciendo en las paredes, colgándose del techo, reverdeciendo el piso. Los hombros de Pedro inclusive, caídos al inicio de su avance, se habían enderezado un poco ya para cuando llegaron a la segunda puerta. Entraron a una pequeña estancia. El olor a cigarro impregnaba todo y no permitía la percepción clara de otros olores. Él pensó que nada de lo que había visto hasta ese momento coincidía con la imagen que se había formado del exitoso escultor. No era lo mismo una casa en Coyoacán que un departamento en la parte fea de la Narvarte; la misma ropa de Pedro se veía gastada, económica, como comprada en una de las tiendas de ofertas del Eje Uno, y los zapatos, algún modelo supereconómico de "El Taconazo Popis". Todo esto en su mirada cuando se sentó, hizo que

121

Pedro sintiera necesaria una explicación.

-Ya ves, así son las cosas, seguramente te habían dicho tanto que pensaste encontrarte con algo muy distinto –sonrió y le ofreció un cigarro, él le agradeció con la mano sin aceptarlo, Pedro extendió los brazos señalando a su alrededor con las manos ocupadas por la cajita de los cerillos, la cajetilla de cigarros, el cigarro por prender y un cerillo entre el pulgar y el índice amarillentos por la nicotina - el famosillo escultor hijo del famosísimo escultor... viviendo en un cuchitril, porque la puerta que viste ahí atrás ni siquiera forma parte de esto, eh? comparto el departamento con un sobrino mío, él anda de vacaciones.

En la tarde parda, fría de diciembre, una triste claridad, gris como la Ciudad de México, se coló desde un hueco en las nubes hasta el piso del departamento; en su descenso, motas de polvo que volaban sobre los muebles de la sala aparecieron. Por las ventanas grandes se alcanzaban a ver los autos y camiones que transitaban lentamente por la avenida; el mundo parecía cansado, inmerso en una piscina de agua turbia. Pedro alcanzó un cenicero y se instaló frente a su amigo. Lo verdaderamente sorprendente no era la sobriedad ni el tamaño del lugar sino la completa ausencia de nada que sugiriera algo relativo al oficio del escultor.

- "*Irrelevante*" –le contestó él sonriendo, y alzó las cejas para confirmarle que aún recordaba las manías gramaticales del Pedro Galas de la secundaria-, ya no esculpes?

-Tiene tiempo que no –Pedro aspiró el humo y vio hacia la pequeña ventana-; desde la muerte de mi padre, hará un año más o menos; quizá desde un poco antes, cuando se fueron Pilar y Paty.

Él suspendió el recuerdo que se le había desatado en el cerebro cuando oyó a Pedro mencionar la muerte del gran escultor homenajeado en todos los canales de televisión; no pudo continuar por ese lado porque a la mitad de la evocación cayó en la cuenta de que Pedro había soltado –sí, él mismo- los nombres que él músico creía impronunciables. Él decidió pasarlos por alto.

-Así me ha pasado a mí algunas veces... por el año ochenta y seis estuve tan saturado de música que no era capaz de oír discos ni radio ni nada donde saliera algún fragmento musical por pequeño que fuera. Hasta el estéreo de mi casa lo vendí... yo no sé si andaba muy deprimido porque la inflación estaba gruesa o por tanta pinche devaluación, que de nada servía trabajar, o por el temblor, pero yo no quería saber nada de nada.

-Bueno –dijo Pedro-, pero yo creo que eso fue temporal, no? lo mío es prácticamente definitivo.

-Ni digas eso –le reconvino él-, ya verás cómo se te pasa en un tiempo.

-Me oíste lo de Pilar y Paty? –insistió Galas-, por supuesto las viste, no?

Y cómo! Que si las vi...?! – pensó él moviendo afirmativamente la cabeza , sin expresión en su cara, ganando tiempo antes de responder:

-Sí, estuve con ellas –lo dijo tratando de que pareciera lo más natural del mundo, luego intentó centrarse en los posibles aspectos positivos-, me dio gusto saber que lo habías logrado, los sueños están para eso, para lograrse, qué más da lo demás?

-Los sueños del paraíso cuestan... el paraíso cuesta más. Todo lo bueno, lo mejor, lo magnífico, acabas por pagarlo. Antes o después. Hay veces en que alguien sufre mucho en la vida, penas y penas y penas y al final acaba por lograr la felicidad, grandes cosas, cosas maravillosas – Pedro hablaba como para él mismo-; otras veces ves gente, personas que parece que lo tienen todo, una situación perfecta, el mundo ideal, y de pronto se accidentan y pierden las piernas o quedan paralíticos de por vida... o se les muere la familia y sobreviven sólo ellos. En ocasiones te llega todo fácil, pero terminas por perderlo. Ahí tienes a Adán, su paraíso gratuito, su Edén exclusivo, así nada más, porque sí, y luego… ya ves, cayó en desgracia y lo corrieron con todo y chivas, bueno, con todo y su chivita. Ahí tienes a Christopher Reeves, a Gianni Versace, paradigmas en algún punto de sus vidas del ser afortunado, y de pronto zás! cataplúm!, se les viene el mundo encima, se les va... mírame a mí, tantos años dándole forma concreta a las cosas, esculpiéndolas, y mi propia vida se me diluye informe entre los dedos. Pero es irrelevante.

-Fuiste feliz? Valió la pena?

-Hablando en justicia.... sí. Valió la pena y mucho. A Paty la disfruté y la quise como pocos padres han querido a sus hijas, de hecho su presencia fue la que me ayudó a sobrevivir el desencanto de mi primer matrimonio.

Pedro solía decir "primer" y "segundo" matrimonio, aunque sólo se había casado una vez; quizá referirse a su relación con Pilar de esa manera le hacía sentir mejor, era lo que siempre había querido, que fuera su esposa, no sólo su mujer.

-Aunque bien pensado - continuó el escultor-, el desencanto empezó mucho antes, desde antes de casarnos. Luego llegó Pilar y fui feliz. Así de simple. Fui feliz. Independientemente de lo que sucedió después. Mira, el problema es que pretendemos eternizar las relaciones afortunadas, los momentos felices. Es difícil, resulta muy difícil, pero desde un principio deberíamos estar perfectamente conscientes de que esos momentos serán eventuales, efímeros, y ya está! Valió la pena la comelitona que te deleitó los sentidos ayer a pesar de que hoy te hayas soltado del estómago? Por supuesto!, no asocies, no conectes, no encadenes... ayer fue ayer y fuiste feliz, hoy es hoy, no culpes a nadie, a lo mejor es sólo que tu estómago modificó sus secreciones por un cambio de temperatura, a lo mejor la comida no tuvo realmente la culpa, no fue realmente la causante.

-Pero si la gente te hace chingaderas... –señaló él.

-La gente no te hace nada...! –se exaltó Galas.

-No, qué va! Me imagino que tú, que yo supe que te iba muy bien con tu trabajo, estás viviendo en un lugar como este por puro gusto, no? Porque te gustan la sobriedad extrema, los espacios reducidos...

-Eso qué tiene que ver? –dijo Galas exasperándose.

-Pues que seguro que tu ex esposa, o ex esposas, no sé cuántas, habrán colaborado a que te quedaras en la ruina; no me salgas ahora con que la gente no te daña, no te lastima, no te afecta...

-Sólo si tú se lo permites; en estos casos de relaciones humanas, sólo si tú te dejas, sólo si los dejas, o sea, sólo si *tú mismo lo permites*; tú eres libre de elegir, inclusive, si dañas tú o dejas que te dañen, y aunque te lastimen, lo comprendes y lo superas, porque lo más seguro es que lo que tu pareja hace no lo hace para dañarte, lo hace porque es su manera de ser, porque no puede ser de otra manera y tú no tienes por qué tomarlo tan a pecho...

-Qué haces tú? –dijo él, impaciente- meditación, yoga o qué carajos?!, eres taoísta? zen? o qué?! No me vas a decir que realmente te crees todo lo que estás diciendo?!

-Claro –dijo sereno Pedro-, por supuesto que me lo creo, así es. En las cosas entre hombres y mujeres lo que daña es no entender que rara vez alguien es realmente "el malo", o "la mala"... sólo *son*, y ya. En estricta condición de igualdad en el noventa por ciento de los casos.

-Eso no es cierto! –dijo él hastiado - la desigualdad es evidente, por supuesto que no estamos en el mismo pinche nivel que las mujeres!

-Ah!, que ... ...! Ahora ya me saliste el súper-macho...

-Qué súper-macho ni que ocho cuartos! es al revés! yo no soy machista, *ellas* son las que ya se volvieron *"hembristas"!* de más!! –él gritó tratando de hacer evidente su planteamiento-; son *ellas* las que ya nos tienen un pie puesto en el cogote, marchamos muy derechitos al compás de sus indicaciones.

Pedro se rió creyendo haber entendido un sentido humorístico en lo que decía su amigo.

-O qué derechitos, mejor: absolutamente doblegados, -continuó el quejoso- ahí andamos de agachones. Ellas han dominado el mundo desde el principio de los tiempos porque ellas tienen el control de la natalidad, aunque no fuera con pinches pastillas, como ahora; lo bueno es que eso está a punto de cambiar, porque con las nuevas técnicas de control y de fertilización, ellas van a dejar de tener el pinche sartén por el mango, pero lo que te dije es cierto: toda la Historia Universal podría ser analizada en función de cómo todas las grandes mujeres que estuvieron atrás de *todos* los hombres, no sólo de los "grandes", como dicen, hicieron, con sus actos, errores, maldades, obras buenas, detalles, olvidos, tentaciones y omisiones, que el curso de los acontecimientos siguiera un rumbo u otro muy diferente! Desde Eva hasta Cleopatra, desde la esposa del Rey Arturo hasta la del Cid, desde la de Marx hasta la de Chopin, bueno, su querida, desde la Malinche hasta Isabel la Católica y las noviecitas de Chaplin y de Mike Tyson!

-Exageras –dijo Pedro Galas.

-Cuál exagero! Ahora estamos peor, no sólo nos dominaron siempre ejerciendo el real control sobre nosotros, sino que después, hacia mediados de este siglo hicieron su pinche chincual con su movimiento de liberación, y ahora, que ya hacen todo como nosotros, que están en todas las profesiones, que mantienen familias, boxean, son policías, dirigen gobiernos, como la Thatcher, y nos quitan puestos ejecutivos...

nos chingan más! porque existe un doble rasero, un doble patrón de medición, o triple o cuádruple: tenemos que pagar por el dizque sojuzgamiento en que las "tuvimos" históricamente, hacen de las suyas y lo que se les da la gana y ejercen ahora el pinche control total sobre nosotros, disfrutan de igualdad de oportunidades ...ah!, pero las pinches consideraciones tradicionales no se acaban y las conservan! No les seguimos abriendo la puerta para dejarlas pasar primero? Si un barco se está hundiendo, no son *las mujeres y los niños primero*?? Si hay un divorcio, no somos nosotros, los hombres, los que pagamos la pensión? Y pagamos todo, bueno, de cualquier forma pagamos todo! hasta los pinches gastos de los trámites del matrimonio, todo! Porque nuestros impuestos en este pinche sistema, en este pinche país, no pagan nada, todo lo tenemos que acabar pagando después nosotros *otra vez!* –Pedro lo veía entre enojado y divertido, simplemente no daba crédito-, y luego hasta eso, los niños se los quedan ellas y nos los quitan, o no?, a ver, por qué si somos iguales no nos abren ellas la puerta?, por qué no nos pagan nuestra mensualidad al divorciarnos?, por qué no nos quedamos con los niños?

-En algunas ocasiones es así –interrumpió Pedro.

-...por qué en las catástrofes no gritan *los hombres primero, ustedes después, bola de pránganas*"? Ah! verdad? Verdad que no?

-Porque son ellas y los niños los que prolongan y perpetúan la especie! Es algo biológico, genético!, o si prefieres, una cuestión de cortesía, pero racional, fundamentada en razones lógicas, sólidas, que tienen que ver con la preservación del hombre mismo, como especie! tú sabes que en muchas cosas se las maltrata, se las desconsidera, tú sabes, por no decir más, que siguen ganando mucho menos que los hombres, de hecho, en todas las profesiones. Cuánto gana el actor más cotizado en Hollywood? quién es... Harrison Ford? Tom Cruise? Schwartzenegger? Jim Carrey? Veinte, veinticinco millones de dólares por película... y la mujer que más cobra, Demi Moore? con trabajos llega a doce!

-Ah, pero ésa es una pendeja!

-Pendeja, pendeja, pero lo que cobra por película no lo vamos a ver reunido ni tocando tú el piano mientras yo modelo figuritas de cerámica al compás de tus tecleos durante veinte años!

-No, me refiero a que ni me gusta –dijo él -, como tampoco me gusta ésa ... Cindy Crawford, y tanto escándalo que le hacen, a mí se me figura pan sin sal chocolate sin dulce, qué va de aquéllas de nuestros tiempos! con talento, elegancia, categoría... Ann Margret, Natalie Wood, Liza Minelli, Julie Christie, Katherine Ross, Candice Bergen, Charlotte Rampling, Laura Antonelli, Ornella Mutti... sobraban!

-Pero también en ese entonces había otras sin chiste, no todo era miel sobre hojuelas... aquella horrible... Twiggy... y óyeme, Ann Margret ya estaba pasadona, ya no se cocía al primer hervor – Galas demostraba que si se trataba de expresiones y dichos mexicanos, o de conocimientos femeninos, él, como antes, no se quedaba atrás del músico -, de nuestros tiempos, *nuestros tiempos*... no era.

-Pero era un cromo, un supercromo! yo hasta viejita le hacía el servicio completo, con cambio de aceite y todo! y qué diferencia con "tu" Demi Moore, que no la vas ni a comparar, no puedes!, con las conejas del Playboy que te encantaban... con aquella conejita de piel así como... y cuerpo así como... parecía una estatua de caoba! sólida, sin grasa, sin estrías, sin musculosidades de más... acariciable...

-Alucinas!

-Oh...! hijo, es que... cómo se llamaba? esa que te dejaba sin dormir, hombre, que te morías por ella, derrapabas... – Pedro se acordaba pero evitó decir el nombre – no te acuerdas? yo no me acuerdo ahorita, ya me empieza a fallar la memoria por la edad, ja, ja, pero *tú* eras el que alucinaba! y con ésa yo te daba la razón, pero ahora con la Moore... no me amueles...! Además, las de nuestros tiempos eran más *naturales*, con fallitas o lo que fuera, pero naturales, no como ahora que todo es operado y ya no sabes ni lo que agarras, ni si es punto o raya, pulpa o plástico, entrada o salida, barro o costilla... y... – se preparó para volver a terquear en el mismo punto, insistiendo con una mueca y abriendo exageradamente los ojos -: salirme ahora con que Demi Moore...!

-Pues ella es la que más cobra en la actualidad, de todos modos, y ya ves... muy por abajo del hombre. Te digo que sufren, y mucho. Ahí tienes las pobres musulmanas en África, a las que aun ahora, a punto de acabarse el siglo XX, les mutilan sus órganos sexuales... y a muchas sin anestesia...!

-Pues si a esas vamos, a los hombres también nos cortan de ahí, nos circuncidan, o no? Lo que pasa es que ellas chillan de más! por todo , se quejan de todo, siempre llorando, siempre quejándose, siempre con sus histerias!, y ahora peor aun, con la bola de payasadas que se cargan - hizo la voz tipluda-: *"acoso sexual"*, *"discriminación sexual"*, *"minusvaloración salarial"*, *"tensión pre-menstrual"*... al rato no vamos a poder hablar con ellas si no tramitamos un permiso especial! Y soporta su humor y sus gritos de sus días de sangrado y págales meses de descanso cuando tienen un hijo... Ay! Dios, qué va de aquellas mujeres fuertes, decididas, que tenían un hijo hoy y a seguirle dando al trabajo mañana o esa misma noche! Ésas sí que eran mujeres, honraban su sexo, y por su misma fuerza y poder, del que estaban conscientes, no se andaban con melindres, arrumacos, chiqueos, delicadezas ni chingaderas como las de ahora!, y son hipócritas, porque ahora hasta más peligrosas y sádicas se han vuelto, ahí tienes a la tal... la vieja ésa que le cortó la verga al amante en Estados Unidos... Babbit! Lenora Babbit! ya ni la chinga... hija de su ching...

-Pues sólo ella sabrá por qué... – interrumpió Pedro pensativo, retrucando sólo por llevar la contraria – a lo mejor le gustaba tanto que quería quedarse con él para siempre... ponerlo en formol, dormirse con él, usarlo como almohada...

-No mames! Así, mejor que no me quieran tanto! Están locas! Además, no fue por eso, ella fue a tirar el colguijo de carne del tipo en un barranco, en un parque, qué sé yo?

-Pero eso de adorar el miembro siempre ha existido... el culto "fálico", para adorarlo, sentirlo, homenajearlo, echársele encima, ya ves las tumbas de Jim Morrison y Oscar Wilde en el Cementerio Du Pére – Lachaise de París, van las tipas y se les acuestan y se tallan en ellas, ahí tienes aquella película oriental, "El imperio de los sentidos", no?... en fin, a lo mejor la tipa sólo quería una muestra para mandarle a hacer una funda o un molde en yeso, o para embalsamarlo... o para clonarlo a futuro!

-...?

-Qué? – instigó Pedro.

-Están orates! – dijo mal humorado el músico – primero lo chupan y lo besan y no pueden vivir tranquilas sin él adentro... y luego ahí se andan quejando y acusando, ni a los presidentes respetan... ahí tienes lo de Clinton... además –continuó él acordándose del tema de los sueldos-,

128

si los hombres cobran más es sólo porque hacen que más gente vaya al cine, y quiénes son las que los van a ver...? las mujeres!, ellas son las del poder económico, las que a fin de cuentas deciden en qué se gasta y en qué no, las dueñas de nuestras quincenas y luego de nuestras pensiones! Las que nos chingan, las que nos joden (en todos los sentidos), las que nos hacen de cosas.   Ahora estamos mucho peor! Hay un pinche movimiento mundial cabrón para acabar con los hombres, a lo canijo. En España van como tres o cuatro casos muy sonados en que las mujeres mataron, hace poco, hace bien poco, *ma-ta-ron* a golpes a sus maridos! Échate esa! Ellas son las que nos hacen de cosas!

-Mentira, las mujeres no nos hacen nada! – dijo Pedro molesto-, nadie te hace nada, la gente no te hace nada –movió la cabeza disgustado-, la gente sólo *es*, y ya. Es como es. Así la debes aceptar y ya. Si adoptas el papel de mártir, estás mal, y si la tratas de cambiar, estás peor.

-Sí, cómo no! Entonces lo que me hizo Silvia de largarse con otro cuando más la necesitaba...

-Qué bárbaro eres...!-

-.... lo que me hizo de engañarme y mentirme y tomarme el pelo...

-.... qué bárb.... ya se te olvidó...?!! –Pedro Galas no lo podía creer, era como si su amigo el músico hubiese olvidado toda una parte de su vida. Buscó en su memoria datos concretos para poder refutarle.

-.... la pinche forma en que me maltrató, me ofend... –él seguía despotricando.

-.... ya se te olvidó cómo la tratabas en la secundaria?! En la preparatoria?! –le recriminó Pedro- a mí me daba pena la pobre...

-La pobre!! tú de qué lado estás? carajo! –él estaba realmente molesto.

-Pues sí –Pedro bajó el tono y la velocidad de la voz y lo vio fijamente a los ojos, encendió otro cigarro para hacer tiempo pensando si decirle o no y principalmente cómo decirlo, pero en todo el proceso no dejó nunca de mirarlo a los ojos-, a veces la citabas y la dejabas hasta cinco horas esperándote en alguna estación del metro.... yo lo vi.... yo la vi, yo estaba ahí, qué, no te acuerdas? Llegué a pasar por el metro Tacuba los sábados cuando iba a mi clase de francés, bueno, que muchas veces hasta ni llegaba, pero eso es irrelevante, y ahí estaba ella en una de las bancas, muy arregladita y seriecita esperándote. Y dos horas después pasaba yo de regreso después de haber tomado mi clase o de haberme tomado un par de licuados de fresa a la entrada del metro y hasta de haberme comido unos tacos de pollo rostizado con Don Manuel, y ella ahí seguía... paciente... de buenas. Alguna vez hasta me acerqué y le pregunté y ella ni una expresión de fastidio o de hartazgo, sólo decía que te estaba esperando, que ojalá no te hubiera pasado nada malo... Vaya!, si hasta tú me lo contabas y me lo presumías!

-Que qué?!?! –él frunció la cara más que nunca.

-Acuérdate!, me decías: ella espera.... ella espera.... y no sólo ahí los sábados cuando iban a pasear o a dar la vuelta, sino también al salir de la escuela o mientras te quedabas platicando conmigo y ella te esperaba a la salida –Pedro movió la cabeza incrédulamente-, no puede ser que finjas demencia.... tampoco te acuerdas de cómo andabas con quien se te antojaba? bueno, si es que te hacían caso, y te le paseabas enfrente tomando de la mano a Xóchitl y...

-Y qué?! –él ponía cara de extrañado, como si el escultor le hablara de cosas de otro mundo.

-Ya ni le rasques, no me da gusto acordarme de esas cosas,

-Y qué?!! –él extendió las manos con las palmas hacia arriba.

-Lo que le hacías... –continuó Pedro Galas con desgano, aventó el humo con fuerza, jugueteó con el cigarro- cómo la tratabas... qué crees que no nos dábamos cuenta? Todos nos dábamos cuenta, Chepina, Michel, Takagaki, yo, todos! Un día, llegando a la estación Zócalo del metro, tú estabas ahí con ella, yo los vi a unos metros, entre la gente, y como vi que tenías tu mano derecha levantada y agarrabas a Silvia del cuello, o sea , tu mano entraba entre su cuello y su pelo, como acariciándola (hasta pensé que le ibas a dar un beso)... preferí no acercarme, no voy a hacer mal tercio interrumpiendo a los tortolitos, me dije, pero como no acababan de hablar ni de mirarse me fui acercando para saludarlos, poco a poco, pensando que de un momento a otro notarían mi presencia, pero no, ustedes en su mundo... y llegué hasta donde estaban... y lo que vi no me gustó nada, me sacó mucho de onda... vi que la cercanía supuestamente amorosa sólo pretendía disimular ante la gente la rabia contenida con que la veías, las groserías que le estabas diciendo entre tus dientes apretados y tus maxilares hinchados, el llanto desesperado, contenido, en su mirada y los jalones discretos (pero no tanto como para engañarme a *mí*) que le dabas en el pelo de su nuca, arrancándole mechón tras mechón (protegido lo que hacías, por la otra parte de su pelo, que tapaba toda tu mano), y deteniéndole tú mismo la cabeza con la misma mano que le jaloneabas el pelo para que nadie lo notara; los movimientos de su cabeza al sacudirse eran casi imperceptibles, pero yo sí lo noté, me di cuenta, entendí todo, ya ni la amolabas, de veras...

-Nada comparable a sus salvajadas del perro y el hijo... –él admitió sonriendo con desgano cómplice, reconociendo con un mal entendido y mal educado orgullo masculino que efectivamente, como decía Pedro, así había sido-. Y entonces, para qué me aguantó y me engañó y me dijo durante tantos años que me quería, si iba a acabar por despreciarme y dejarme?!

-Porque la gente cambia! –gritó Pedro-, se vuelve otra, es como morirse, si eras de una forma y al paso de los años cambias... entonces como que ése que ya no eres ...se murió, entiéndelo, eras un ángel, cambias y te haces "*un homme pervers*", entonces "el ángel" ya se murió. Cambias, cambiamos constantemente, al grado de que puedes terminar siendo lo que más odiabas o convertirte en otra persona, por amor o ganas de agradarle a alguien, y cuando consigues cambiar y ser como ese alguien quería que fueras... él también ya cambió y ya no le interesa la forma de ser que siempre te exigió, al grado de que tú y otra persona pueden "interpolarse", acabar siendo con el paso del tiempo el uno como era el otro y viceversa, o sea, pueden terminar odiándose por las mismas causas que al principio pero al revés!, tienes que entender que la gente cambia, tú no la puedes hacer cambiar aunque te obstines en hacerlo, ni hacerla a tu modo particular, pero ella de por sí cambia! a veces por el proceso lógico de las mudanzas de la vida, o por una intención propia de agradar al ser amado, que muchas veces genera sólo cambios superficiales, de pantalla, pues la esencia permanece inmutable en el fondo, en fin, la gente puede hasta querer cambiar, por conveniencia, pero eso de que consigas cambiar su esencia por la fuerza, decreto, orden o imposición...nanay! Pero en general va cambiando, aunque no como tú quieres, no hacia la dirección en que quisieras... cambia, de cualquier modo cambia, es lógico, ni modo que permanezca igual todo el tiempo! – acabó Pedro como desinflándose, agotado.

-Entonces lo que te hizo –él empezó a usar esa expresión a propósito, para después poder corregir con segunda intención, quería regresarle el golpe al "amigo" que prefería apoyar a Silvia que a él-, bueno, según tú la gente no te hace las cosas, no te hace nada.... lo que *hizo* Pilar... lo que *hizo* Paty.... lo que *hicieron*, fue producto de su cambio, algo normal, estuvo bien...

-Eso fue un golpe bajo.... –le dijo Pedro.

-No! Pues eso es lo que tú dices, son tus teorías –el ambiente se cargó de la misma energía de las discusiones que realizaban cuando jovencitos, el hecho los rejuveneció-, o no? Dime, lo que hicieron, estuvo bien? O no? Te dolió? O no?

-Tú qué crees....? –contestó Pedro recostándose, apoyándose en el respaldo de su sillón. La pregunta era sólo una forma de respuesta, no pretendía ni necesitaba contestación por parte del otro, había sido dicha con toda la intención de acabar con la discusión, de cerrar el tema.

Algo en el fondo del ánimo de Pedro se había perdido irremediablemente. Ya no era capaz de discutir incansable, como antes. Había perdido la casa de Coyoacán con su primera esposa, la de San Jerónimo por el banco, y la risa franca e intencionada por la vida misma. Su espíritu de aventura era sólo cosa del pasado. Se quitó los lentes y los empezó a limpiar con su suéter, sin verlos.

Permanecieron callados largo rato.

"...y contemplar la estrella en que te alejas cuando cierro la puerta de la noche."

-De seguro ya te pusiste nostálgico –rompió Galas uno de los múltiples silencios que salpicaban su conversación, provocados por todos esos recuerdos despertados de nuevo.

Él contestó moviendo la cabeza y apretando los labios, viendo a Pedro.

-Y de seguro ya estás pensando en Silvia otra vez –lo puyó Pedro.

-Y tú en Pilar... -reviró él- o mejor aun: en Michel Bartres – lo vio con seriedad fijamente y en seguida comenzó a pestañear rápido.

-Yo? Por qué? El que se llevaba más con Michel y se sentaba junto con Silvia horas y horas a oírlo declamar eras tú, no yo.

-Yo me sentaba *junto con Silvia a platicar con él*, tú te sentabas con él *a solas*.

-Sí, pero sólo para practicar el francés, porque si no, solamente muy de vez en cuando y sólo cuando nos juntábamos los cuates.

Él tampoco sentía discutir como antes y dejó pasar el asunto. Tomó de la mesita de centro su teléfono celular, le vio la pantallita, luego hizo como que lo revisaba. Pensó en despedirse, pero lo mismo había hecho ya varias veces en las últimas dos horas. Incluso, en una de ésas se había levantado y había extendido su mano a Pedro diciéndole que se mantendría en contacto, Galas le preguntó si quería la dirección de Michel -"Irás a verlo?"-, él le contestó que no le veía caso, pero las ráfagas de información atrasada volvían a controlar la situación y seguían los dos platicando de pie un buen rato, terminando por volver a sentarse.

Temiendo que su mejor amigo de cuando joven no entendiese la realidad del drama particular – causado por la aventura con aquella muchachilla – en la vida de su mejor amigo de madurez, como había acontecido ya con sus otros ex compañeros, con quienes había tenido que discutir insistentemente para defender lo que a él le parecía meridianamente claro: la razón de Jamín frente a la injusticia sufrida, había decidido – sorprendente y excepcionalmente – no mencionar ni siquiera el asunto, tampoco consiguió reunir el coraje suficiente para confesarle que ya no era músico, sino camionero. Pero sí habían hablado del viaje de él por la Republica Mexicana, de sus visitas a los antiguos camaradas, de Takagaki, del nuevo estilo y del sorpresivo suicidio de Marcial, de los sueños de Marga Méndez Cue, del terrible episodio de Chiapas (ese lo contó dos veces), de la matanza del Aeropuerto en Chihuahua, del alzamiento de indios en Veracruz, de mil cosas más, como la que siempre les gustaba recordar: aquella mañana que había hecho historia en sus incipientes, y por otra parte *fresas*, vidas de quinceañeros. La mañana histórica comenzó con él llegando a la escuela y caminando por el pasillo que conducía a la biblioteca, en el primer piso. El ambiente húmedo y neblinoso era el típico de las mañanas primaverales capitalinas. Él avanzaba con frío y prisa por lograr obtener unos datos para completar su trabajo de Historia. Encontró la puerta de la biblioteca cerrada y cuando se disponía a regresar al patio principal para hacer algo de tiempo, vio desde el pasillo donde se encontraba, que unos integrantes de la flota chica, entre los que se encontraban Mirado,

Hernández y Barajas, se acercaban cautelosamente y haciéndose señas de silencio entre ellos, al salón que los Gómara usaban como su "dormitorio" para las ocasiones en que pernoctaban en la escuela y que era a la vez el privado donde atendían algunos de sus "asuntos" durante el día. La actitud de los muchachos y los palos y cadenas que llevaban en las manos eran evidencia de que, a pesar de lo insólito de la suposición, se disponían a irrumpir en los dominios de los sanguinarios hermanos.

En su reencuentro en el departamento del sobrino de Pedro Galas, veintiséis años después de aquel día, Pedro y él recordaron que aunque el hecho en sí los sorprendió aquella mañana, ellos habían comentado unas semanas antes que la situación de vandalismo, agresiones y violencia que imperaba en la Preparatoria era ya insoportable e insostenible, sugiriendo que probablemente de un momento a otro la presión encapsulada por varios años de vejaciones, control irrestricto y maltratos a maestros y alumnos, terminaría por desbordar las indecisiones y revertir el miedo, dando a los menos cobardes el pedacito de la motivación que necesitaban para enfrentarse con los asesinos. Pedro Galas evocó algunas de las anécdotas que más lo habían impresionado respecto al absoluto control que ejercían los curtidos pandilleros en los planteles de San Idelfonso y Licenciado Verdad, y él le recordó a Pedro que un par de días antes del ataque a la flota grande, le había dicho que los Halcones y ciertos grupos paramilitares –decía el periódico- famosos por sus actividades durante los conflictos del año sesenta y ocho –muy parecidas a las actividades que también ahora desempeñan otros grupos similares en regiones y zonas de conflictos y tensión social - y a partir de aquel entonces más y más poderosos, estaban convirtiéndose en una piedra en el zapato de algunos dirigentes dentro del contexto general pretendido de mandar pegar, asesinar, torturar y luego fingir demencia y poner cara de inocencia, que le encantaba practicar al Gobierno de la República. Ciertos grupos – a diferencia de otros, como los granaderos, que en general conservaban la disciplina y la obediencia a órdenes e instrucciones - eran partidarios de la línea dura y de contar con mayores atribuciones e independencia para actuar por su cuenta, riesgo e inspiración en situaciones especiales de "...seguridad nacional", como les encantaba llamar a cualquier protesta ciudadana contra los abusos y la violencia del Gobierno (él sospechó siempre que dentro de esos grupos se encontraba aquél del cual formaba parte la flota grande que asolaba a la Preparatoria 2); eso, combinado con el hecho de la desesperación ante los castigos continuados sufridos por el estudiantado, el personal docente y el de conserjería, provocaría de seguro –ojalá, le había dicho él a Pedro aquel día- que de un momento a otro el hartazgo de los oprimidos escolares y la disminución del apoyo oficial a algunos de esos grupos, hicieran que estos últimos desaparecieran, o por lo menos, se debilitaran por completo. Por ello, ambos estaban conscientes por aquellos días de que algo *grueso* estaba por ocurrir, pero nunca imaginaron que precisamente en *ese* día - en el que él sólo estaba preocupado por salir del paso en una materia que le desagradaba y Galas sólo tenía en mente el pluscuamperfecto de "*vouloir*" y otros verbos irregulares sobre los que lo examinarían el sábado de esa semana en sus clases complementarias de francés - estallaría todo, y de la peor manera. Él permaneció un momento sin saber qué hacer, dudando entre arrinconarse en alguno de los recodos pétreos del edificio para observar el desenlace, o salir corriendo a buscar a Galas para comentarle y presenciar juntos la acción, pero no le dio tiempo porque Barajas se dejó ir con todo su peso contra la puerta de madera y cristales protegidos con tela de alambre del "salón-dormitorio", rompiendo con la fuerza del impacto la aldaba y permitiendo la entrada desaforada de los que lo acompañaban en medio de un griterío que pretendía, más que asustar a los que estuvieran durmiendo en el salón, darles un poco de valor a los que estaban entrando con palos y cadenas, porque para madrear a Los Gómara, a Los Melenas, al Jarocho, a El Chabelo y compañía, hacían falta mínimo tres decenas de huevos cojonudos y no los diez huevitos de tamaño modesto que usualmente llevaban en sus escrotos los jovenazos de primero de prepa que jugaban ese día a ser grandes y cabrones, huevitos más propios para prepararlos fritos, revueltos o a la mexicana en un campamento de discípulos de Baden Powell, por La Marquesa o Valle de Bravo, que para sustentar el coraje de partirse la madre contra unos vejestorios bien correosos que llevaban más de diez años de fósiles en la escuela, y mínimo cinco de dominar sin miramientos a otras tantas generaciones de ilusos un poquito menos decididos –o menos orates-

135

que los que en ese momento pretendían coparlos (y si se pudiera también caparlos, cómo no!), pues seguramente opondrían una resistencia sanguinaria, sencillamente porque Los Gómara y sus secuaces así eran, y no resolvían sus diferencias con palos de escoba, cadenitas de bicicleta y chacos, sino con pistolas calibre 45 y bayonetas afiladas donadas por el ejército. Cuando la algarabía del acceso se moderó, los intrusos pudieron constatar que en el interior del salón-dormitorio no había absolutamente nadie, sólo cuatro camas deshechas. Comprendieron todos en seguida que alguien les había dado el pitazo y Los Gómara estarían en ese momento carcajeándose mientras desayunaban en algún Denny's. A la calma del azoro de no encontrarlos, que pareció congelar el tiempo y los ánimos de los atacantes, siguió la reacción furiosa, atrabancada, de Raúl Mirado, que fue el primero en salir al patio de nuevo y gritar a todo pulmón, hacia arriba, hacia los pisos superiores, blandiendo su macana y girándose un poco mientras lo expresaba para que todos lo escucharan:

- ¡Jijos de su chingada puta madre, aunque los hayan prevenido, los vamos a ir a sacar de donde estén para partirles su reputísima madre!- el final lo dijo ya rodeado por sus compañeros, que habían salido fúricos y acelerados, casi pegados a su espalda. En el siguiente instante el grupo de asalto de la flota chica, dirigido todo el tiempo por Mirado, echó a correr hacia el patio principal y en el primer piso él, espantado, convencido de que ese día era decisivo, arrancó también a correr pensando en encontrar, tan rápido como le fuera posible, a Pedro Galas, para prevenirlo, y en avisarle a Paco González "El Tarzán", alumno de quinto año que en ocasiones se juntaba con los de la flota chica y siempre andaba con su .22 en la bolsa del pantalón, para que interviniera y apoyara la causa.

Cuando él llegó al patio de la entrada, la escuela era un desmadre completo. Muchachos y muchachas corrían para todos lados, las puertas de los salones se cerraban de golpe; vio desde arriba a Barajas en la planta baja cruzar hacia el otro patio - el principal - y vio también, desde su puesto relativamente seguro de observación en el barandal central de la entrada, algo que le puso los pelos de punta y le hizo comprender que la cosa iba en serio y no era solamente una bronca más entre porras o estudiantes. Luis Medina y Leónidas Torres, dos de los dirigentes de la porra chica y alumnos de sexto año de la Preparatoria 2, que usualmente lograban compaginar el curso de sus materias con las actividades extraoficiales y ayudaban a mantener el precario equilibrio de poderes en la prepa en un punto previo a cualquier estallido de crisis, estaban en un rincón de la planta baja del patio de llegada madreando a Garay y a El Melenitas - hermano de "El Melenas" - despiadadamente; golpeaban y pateaban a Garay en la cara, en las espinillas, en las nalgas, en los testículos, en la cabeza, y a El Melenitas lo sujetaba Leónidas de la greña y sin soltarlo lo zangoloteaba de un lado a otro mientras ayudaba a Luis Medina a desangrar al Garay. Después, cuando Garay quedó inconsciente, Medina y Leónidas se dedicaron a sacudir al hermano de El Melenas golpeándolo salvajemente y estrellándole la cabeza contra las piedras coloniales del piso, sin dudar, sin detenerse, sin tocarse el corazón.

-Era horrible –le dijo él a Pedro Galas-, yo veía todo desde arriba y pensaba puta madre, qué es esto, y apretaba con las manos el barandal mientras escuchaba uno tras otro, eternos, los golpes del cráneo de El Melenitas contra el piso, te juro que sonaba como cuando rompes una cáscara de coco vacía, crack, crack –él retorció las manos y la boca como para expresar mejor el sonido que estaba recordando con asco y desagrado-, las chavas de la escuela corrían histéricas rumbo a la salida y mientras unas se tapaban los ojos o miraban hacia otro lado, otras pretendían avanzar más lentamente o resistirse a los jalones para ver, un poco más o de reojo, el terrible espectáculo-.

-Yo no vi nada de eso –recordó Pedro-, andaba yo por los baños del patio principal y me enteré de todo el rollo hasta que vi que Mirado, Barajas y otros más que llegaron de los salones del fondo, puros cuates de la flota chica, cruzaron corriendo el pasillo que daba a los salones de Modelado y Actividades Estéticas para tratar de llegar lo antes posible al salón donde los de la flota grande guardaban las chelas y los refrescos-.

-A mí, de la impresión de estar viendo la madriza de Garay y El Melenitas, hasta se me olvidó que yo había salido corriendo para ir a buscarte! Me quedé ahí petrificado, viendo la sangre manchar el suelo, la banca de cemento y las paredes, porque me cae que esos güeyes, Medina y Leónidas estaban gruesos, en ese pinche momento de salvajismo no desmerecían, no sólo ante los de la flota grande, sino ni siquiera ante los más crueles sicarios y matones de cualquier mafia turca o colombiana.

-Estaban gruexos, como decíamos en aquel entonces- dijo Pedro Galas.

-Gruexísimos, Pedro –dijo él-, yo sólo pensaba en ese momento que la vida era muy cabrona porque Garay era cuate nuestro, condiscípulo de nuestra generación, y estoy seguro que lo madrearon sólo porque acostumbraba juntarse muy seguido a platicar con Los Gómara y otros de la flota grande, y porque no habían podido desahogar su furia con los que de verdad se lo merecían y eran el objetivo de la pinche operación; te aseguro que si los de la flota chica hubiesen encontrado y destrozado a todos los cabecillas, a El Jarocho, a Los Gómara, a todos, desde tempranito, en "el dormitorio", no la habrían agarrado con otros que no se lo merecían, que ni en cuenta-.

-Pero así es la vida, "*c'est la vie*" –dijo Pedro-, pagan justos por pecadores; también el otro, si sabía que esos cabrones eran tan salvajes, para qué se juntaba tanto con ellos y no con nosotros que éramos de su edad?-.

-Yo me preocupé mucho también por Takagaki –dijo él-, que aunque me caía de la patada, no se me hacía un cuate malo, más bien era oportunista, convenenciero, imprudente y sangrón, pero en resumidas cuentas ya ves que los porros ni caso le hacían y nunca tuvo oportunidad de acompañarlos en sus jaladas, más bien era un deprimente aspirante, no como para que los de la flota chica, enojados por no hallar a los otros, lo fuesen a agarrar también y lo despedazasen como a El Melenitas, hasta sentí ganas de buscarlo y avisarle, pero yo creo que ese día ni se paró por la escuela por miedo a que a él también le hicieran algo, o tal vez llegó, vio el desmadre y se fue, o chance y hasta fue él el soplón que les avisó a Los Gómara, como pinche doble agente infiltrado!

Ambos siguieron recordando los incidentes del día aciago y comunicándose, décadas después, algunos de los detalles de las experiencias que no tuvieron la oportunidad de vivir juntos aquel día y que olvidaron u omitieron a propósito en sus pláticas juveniles posteriores.

Él, aferrado al barandal, sintió pasar medio mundo a sus espaldas corriendo en todas direcciones y tratando de llegar a las escaleras durante todo el tiempo que no pudo apartar la vista de Medina, Leónidas y su par de víctimas, y no reaccionó hasta que sintió que Silvia lo abrazaba por atrás y le decía llorando que Ruvalcaba, primo de Medina, había cacheteado a Chepina cuando ella salía del salón de señoritas, nomás porque Chepina había estado de novia de El Chabelo el año anterior.

-Pobre Chepina –dijo Pedro Galas-, siempre le tocaba que la empujaran, la tiraran o le pegaran.

-Y también le cortaron el pelo-continuó Silvia cada vez más alterada.

-Cálmate –le dijo él abrazándola y sin volverse a mirar a El Melenitas que seguía rebotando en las losas, con ello consiguió taparle a la novia el terrible espectáculo. Por fin había logrado él sustraerse al influjo de la visión encantadora que lo había mantenido como hipnotizado por un tiempo, que a él le pareció una eternidad pero que no había llegado ni a los dos minutos.

-Todo pasó tan rápido –le recordó a Pedro, explicándole lo confundido que estaba en aquel momento –, gritos, patadas, carreras, crujir de huesos, sangre, histerias… que a mí en ese instante se me acumuló el pánico de pronto a la mitad del pecho y sólo sentí deseos de salir corriendo de ahí, de la escuela, de la ciudad, hasta un lugar donde no pudiera existir ni la más remota posibilidad de que a Silvia o a mí nos hicieran algo. Vámonos! le dije y la jalé del brazo rumbo a las escaleras con toda la intención de escaparnos de ese infierno en potencia donde sentías cómo la tensión y el peligro iban tomando forma segundo a segundo en todos los rincones de la escuela. Silvia avanzaba llorando a mi lado, tratando de decirme más cosas.

-Y Chepina? - preguntó Pedro Galas –yo nunca supe bien por qué anduvo rapada los días siguientes, hasta ahora me vengo a enterar, corrían muchas versiones...-

-A Chepina la sacaron Carmen y Blanca y la llevaron al Hospital de Jesús –seguía explicándole Silvia, llorando, y a punto de bajar el último escalón se le zafó a él de la mano para tomarlo a su vez del brazo y apresurarlo hacia la puerta de salida-: "Vámonos!, tenemos que irnos antes de que esto se ponga peor"- estaba apavorada, histérica.

El sonido de cuatro disparos les llegó desde el patio principal, uno de ellos parecía de un calibre diferente. *"Ya empezaron las chingaderas mayores"*, pensó él-. Aceleraron su carrera rumbo a la salida, entre todos los otros compañeros. Silvia se tropezó, cayó, se raspó las rodillas. El la ayudó a levantarse, le sacudió las piernas, le acomodó la minifalda entre los empujones de los que pasaban huyendo, la jaló de la mano.

-Cuando oí los primeros balazos –le dijo Pedro Galas-, en lugar de protegerme o salir corriendo para escapar *(claro –piensa él-, tú no tenías a quién cuidar, a ti ni quién te quisiera),* corrí hacia el patiecito donde estaba el acceso a la bodega de Los Gómara, nunca me imaginé que tú anduvieras queriendo huir en ese momento-.

-Yo te lo dije! –le dice él como justificando su acción en el sentido de que siempre fue clara y no tenía nada de vergonzosa-, te dije al día siguiente que yo estuve a punto de salirme porque Silvia se había puesto como loca!

-Vas a quedarte conmigo cuando salgamos, verdad? –le dijo Silvia adivinando lo que él pensaba ya en ese momento: dejarla a salvo en la fondita de los tlacoyos de enfrente de la escuela y regresarse a ver qué onda...

Él no le contestó, pasaron junto a unos muchachos que observaban cómo otros prestaban ayuda y trataban de reanimar a El Melenitas y a Garay. Sangre, pedazos de ropa, pelos por todos lados, un olor extraño.

Cuando llegaron a la mera entrada, él ya no estaba seguro de querer regresar; había alcanzado a ver de cerca, a punto de salir del patio principal, entre las piernas de los curiosos, el cuerpo enrojecido y vapuleado de Garay y una parte de la cabeza masacrada del hermano menor de El Melenas, entre otras cosas le faltaba un ojo, y en el lugar de la nariz había una plasta negra, rojiza.

-Ahí fue cuando me salieron con que yo ni siquiera podía salir -le dijo a Galas-, recuerdas que te platiqué?-.

-Claro que me acuerdo –se rió Pedro Galas y echó el cuerpo y la cabeza hacia atrás para recargarse plenamente en el sillón, evocando...

-La chava puede salir, las chavas pueden salir, no hay fijón –dijo uno de los dos grandulones que cuidaban la puerta y controlaban entradas y salidas-, pero tú no, los chavos no.

-Imagínate qué pendejada! –le dijo incrédulo a Pedro dándole una palmada en el muslo-, nomás eso me faltaba, que no pudiera yo salir en ese momento! y por qué no iba yo a poder salir?!

-Porque los hombres tenemos que quedarnos a cuidar la escuela! – le contestó el otro de los grandulones jalando a Silvia hacia el exterior y deteniéndolo a él con una mano, haciéndole entender que más que una petición era una orden. A él, a Silvia y a los dos muchachos los empujaban constantemente otras muchachas y muchachos que se agolpaban en la entrada. Un par de jovencitos de segundo de secundaria también querían salir pero igualmente fueron detenidos por el grandulón que lo había detenido a él.

-Entiendan, carajo! –les dijo gritando-, *todos* los hombres nos tenemos que quedar, la situación está de a peso y de un momento a otro pueden llegar los porros de Prepa Uno o los mismos Gómara a tratar de salvar a sus cuates de adentro-.

-Y tú qué les dijiste? –le preguntó Pedro Galas, sabiendo que ya en el pasado habían hablado un par de veces del asunto, pero deseando conocer más cosas y sobre todo revivir una vez más, ahora que su vida había perdido motivos para disfrutar del presente, los goces de los detalles del pasado.

-Qué les iba yo a decir?!?!, ni modo que me pusiera como niña quejosa enfrente de Silvia (que me tenía, que me veía! como su Dios, como su Supermán) a pedirles, a lloriquearles que me dieran chance de irme junto con las nenas porque a mí la verdad me imponían mucho respeto Los Gómara y El Chabelo con sus pistolones y El Melenas con su cicatrizota en la cara y que al fin y al cabo yo no les iba a servir de mucho porque aunque tenía mucha fuerza en los dedos para mí lo más importante era cuidarme las manos para interpretar a Mozart y a Chopin como se debe!-.

-Ja, ja –se rió Pedro y se levantó para ir por unos refrescos a una mesita que tenía en la esquina de la habitación. Avanzó tarareando con la boca casi cerrada y bastante desafinadamente una canción de Pink Floyd. Casi tiró la mesita al llegar. Desde ahí y mientras destapaba las botellas bromeó con él-: Pudiste haberte ido a meter al salón de señoritas, haber agarrado un vestido y haberte camuflajeado para salir meneándote con tu boquita pintada y toda la cosa-.

-Qué te pasa? Eso mejor tú que eras el rarito, yo no era el que se ponía horas y horas a platicar con Michel Bartres en los rinconcitos de

141

los patios-.

-Ah, cómo eres! Cómo insistes! tú bien sabes que era sólo para practicar mi francés, ya párale con eso!

-Pues a mí no me consta –le dijo él con mirada intencionada-, porque viéndolos así tan juntitos...-

-*Rarito* tú –le reviró Galas cuando le entregó su botella de refresco-, que te metías horas y horas a tocarles el piano y quién sabe qué cosas más a Los Gómara, y como dicen que a uno de ellos le gustaba el guajolote y comer arroz con popote y no sé qué tantas costumbres raras, a mí se me hace que...-

-Yo andaba con Silvia –dijo él a guisa de coartada y para dejar bien en claro las cosas-, eras *tú* el que no andaba con ninguna muchacha.

-Porque no se dejaban – refunfuñó Pedro-, por lo menos, la que me gustaba, no se dejaba-. Los dos se dieron cuenta de que Galas había entrado de lleno, otra vez, al terreno pantanoso. Ninguno quería estar machacando lo de Pilar. Él prefirió perder el tanto, reconoció que su amigo Pedro no era raro, sino bastante normal, y retomó la plática recordando cómo había visto, desconsolado y nervioso, intermitentemente por entre las cabezas de los apelotonados a la entrada, a Silvia alejarse por la calle soleada desde la penumbra del interior del claustro de la escuela.

Galas le recriminó que mientras él discutía con los porteros, hacía preguntitas de maricón y contemplaba con ridículo espíritu romántico la partida de la novia, la situación en el patiecito de La Vecindad se ponía tremenda. La Vecindad - el pequeño patio donde estaban los salones de Modelado en la planta baja, una bodega y un cuartucho en una especie de mezzanine que tenía un acceso semiescondido, las aulas de biología y Literatura Mexicana en el primer piso, y dos salones para Física y Matemáticas en el segundo - era un reducido cubo de luz de cinco por siete metros y con escaleras de herrería de fierro negro adosadas a las paredes, que le daban un auténtico aspecto de vecindario. Por una de esas escaleras subieron El Melenas y El Chabelo - los dos únicos integrantes de la porra grande que, además de El Melenitas, se encontraban en ese momento en la escuela - muertos del susto, perseguidos por Mirado, Leónidas, Medina y veinte más de la flota chica, que habían descubierto al par de porros escondidos y parapetados en el "salón-bodega" y los habían hecho salir a punta de pedradas, palos, uno que otro balazo de El Tarzán y un par de cocteles molotov que habían acabado por incendiar la parte de enfrente del cuartucho provocando que El Chabelo y El Melenas no tuvieran más remedio que salir por atrás, hacia La vecindad. El Chabelo disparaba desde las alturas hacia abajo pero ni así lograba disminuir el entusiasmo de los que los seguían, los cuales, con terquedad de hormigas obreras que transitan por una corteza vertical, seguían imparables su avance.

-Yo sabía, por los ruidos, que allá estaban los chingadazos –dijo él-, así que corrí hacia el patio principal después de ver partir a Silvia, todo el mundo le gritaba a todo el mundo, las muchachas seguían corriendo hacia la salida. Al pasar por abajo del pasillo que conectaba los dos patios alcancé a oír que un grupo de estudiantes trataba de localizar a El Pescado para que los ayudara –ese detalle él nunca se lo había comentado a Pedro Galas en ninguna de las ocasiones en que habían platicado previamente del tema, había permanecido oculto en su memoria hasta que Marcial se lo recordara indirectamente al mencionarle a El Pescado en la noche que platicaron en su motor-home en Ciudad Victoria; cada vez que hablaban del asunto, Pedro Galas y él descubrían que cada uno le agregaba nuevos detalles a la crónica-, luego localicé a El Tarzán y le pregunté que si había oído los disparos, que se jalara de volada para la vecindad porque allá estaba el lío y él con su pistola podía ayudar mucho, y El Tarzán me respondió sin hablar, con un solo gesto divertido en la cara y mostrándome el tambor de su .22, ya sin balas. Luego se echó a correr.

-Yo me estaba cubriendo tras uno de los tinacos –le recordó Pedro Galas- para que no me fueran a alcanzar los disparos.

El Chabelo y El Melenas lograron llegar hasta la azotea de la escuela, una extensión de planos desnivelados cruzados por tuberías, cadenas y basura, completamente rodeada por tubulares y tela de alambre. Los dos porros veían aterrorizados, desamparados, desposeídos de toda autoridad y poder, a los envalentonados perseguidores de la porra chica, sabuesos reivindicados que se les acercaban cada segundo más.

Él los vio desde el otro extremo del patio casi al mismo nivel, pues había subido hasta los salones de Química a solicitud de Pepe Martínez, alumno de quinto año de prepa al que un día, dos años antes, los Gómara habían torturado en el "salón-dormitorio", al amparo de la soledad vaporosa de las cuatro de la tarde, hasta quitarle –pedacito a pedacito- medio dedo meñique de la mano derecha, nomás porque se había atrevido a discutir y a aventarse un tiro con el menor de "Los Hermanos Coraje". Con la escuela vacía antes de la llegada del turno vespertino y dos de los porros más viejos cuidando el acceso al patio de la biblioteca, Alberto Gómara, El Chabelo y El Jarocho habían amarrado a Pepe Martínez a uno de los típicos pupitres de escuela, con todo y la mano derecha bien sujeta con mecate del seis a la paleta de la banca. Usando una navaja suiza, que llevaba con él a todas partes aguzándola en todo momento contra una piedra de afilar para tenerla a punto, El Jarocho le fue rebanando a Pepe su meñique, tajada por tajada, entre los gritos del mayor de Los Gómara que demandaba una disculpa del insolente Martínez para su hermano ahí presente, y los gritos tétricamente desgarradores del propio torturado, que por terquedad exacerbada o bloqueo psicológico, cada vez que el otro le exigía la petición y El Jarocho le mochaba otro pedacito, sólo se zarandeaba convulsivamente y gritaba con la voz descompuesta: "Chinga a tu madre Gómaraaaa! Chinga a tu puta madreeee!!!", gritos todos que no encontraron receptor que pudiera intervenir en auxilio del desamparado; el pobre desgraciado gritaba desde el fondo de un océano, kilómetros y kilómetros de silencio profundo entre él y cualquier posible destinatario, por las paredes acústicamente acondicionadas (ex profeso) para amortiguar los sonidos del "salón-dormitorio", por la hora solitaria de la comida y por la tendencia general a poner oídos sordos a las actividades relacionadas con los porros de la flota grande. Si alguien escuchó, no quiso ni darse por enterado; cuando Los Gómara hacían algo era preferible no escuchar. El pobre muchacho había acabado por desmayarse.

-Y yo que nunca supe por qué Pepe los odiaba tanto... –le dijo Pedro encendiendo el noveno cigarro del día-, fíjate nada más, era como para que se los quisiera comer vivos.

-Eso quería, no sabes el pinche odio –le aceptó él-; me interceptó a la mitad del patio principal junto con dos de sus amigos y me arrastraron prácticamente hasta el tercer piso. Conforme subíamos, Pepe me explicaba qué era lo que pretendía.

-Carnal, te andamos busque y busque! tú eres un chingón para la

Química, ni digas que no porque toda la escuela lo sabe. Nos vas a alivianar con un par de ondas porque esos cabrones de la porra grande, de hoy no pasan. Es probable que de un momento a otro lleguen Los Gómara con refuerzos aquí a la prepa para vengarse del ataque, y ese par de hijos de su chingada que van como changos –habían llegado todos al pasillo del tercer piso y Pepe Martínez lo jaló del brazo y le señaló a los fugitivos que después de haber llegado a la azotea por el lado de La Vecindad, empezaban a trepar por la tela de alambre con la intención de brincar para ponerse a salvo del otro lado, ya fuera de la escuela - no se nos pueden ir, también nos la tienen que pagar hoy mismo.

-Y de qué se trata? yo qué tengo que hacer? –preguntaba él sin entender nada por los gritos, jaloneado por Pepe y sus amigos.

-Aplicar tu chingona sabiduría, carnal! –Pedro Galas había escuchado ya esa parte del relato varias veces y de boca de varias personas, pero era su preferida y siempre le gustaba oírla, así que se acercó ligeramente a él, se acomodó los lentes y le dio una chupada larga al cigarro para seguir prestando atención a la narración-, vamos a entrar al salón de Química y lo vas a tener a tu completa disposición, nos vas a preparar unas bomboncitas de ésas con ácido...

-Bomboncitas?- le pregunté.

-Sí, carnal, de esas madrecitas así redondas con su tubito arriba... –me dijo Pepe.

-*Matraces*!, quieres decir –le dije y subimos y llegamos al salón de Química, antes de entrar le eché un vistazo a la situación en la alambrada: El Melenas ya casi lograba llegar hasta el final, pero El Chabelo se había rezagado, pinche güey, quién le mandaba estar tan grandote, los brazos de los que lo seguían se estiraban hasta llegar a sólo unos centímetros de sus pies. Pepe Martínez me respondió entusiasmado.

-Matraces, eso mismo!, y les pones ácido de ése que quema y te preparas unos cuarenta o cincuenta de ésos para aventárselos desde arriba a los porros que quieran venir a meterse a la escuela –me dijo-, y también te preparas nitroglicerina y le hechas de la tierrita ésa que dicen que hay para hacer dinamita, pero de volada, porque todo tiene que ser de volada - se asomó a la puerta, gritó alguna cosa y luego me dijo nervioso, excitado-: yo me adelanto, aquí te dejo con estos dos, me echan un grito cuando esté todo listo –Pepe salió corriendo y en el espacio que dejó la puerta entreabierta alcancé a ver cómo se subía al techo y corría por él hacia donde estaba el griterío.

-Qué bárbaro! Tú dizque preparando dinamita y yo tras el tinaco asomándome por momentos para aventarle piedras a El Chabelo.

-Nomás haciéndole al cuento, ya te imagino, pinche Galas, mientras yo con ese par de gañanes vigilándome como si fuera un sabio secuestrado por los pinches nazis para elaborar alguna pinche nueva arma destructiva. Imagínate, cincuenta matraces con ácido sulfúrico! luego poner en una retorta sulfúrico y clorhídrico y con lo inestable que se vuelve, ya mero iba yo a hacer lo de la nitroglicerina, si puede estallar hasta sin motivo! Lo de hacer dinamita con tierra de infusorios, pasa; lo de quemarles la piel a los porros, pasa; pero volar por los aires a los dieciséis, ni loco! así que empecé a hacerme güey un rato..., y como a los que me cuidaban les estaba costando trabajo abrir a madrazos los compartimientos de las substancias restringidas, pues...

-Y yo en medio de los plomazos, de veras que estaba grueso, uno de los disparos desde arriba, del Chabelo, perforó el tinaco, en serio, otro mató al Profe de Matemáticas, el joven aquél que más parecía alumno, como nosotros, el que un día dizque se cogió a Blanca en un baño. El Chabelo disparaba para todos lados, parecía que lo hacía a lo loco, pero era porque tiraba muy rápido y bien, un disparo más y la bala rebotó en una de las paredes, rompió un cristal del salón de Biología y le dio en la pierna a otro chavo, y fue con el siguiente disparo con el que el Chabelo mató a Leónidas.

-Pues qué no regresó El Tarzán? No tenían los de la chica un par de pistolas para sonarse a los porros?

-Pues sí, pero no era lo mismo, El Chabelo y los otros porros tiraban mejor, tenían mucha más experiencia.

-Pues qué pendejos los nuestros, qué pinche pendejos...

-Con decirte que el disparo de El Chabelo le entró a Leónidas al cerebro por el hueco de la oreja izquierda, se desplomó desde el segundo piso, todos gritamos cuando voló por los aires.

-Entonces *ése* fue el griterío que oí desde el salón de Química, corrí con los que me vigilaban hasta la puerta y nos asomamos. Ahí fue donde alcancé a ver a El Melenas escapándose definitivamente y vi que El

Chabelo se estiraba para sujetar el tubo del desagüe tratando de apoyarse mejor para seguir subiendo.

-Pues yo lo vi de cerquita, a unos metros, el tubo cedió con el peso del Chabelo y se desprendió. Otro grito de espanto acompañó a la segunda caída. El Chabelo murió al caer desde todo lo alto y darse de lleno contra el piso de la planta baja de La Vecindad, date cuenta, prácticamente cinco pisos desde donde él estaba...!. triste saldo el de ese día.

-Pinche saldo! Estuvo cabrón. Muchos de nosotros con heridas y magulladuras, Garay en coma internado dos meses en el hospital, otro de los nuestros, muerto: Leónidas, El Chabelo también muerto, todo despatarrado... y El Melenitas nueve meses de hospital, un ojo de vidrio y de ahí para toda su vida, mucho más tarado de lo que ya era de por sí.

-Y Raúl Mirado, jodido también indirectamente, yo estoy seguro que los que lo mataron en el Casco de Santo Tomás a mediados de ese año, el diez de junio de 1971, fueron cuates de El Chabelo y Los Gómara, por venganza –Pedro calló unos instantes, tomó el último trago de su "Chaparrita", y continuó-:Yo que estuve más cerca que tú de la acción todavía me espanto. Principios de los setentas, en el centro de la Ciudad de México en una escuela de clase media, sin Heroína, Crack, ni Polvo de Ángel, ni Éxtasis, que todavía no irrumpían entre los jóvenes, y ya quisieran el episodio para un día de fiesta en Harlem, en East L.A., en el Bronx o en alguna hacienda de Colombia.

-O en alguna película de La Camorra, la gente ni se lo imaginaba; mi madre, que se horrorizó cuando un día le dije que quería ir a la manifestación de Tlatelolco, se habría infartado de haber sabido lo que pasaba en el submundo de la escuela, o ni tan "en el submundo". Yo no sabía ni qué creer, ese día lo que más me impresionó al final fue que nunca llegó la pinche policía, recuerdas? Te fijaste? Ni una patrulla, ni unos de a pie, nadie! a pesar de la escandalera y las ambulancias y la Cruz Verde.

-Todo un desmadre, pero pues cómo iba a llegar la policía si de seguro también todo eso fue orquestado por ellos...! para acabar con la porra grande, que tal vez ya no les convenía mantener así, o con tanto poder, qué sé yo?

-Y para qué sirvió ese día? Para nada. Los otros de la flota grande ni llegaron, ni a vengarse ni a nada. Nunca volvieron! Y a fin de cuentas nada mudó. Los más recalcitrantes y extremistas de la pinche flota chica se ensoberbecieron y tomaron el control desarrollando en poco tiempo actividades muy parecidas a las de Los Gómara; fue un poquito como en la revolución de 1910, unos matan a otros y se quedan con el pinche poder, pero la situación de los más jodidos nunca cambia. Como es el país, así son las pinches estructuras que lo forman, hasta las más chiquitas. Los Gómara después iniciaron su larga y fructífera carrera extra escolar ascendiendo en la policía, en la procuración de justicia, en la política, y ahora, como te platiqué, en los mismísimos cárteles. Habría estado mejor que siguieran chingando ahí en la prepa nada más, y que se hicieran más fósiles y acabaran por anquilosarse y caerse de viejos entre sus vicios y pinches desmadres, carcomidos ellos mismos por su inmovilidad y poder, a que salieran para ir a hacer sus pinches mamadas a lo grande y afectándole y dándole en la madre, ahí sí, al país entero, como vino a ocurrir. Bueno, a ayudar a darle, porque ellos no son los únicos culpables, ni los primeros, de que estemos así, en fin... toda esa chingadera-. Pedro Galas ya no lo escuchó, por lo menos no de manera consciente. Y no supo en qué momento el montón de groserías y maldiciones del amigo, el fracaso implícito en esa actitud contestataria pero estéril, su propio fracaso, el paso de los años, la depresión, el vacío... fueron dando paso al dolor, al inmenso dolor primero, y luego a la inmensa ternura propia de la soledad compartida cuando dos personas sensibles toman al mismo tiempo conciencia de ella. Como no supo ninguno de los dos, en qué momento, ni empezando por quién, ni cómo, el abrazo de identificación, de amistad, que detuvo las recriminaciones, quejas y despotricaciones del músico, y con el que pretendían únicamente darse apoyo mutuo moral y psicológico antes de una despedida que los dos presentían definitiva, fue abriendo ahí mismo, en el viejo sofá del departamento en penumbras – hueco de frustraciones con los focos de los edificios vecinos como enormes ojos de chismosas curiosas tras las cortinas baratas-, el camino de las caricias misericordiosas, dulces... en la nuca, en el cabello, en la cara, en las mejillas de ambos... y de los besos en las bocas ácidas, los pechos velludos, los abdómenes flojos, los miembros tensos, los masculinos acabados cuerpos...

CAPITULO XVII
Caminemos, tal vez nos...

Salieron a cenar al Kentucky Fried Chicken de Vértiz, aquél del caserón grande. Para las diez y media de la noche ya habían conversado casi de todo lo que en esa segunda mitad de la década de los noventas, a sólo un par de años de terminarse el siglo veinte, tuviese alguna relevancia o repercusión, hasta de exposiciones, conciertos, la Caída del Muro de Berlín, la Guerra del Golfo, las otras guerras en Europa Oriental y Asia, y los disturbios raciales de Los Ángeles; de la muerte de la Princesa Diana, de Rodney King, O.J. Simpson y otros actores y actrices, de Gloria Trevi, de la pasión de Pedro Galas en la lejana época de sus desfogues juveniles: la superplaymate, la conejita Barbi Benton; del cuerpazo de la Mc Gillis, que le botaba los tornillos al músico, y de varios otros del montón de mujeronas de las revistas americanas con las que él sustituyó a sus antiguas y más modestas publicaciones mexicanas cuando pasó a ser todo un verdadero adolescente y sus masturbaciones tomaron real sabor internacional; habían hablado ya también de las Aventuras de Mafalda, de Supermán, de los Muppets, de Plaza Sésamo, de Topo Gigio, del Osito Bimbo, de los Picapiedra, del mundo según Garp y según Wayne y de los Simpson, que a él no le gustaban; de cuando – cada uno por su lado y sin enterarse de la presencia del otro – habían asistido exactamente el mismo día a la misma hora al mismo concierto de Chuck Berry en el Teatro del Ferrocarrilero, de cuando Galas fue al concierto del pasadísimo Joe Cocker al Toreo de Cuatrocaminos y se acordó del amigo músico, porque lo único que le había gustado había sido el acompañamiento al piano de Nicky Hopkins; de todos los cuates, de los no cuates, de las experiencias de Pedro Galas, de los desmanes de Silvia, de los desmadres de Michel Bartres... como aquel famoso de cuando sorprendieron al menor de Los Gómara en un baño agrandándole todavía más a Michel la circunferencia de su ano con el gran miembro que tenía el pandillero. Ellos no se atrevieron a decir nada, cómo iban a decir algo?, sólo miraron nerviosos hacia otro lado y se dispusieron a salir del baño, pero El Melenas, que iba entrando atrás de ellos sí podía darse el lujo de cotorrear a su colega:

-Y tan machito que te veías! –dijo El Melenas divertido; ellos se habían detenido tras uno de los biombos para escuchar, Pedro se asomaba por una rendijita, él de plano por abajo del biombo-, mira lo putota que nos saliste....!

-Oh! qué....? –dijo el Gómara sin dejar de bombear y sujetando con fuerza las nalgas de Michel que se retorcía y lloriqueaba, les pareció que de dolorcito placentero-, además, de todo hay que saber en esta vida, de todo hay que probar, ahora ya puedo decir que soy un macho calado.

-No seas güey –le contestó El Melenas-, "macho calado" es al que ya lo calaron, al que ya le dieron por detrás, no el que está tirando a matar, lo que tú eres es un simple puto... a no ser.... ah! sí, ya te entendí, a lo que te has de referir es a que él ya te la dejó ir a ti primero.... te gustó?

-Estaba grueso El Melenas –dijo Pedro-, se llevaba al tú por tú hasta con el mayor de los hermanos...

-Grueso lo que le estaba metiendo Alberto al Michel.... y sin condón – dijo él.

-A puro pelo y piel –reconoció Pedro Galas con una mueca y entrecerrando el ojo derecho como cuando lo vio todo por la rendija, como si estuviera viendo en ese mismo momento el episodio olvidado hasta el día anterior.

-Bueno, en ese entonces no se acostumbraba mucho el condón. A mí una vez me dijo Michel hablando de sus cosas, ya sabes cómo era desvergonzado el güey, que aunque sabía que era mayor protección, él prefería sentir las raspaditas del amor y la pasión en carne propia.

-Qué bárbaro! –señaló Galas-, de suerte que no le dio el Sida.

-Por lo menos no se le ha declarado, tal vez ya es portador del virus.... o nada más lo mantienen con zidovudina, con AZT...

-Ni digas –lo amonestó Galas.

-.... ya ves Takagaki, hasta hace unos años se enfermó realmente.

-Pero es que al que le toca, le toca.... yo tampoco usaba condón en ese entonces....

-Porque no te cogías a nadie –bromeó él.

-....ni ahora con lo de Pilar –Pedro dejó pasar una vez más la agresión-; con mi primera esposa sí.

-No, ni yo tampoco, yo sí ni ahora –*ni aunque me toque una como Blanca*, pensó él-, nunca lo he usado.

-Qué inconsciencia....!

-No me gusta, cabrón, qué quieres que haga? Cada quien se descuida como quiere, mira tú, no dejabas de fumar allá en el departamento, vas a acabar muriéndote de cáncer de pulmón! Y ya a estas pinches alturas de mi vida, lo que me haya pasado, ya me pasó, y lo que me vaya a pasar, pues ya ni modo. Mira, ni en los setentas, que andaba yo cogiéndome a la que se dejara, amigas, novias, alumnas, ya ves que entonces todas daban y a la primera, sin tanto pedo –Pedro lo escuchaba viendo hacia el piso, metiendo la lengua entre el labio superior y la encía para quitarse un resto de pollo de uno de los colmillos y negando con la cabeza-, maestras, señoras, muchachas, todas, si no me pasó nada con todo eso....

-No lo sabes, ya te hiciste algunos análisis?

-No, pero es obvio que no, veme güey... – Pedro, sin fumar, sintió de golpe en la respuesta el tremendo mal aliento del amigo. Pensó que el pollo podía estar descompuesto. Luego recordó que en el departamento lo había sentido ya un poco..., parecido. Sacó la cajetilla y encendió un cigarro.

-Además –le insistió Pedro-, si las cosas están tan graves en eso del Sida es en parte por inconscientes como tú, por eso estamos como estamos, ya ves que todo el mundo reconoce que el uso del preservativo es una gran ayuda para proteger, está comprobado, y todo el mundo lo usa, o debe usarlo, ahora es prácticamente obligatorio, no seas inconsciente.

-No mames! es sólo estrategia de las pinches transnacionales del plástico o la farmacéutica para seguirse hinchando de dinero, si yo hubiera sabido que iban a convencer a tanto pendejo, me cae que pongo una pinche fabriquita de condones en lugar de andar taloneándole a las clases... de haber sabido...ahorita estaría forrado de lana. *–A lo mejor todavía es tiempo* - pensó él- *tal vez con algo así me recuperaría, vendiéndoles sus condones a los indios de Morelos, que allá casi ni usan, no están acostumbrados; yo iba a introducir la moda, a convencerlos.*

-Eres un cabrón – le dijo Pedro - ... y estás "gruexo", como solíamos decir.

-Qué te pasa? Soy buena onda. "I'm easy", como decía aquél... cómo se llamaba?... Carradine? el de aquella canción de la película "La boda", te acuerdas? –sonrió-, soy, como decía el Marqués de Bradomín: *"Feo, católico y sentimental*".

-Eran otros tiempos – desvió la plática Pedro después de unos segundos, rompiendo el nuevo silencio que se había formado, recordando cuando paseaban por las calles del Centro de la Ciudad volándose las clases.

-Claro que eran otros tiempos! – dijo él, exaltado – y tenían muchas características positivas que fueron acalladas, aplastadas! y que aunque consiguieron de cualquier manera influir considerablemente en la sociedad, cambiar cosas y hasta dejar una marca en la historia... habrían traído consecuencias mucho más positivas para la humanidad si hubiesen florecido y prosperado hasta imponerse definitivamente y en todas partes.

-A qué te refieres? – preguntó Pedro.

-A que los hippies no andaban nada perdidos... la total libertad y liberación sexual, el amor, la paz, el respeto a lo que hagan o dejen de hacer los demás, la liberación del uso de las drogas, hasta como vehículo para abrir de par en par las puertas de la percepción – Pedro se sorprendió de estar oyendo al amigo decir más de tres frases o ideas sin una grosería, sin un "pinche" -, el volver los ojos hacia las culturas orientales y a procesos de conocimiento que valoran mucho más la intuición que el razonamiento lógico...

-Como...-

-Mira, nuestra pinche sociedad valora de más la dizque lógica racional, tienes que pensar "bien", acomodarte, encajarte, crecer, aprender a pensar, "madurar"... y acalla y menosprecia la intuición, los presentimientos, las sensaciones de premonición, la espiritualidad, la transmisión telepática...

-Ah! ya salió el peine! Todavía andas en aquellas ondas de esoterismo que traías en tercero de secundaria...

No! bueno, quiero decir, yo qué más quisiera! Pero lo dejé, me separé y alejé de todo eso por mucho tiempo. No sé ni por qué. Nunca debí de haberlo dejado. Si el hombre desarrollase desde chiquito esas habilidades, llegaría a cosas mayores y mejores que las que consigue con su razonamiento supuestamente "exacto", "lógico" y "preciso". Pero la sociedad nos reprime todo eso porque no le conviene que nuestra forma de percibir, conocer y comprender el mundo sea diferente a la de ella. El poder institucionalizado no nos podría controlar! Para dominar a un tipo que quieres que trabaje como burro (o como güey) para ti, como esclavo tuyo, toda su vida, y explotarlo, primero tienes que enseñarlo a pensar "bien", que quiere decir: como a ti te conviene que piense... por eso nos educan de esa manera!

-Ya estás ahora en marxista post-moderno...

-Cuál marxista! es la verdad, y los hippies no tuvieron oportunidad de imponerse porque siendo como ellos querían, obvio, los gobiernos dejaban de poder controlar a la juventud, de tenerlos como esclavos productores obedientes a su servicio... y de ganar dinero produciendo y vendiendo bombas y armas en las guerras. Era un movimiento social disidente y totalmente en contra de los intereses económicos y de dominación de los gobiernos! Pero era chingón!

-Suenas como todo un viejo! – le dijo Galas – *"Aquellos tiempos"*, *"en aquella época" "en mis tiempos..."* – se rió – y por otra parte, andas años atrás, ese pelo largo que traes ahora, nunca te animaste a traerlo en aquel entonces, andabas con tu "casquete corto" todo el tiempo… y la barba…

-La educación! cabrón, ahora está de la chingada! –Pedro Galas volvió a resentir en toda su fuerza el nuevo estilo de su antiguo compañero: palabrotas tras groserías tras palabrotas, a diferencia de la forma bastante decente de hablar que utilizaba antes, pero ya no quiso comentar nada al respecto-, me cae que platico a veces con mis alumnos o alumnas y ahora les dan una mierda de preparación, con trabajo les enseñan a leer.... por qué?, por qué crees tú que está esa chingadera tan de la chingada?

-Pues por la misma situación del país –dijo Galas-, la educación no es más que reflejo de la situación social y económica en general.

-O es que ésas son las instrucciones de los pinches gringos, que cada vez lo que les enseñen a los niños sea más primitivo y elemental para que no piensen, para que sólo sea un país de obreros, de campesinos y maquiladores.... sólo para eso les servimos! Sólo para eso nos quieren, no nos toman en cuenta para otra cosa, no nos abren la puerta (más que la de servicio), no nos respetan, no existimos en la cultura mundial más que como un pinche detalle folklórico! pinche país, estamos jodidos, a ver si ahora con el cambio de año cambia alguna cosa, no? es la ilusión de los pendejos, o de los soñadores, como yo.

Pedro Galas notó de nuevo el gran cambio en la actitud, modales y opiniones de su amigo, lo exaltado y absurdo de muchas de sus opiniones y críticas, sus repeticiones obsesivas de los mismos temas: impuestos, corrupción, modernidad, sexo. La paranoia en sus razonamientos. En muchas cosas era como si los hubieran cambiado recíprocamente de lugar. Pedro era el que antes traía el pelo largo. Algunas de las cosas que decía el músico se parecían a las que Pedro comentaba en la escuela, y Pedro Galas hablaba ahora, a su vez, como el otro en aquellos tiempos, más parco, más ecuánime, más medido; pero reconoció que lo que su amigo decía sobre la educación era completamente cierto. Y el ex músico, aprovechando el refuerzo del apoyo del ex escultor, abundó:

-Ahora estamos jodidos; has de decir que estoy viejo, que me la paso comparando épocas, pero esa es la pinche verdad. Mira, basta ver dos fenómenos y compararlos. Cada época tiene "sus" filmes de terror. En nuestros tiempos las películas efectivas de espanto y terror cuáles eran? "Psicosis", la original, "El bebé de Rosemary", te acuerdas?, "El Exorcista", la original, la primera, "Halloween", la primera... todas chingonas! Ahora? las jaladas de "Yo sé lo que hiciste en el último verano"... o invierno, qué se yo?, ésa de "Pánico" con sus mamaditas de guiones de películas, y la parte XXVII de "Viernes 13"! No mames! Bueno, qué se puede esperar de una generación cuyos ídolos, sus personajes más "exitosos", seguidos y admirados en el cine son verdaderos estropajos, auténticos y redomados idiotas con "suerte", como Forrest Gump, Wayne (el de Wayne's World), Austin Powers, Dumb and Dumber!!

-Pero es distinto, "Forrest Gump" es una película sobre los valores del ser humano... y en nuestros tiempos también había personajes así, idiotas, como el Súper Agente 86...

-Pero no eran usados como representación del éxito! ni su idiotez como requisito para la celebridad y el triunfo! qué no te das cuenta del truco de las productoras imperialistas?: "sé idiota, estúpido, está bien que seas idiota y estúpido, no te preocupes, pues así vas a "triunfar", tal vez *sólo así* vas a triunfar"... no ves lo terrible de ese planteamiento...?

Acuérdate, en nuestros tiempos de la Preparatoria nos daban humanidades *(Rosa, rosae, rosarum)*, dicen que eso para qué sirve, que lo que cuenta es lo práctico, que para qué quieres estudiar lenguas muertas si precisamente ya están muertas, pero yo estoy feliz de que haya sido así y de que nos haya tocado todavía una época de conceptos, de riqueza de espíritu, de pinche presencia de ánimo. En ese entonces nos educaban de otra manera –Galas escuchaba a su amigo pensando si no sería todo producto del eterno contraste generacional, presente desde el principio de los tiempos: "en mis tiempos todo era mejor..." -; nos educaron para no dar nada por sentado, nos enseñaban a mantener lo dicho, las promesas, la palabra entre hombres, entre caballeros, a que nada es gratis, a la educación del "buenos días", "muchas gracias", nos enseñaban el respeto, la sinceridad, no tanta hipocresía, la honradez, lo que no es mío no es mío y no tengo por qué agarrarlo, y si lo quiero agarrar, primero tengo que pedirlo, la tolerancia –Galas escuchaba con atención y sintió muchas ganas de decirle: "No parece que tú la hayas aprendido muy bien que digamos"-, hasta el idioma era otra cosa! miles de palabras que expresaban toda una gama de emociones, posibilidades y matices; ahora simplemente los jóvenes ya no las usan, no las comprenden... no saben ni hablar!

-Pero hay neologismos –brincó Galas-, términos y palabras que van surgiendo por la técnica, la ciencia, la tecnología, por el uso y el desgaste, la síntesis, por la misma práctica, palabras que se abrevian, que se rompen, que se unen, y otras que van cayendo en desuso, arcaísmos, que a lo mejor en este mundo ya no encuentran ni el objeto real al que se referían, porque sencillamente ya no existe. Y entonces... es irrelevante usarlas. Encendió otro cigarro.

-Eso es otra cosa! –repeló él-, ése es un proceso lógico del lenguaje que se ha dado en todas las épocas, pero ahora hay una tendencia generalizada hacia la simplificación, la sinopsis, el multiusos, como los mismos pinches objetos que inventan: esta es una *lijadora –cortadora-clavadora- pulidora-* (él apoyaba sus expresiones orales con mucha mímica), que además si le mueve esta palanquita y le saca esto por atrás, se convierte en *picadora-licuadora* y jalándole aquí, en *máquina de coser – engrapadora – perforadora,* y así las palabras, que cada día más las acomodan para que con una sola puedas referirte a un millón de cosas: Qué "padre" estuvo la película!, este vestido está "padre"! qué clima tan "padre"! qué "padre" partido! sentí una emoción bien "padre"... y se dejan en el olvido las palabras que no es que no tengan significado o que se refieran a cosas inexistentes, son palabras que todavía tienen la capacidad de representar fielmente cada matiz, cada emoción, cada pinche pequeña variante, cada particularidad, no por algo han sido un logro conseguido a través de los siglos, pero las hacen a un pinche lado como si fuera todo parte de un plan maestro cabrón de los poderosos para empobrecernos el cerebro –Galas sonreía moviendo la cabeza, suspirando y viendo hacia el techo-, limitarnos, disminuirnos, aplastarnos intelectualmente hasta que no seamos capaces más que de decir:"sí, ajá, ajá *padre*, yo lo vi y estuvo *padre*, ajá, ajá, sacaron sobre el *dese* uno *desos* de los *desos* que eran de los de antes, bien *padres*..." y además, sólo en ritmo de rap!! Imagínate nada más lo que es oír a los jóvenes hablar así. Has oído cómo dicen siempre y casi sólo "dese"?, "del dese"? "pásame el dese", "me fui en el dese", "tráeme el dese"... Una cosa es que ciertos términos, por razón natural, caigan en pinche desuso, no vamos a estar usando por ejemplo la palabra "arcabuz" cotidianamente, no, pero otra muy distinta que no sepamos su significado y que no podamos utilizarla ni siquiera metafóricamente en algún pinche momento para dar a entender algo en particular. Yo estoy de acuerdo en que las lenguas evolucionan pero deberíamos conservar el acervo para poder mantener su riqueza y profundidad, así nuestra pinche visión, nuestra percepción y nuestros conceptos se ampliarían, imagínate una biblioteca donde por cada nuevo libro que recibieran y clasificaran, tirasen uno o dos antiguos... verdad que no?

-Tú ya te diste cuenta como usas la palabra "pinche"? pues así usan ellos el "padre"!

-Pero es distinto, diferente! Muy pinche diferente!! – dijo él – yo la uso para agregar, para matizar, para enriquecer, no para substituir.

-Para "enriquecer"?!! Estás orate!! y claro que sustituyes! – le dijo Pedro –, podrías usar miles de adjetivos calificativos diferentes en lugar de esa "pinche" palabra todo el "pinche" tiempo!

Compararon sistemas, formas, posiciones, conceptos. Se solazaron un poco discutiendo y conversando como antes. Él, más agresivo; el ex escultor, moderado.

-Los únicos que saben usar el lenguaje, y eso, para su conveniencia, son los pinches publicistas!

-Por qué? – le preguntó Pedro.

-Porque ellos sí nos la dejan ir y lo usan como arma contra el incauto hombre ignorante de la masa. Por ejemplo, has visto las cajas de las pastas de dientes? Aprovechándose del miedo del pueblo por la violencia y la inseguridad pública, ellos ponen *"seguridad y protección para su familia"* y ese pinche mensaje le llega a la pinche gente que compra esa pinche pasta y siente en su interior que su pinche familia, sólo porque sí y así nada más, por una pinche y mágica razón ya va a estar muy pinche protegida en todos los aspectos de la vida; entiendes?

-Mmmh..., sí, hasta es posible... – concedió Pedro.

-Claro que es! Acuérdate lo que ya en nuestros tiempos decía el profe de Historia y Civismo!

En sus tiempos de adolescentes, aquellos de finales de los sesenta y principio de los setenta, cuando cursaron ambos la enseñanza media, muchos maestros de su Preparatoria 2 eran eminencias que también daban clases en la Alma Mater, la famosa, reconocida y tradicional Universidad Nacional Autónoma de México. La misma UNAM gozaba entonces de un nivel mucho más alto. A ellos les habían dado clases –en Secundaria- autoridades en ciertas materias, como el escritor Andrés Henestrosa, el Licenciado Alanís Fuentes y muchos más, *en persona.*

Las paredes de madera tallada del siglo XVII del Paraninfo de la Preparatoria 2 reflejaban aún el sonido de lecturas literarias de los grandes novelistas de la época, de exámenes orales con casi toda la escuela al tanto de los aciertos o taradeces que decían los que pretendían graduarse.

-Había clases de latín, griego (Michel era buenísimo para el griego*, kórax, kórakos...*) y francés; sin ir más lejos, tú realmente aprendiste mucho en la prepa, prácticamente ahí lo aprendiste a hablar, lo de tus clases particulares era sólo porque querías perfeccionarlo. Ahora los niveles son de risa, el inglés: pollito... *chicken*, gallina... *hen...*

-Pero así es en todo –dijo Galas-, el mundo ha cambiado mucho desde aquellos nuestros días de estudiantes. Cuándo nos íbamos a imaginar que treinta años después de cuando nos subíamos a la Catedral, llegaríamos a ver un mundo sin Muro de Berlín, sin Unión Soviética, y ya merito, ya casi sin PRI! –sonrió Galas.

-Ave María Purísima –se persignó él en broma y juntó después sus manos pegándolas al pecho-, eso ni se dice, pecador! –luego las separó y dejó ver a Pedro que continuaría ya en serio-...con Castro lamiéndole las suelas a Wotjila para que vaya a ayudarlos, oye chico, qué te cuejta, loj doj vamoj a ganal con ejsto, jrazona, mi socio, vente a visitarnos y yo te dejo que amplíes tu flanquicia poniendo máj capillaj en la ijla, ándale socio, tejperamos loj patriotaj de la revolución a comel calne, comida criolla y arroj con pescao, porque la cosa ya está que arde; y peor aún, con un líder ruso de primera línea anunciando pizzas! tiempos locos éstos, alrevesados, difíciles. Se les cayó el teatro a los comunistas, yo que tanto los pincheadmiraba! Ya ves tanto que presumían que ahí no tenían analfabetos ni prostitución ni el carajo, y ahora las pinches putas más famosas son las rusas y las cubanas! Y hasta promueven el turismo sexual con las jóvenes en la Habana, para generar ingresos y llevar dólares! Al final nada cambió, como con nuestras flotas en la Prepa, o hasta peor resultó, como decíamos; en su caso, las mejorías de alimentación y cultura de esas revoluciones sólo sirvieron para dejar a las chavas más cultas y hermosas... para que puteen mejor y a mejor nivel con los capitalistas y con todos! para satisfacerlos más y mejor!! Están cabrones los cambios, los resbalones desde aquellos sueños, las pinches consecuencias! El mismo Conservatorio Nacional de Música era otra cosa en ese entonces. Él recordó –ante la mirada atenta de un Pedro Galas sorprendido, pues nunca había oído a su amigo hablar de ello, porque las experiencias que él le contaba a Pedro cuando convivían eran sólo hechos objetivos, no decorados por el recuerdo ni reforzados por la nostalgia de las comparaciones- sus tiempos de estudiante de piano en un Conservatorio que para empezar poseía grandes terrenos y jardines, antes que la nueva embajada de Cuba y los nuevos puentes y ejes viales reclamaran sus cachos, al oriente y poniente respectivamente. Evocó el Auditorio al aire libre –un poco como el Hollywood Bowl, en chiquito-, donde en ese tiempo todavía se hacían conciertos frecuentemente, el gran nivel musical que se manejaba, los pasillos de columnas gigantes donde en la calma de las tres de la tarde, entre el silencio, favorecido por las extraordinarias adaptaciones acústicas de los salones de estudio, y los reflejos hirientes del sol, podía un alumno entusiasmado, como él, además de manosear con cachondez a la novia, cruzarse con personajes como Jörg Demus, Yehudi Menuhin, Szchering, León Mariscal, Moncada, Rodolfo Halffter.... camino a los salones del fondo, los de composición, donde Mario Lavista, Manuel Enríquez o Héctor Quintanar te hablaban con profundidad y absoluto conocimiento, desde la polifonía en el siglo XVII hasta las técnicas de Schönberg.

-En aquel entonces nos capacitaban verdaderamente, a fondo, yo agradezco a Dios haber sido de esa generación, quizá la última, a la que todavía le enseñaban los cálculos y principios acústicos, el análisis a fondo, la laudería, los principios mecánicos de un clavicordio, la notación, funcionamiento y características de los instrumentos transpositores: esto es un corno francés, su sonido real se encuentra una quinta justa por debajo de la nota escrita –Galas lo veía sin comprender y sorprendido de que el torrente de imprecaciones se hubiera suspendido de pronto-, al escribir para este instrumento las alteraciones de la armadura deben seleccionarse en función de la transposición implícita – Galas pensó si realmente esa generación había sido tan brillante como para entender esas complejidades tan retorcidas-; ahora, agárrate a un chavo de diecinueve años que tiene su grupo de rock o de rap y que inclusive ya anda haciendo jingles y música para cine, te hablan de *samplers*, de programación, de secuenciadores, tal vez hasta te dicen que el teclado que estaban operando trae un registro llamado "corno" que suena bien padre, pero no tienen ni pinche puta idea de a qué se refiere ("ya va a empezar otra vez!" -pensó Galas), ni de dónde viene la síntesis de frecuencias, ni como fue hecha, ni cuáles son las características acústicas propias del sonido original, y en consecuencia no pueden mejorar ni el ataque, ni el *decay*, ni nada, no pueden entender las cámaras de eco pues ni siquiera han estudiado las propiedades de resonancia de los sonidos, y lo malo no es tanto eso, sino que esa falta de información no sólo los limita prácticamente, sino también de una manera conceptual, su comprensión general del sentido de las cosas y la profundidad de sus razonamientos están empobrecidos. Ahora sólo necesitan saber "samplear"! No es como antes, que la gran tradición europea todavía nos moldeaba, nos formaba...

-Te refieres a hace mucho, no? al inicio de los setentas, antes de que se muriera Gerhardt Müench -comentó el escultor, y dejó ver que también tenía conocimientos y gusto musical-, cuando Svjatoslav Richter era mi ídolo, un superpianista, te acuerdas?, ahora hasta ése ya se murió, el año pasado... y Eduardo Mata....

Él, después de oír decir "Mata", saltó en el tiempo más de veinte años, a cuando el joven Eduardo Mata, talentosísimo, sorprendía y deleitaba a todos y dirigía la Sinfónica de la UNAM, y se hundió luego, de repente, en la tristeza, recordando la noticia relativamente reciente sobre el célebre director de orquesta muerto en un accidente de aviación –*pinche vida*-, se lo imaginó tirado en el piso, sangrando, como aparecía Gianni Versace en una de las fotos, como quedó deshecha la Princesa Diana con el impacto y como había visto a Wilfrido en Chiapas, en las fosas que cavaron juntos.

Pedro intuyó que su amigo había vuelto a caer en algún recuerdo relacionado con su experiencia con los guerrilleros y quiso evitar que se echara a llorar como cuando le contó todo por primera vez.

-La gente se muere.... –soltó Galas su perogrullada disculpable solamente por el hecho de que lo hizo por compasión y más que nada para distraerlo; en el sonido ambiental del restaurante de pollo tocaban 'Say you love me" de Simply Red, todo el ambiente era francamente deprimente -; era lo que te decía, va uno cambiando –habló como sacerdote, hasta se quitó los lentes, hizo una pausa, comprobó contra la luz si estaban manchados y continuó hablando mientras los limpiaba -: es inevitable, por eso no puedes esperar que las relaciones duren "hasta que la muerte los separe", tú cambias, los demás cambian en menor o mayor grado, ahí tienes a Marcial, lo llorón que era, lo dramático... que hasta se puso en ese plan aquel día en la clase de francés cuando le pasó esa onda y varios nos moríamos de la risa –"Nos cagábamos!", profundizó él en su estilo- y Marcial más y más dolido y más sentido por lo que le había pasado y por la forma en que nosotros estabamos reaccionando, desconsiderados, burlones de su "grrran" –arrastró la "r"- "trrragedia"-, y ya ves después, se volvió tan risueño, tú mismo lo dices, tú mismo lo viste, todo el mundo cambia. Es, a fin de cuentas... – dejó un espacio y sonrió sabiendo que el otro sabía qué palabra seguiría- ...irrelevante -. Se puso los lentes. Pensó en qué estarían haciendo Pilar y Paty.

-Tienes razón, por eso los matrimonios deberían ser temporales –dijo él-, o mejor aun, ya ni existir, al menos en su pinche forma actual, salvo en la forma de pequeños acuerdos contractuales no mayores que un año. Y con contratos perfectamente especificados como esos prenupciales de los pinches ricos y famosos, páginas y páginas de cláusulas en letra diminuta que contemplan prácticamente todas las posibilidades futuras para que así cada uno de los dos sepa a qué atenerse. Si me saludas mal... pasará tal cosa, si no me está gustando cómo me besas... tal otra, si me siento enfermo... haremos esto, si decidimos separarnos antes de tanto tiempo... yo conservo casa, auto, rancho y caballos, y tú el juego de cubiertos de plástico anaranjado que venía de premio en el detergente. Dicen que el matrimonio es un contrato sujeto a la ley, pero está perfectamente indefinido, es etéreo, insubstancial, la absoluta ausencia de precisión en su totalidad, al menos en nuestro pinche país.

-Pues entonces –dijo Galas subiendo una ceja y ladeando la cabeza-, no sé cómo se las arregló mi primera esposa para quitarme todo y dejarme con una mano atrás y otra adelante.

-Lo bueno es que los avances médicos y genéticos –continuó él como si no hubiera escuchado a Pedro- aumentarán tanto la longevidad humana, ya dentro de poco, que el matrimonio como lo entendemos hoy tendrá que cambiar hasta en su sentido más romántico y religioso. Imagínate, si ahora no se sostienen ni por unos años, qué va a pasar cuando el "...Hasta que la muerte nos separe" quiera significar ciento cincuenta o doscientos años, ja ja ja, n'ombre! Ni mi abuela Rosita tan tierna, tradicional y amorosa, con todo su romanticismo, los aguantaba sin hartarse un buen día y mandar todo a la chingada!

-Ahí está! Cómo vas a pretender eternizar situaciones? –dijo Pedro- aunque si lo quieres ver de otro modo, sí es real eso de que "hasta que la muerte", porque en realidad lo que separa a las personas es *la muerte* de ellos mismos, diariamente, la constante y continua muerte cotidiana, ojalá fuéramos como los árboles que se renuevan tanto, como la nieve, como el agua, como las plantas, tan al influjo de los cambios del clima, de las estaciones...

-Nosotros también cambiamos y nos renovamos -dijo él, Pedro había conseguido distraerlo –, ya ves que dicen que cada siete años te cambian todas las pinches células del cuerpo y cada semana las de la piel exterior...

-Pero no es lo mismo, ni de chiste.... tenemos lo peor de todo, ni estamos tan a merced de las estaciones como la mayoría de las plantas ni somos tan permanentes como el mundo mineral, sólo tenemos un mísero cuerpo que se va degenerando mientras nuestra alma pretende silbar en cada primavera.....

-No mames! Ya me saliste poeta fracasado, como el Bartres; oye, por cierto, qué estudio por fin?

-Filosofía –contestó Galas- pero no me interrumpas ni te rías, es cierto! lo de silbar es un decir, pero qué, tú no silbas, no chiflas en las primaveras? Forma parte del cortejo sexual entre los animales! yo sólo quiero decir que no nos renovamos como deberíamos, que recibimos el influjo del medio, pero no lo reflejamos ni acusamos sino pálidamente, no volvemos a florecer tanto....

-Los árboles también se mueren....

-Pero es distinto.... vibran mucho más cíclicamente –el músico pensó de nuevo, al oír a su amigo, que efectivamente andaba en ondas taoístas, en alguna onda así, pero prefirió pasarlo por alto. Pensó que tal vez hasta arreglaba su departamento... no, era imposible que Pedro hubiera amueblado, arreglado, orientado y acondicionado su departamento con técnicas del Feng Shui!

-Los seres humanos sí rejuvenecemos...., y mucho! –él sacó el pecho y sonrió cuando lo dijo, ufano.

-Y que lo digas tú....-se burló Pedro pegándole en la panza-, dile eso a un señor de setenta años.... –estaban ambos otra vez tan dialécticos como en sus mejores tiempos.

-Muéstrame un árbol de setenta años y no estará tan fresco y lozano...

-Depende del árbol, tú me entiendes –Pedro se molestó un poco, retuvo el humo-, yo me refiero a que nuestra situación como humanos es muy triste, de los dieciocho o veinte años en adelante, ya el asunto es sólo *degenerativo*, una *muerte lenta*, o en algunos casos rápida, acelerada por agresiones, por accidentes, por enfermedades. Tú lo ves, fíjate en los de nuestra generación. Takagaki, Marcial, Marga, Miguel Hernández, Barajas, Mirado, El Chabelo, Leónidas... todos. A partir de esas edades es todo sólo un lento y continuo despeñarse hacia la decrepitud y la muerte, cada día, cada minuto más disminuidos, feos y amolados! Sólo muriéndonos!

-Tú no, yo no –él lo dijo para ahora ser él, sin haberlo reconocido así en la actitud de Pedro anteriormente, el que ayudaba al amigo, al que súbitamente se le había ensombrecido el semblante, a mejorar el ánimo.

-Yo también –dijo Pedro. Él se espantó *(sólo me falta que este güey también tenga Sida,* pensó).

-Y tú, de qué? –dijo él nervioso, temiendo escuchar que el escultor le saliera con la respuesta de alguna enfermedad terrible, incurable. Y le salió:

-De amargura –le contestó Pedro, se levantó, tomó la cajetilla de cigarros y los cerillos, se los guardó, se puso los lentes, agarró la caja con las sobras del pollo y se dirigió a las cajas de la basura.

Volvieron del restaurante. Aprovechó para ver discretamente si el camión de redilas seguía donde lo había dejado estacionado, escondido. Ninguno de los dos hizo alusión al espontáneo acto sexual que realizaran horas antes ahí en el departamento. Ninguno dejó trasparecer una sola actitud, un gesto, un movimiento que sugiriese que querían repetir, profundizar, u "oficializar" el hecho. Uno de ellos pensó que no quería ni pensar en el asunto, el otro pensó que lo pensaría después y ya en función de ello decidiría qué hacer con su amigo en el futuro. Ya sentados de nuevo en la modesta sala, los dos, curiosamente en el mismo momento, recordaron en silencio, sin sacarla después para nada a colación en la plática, la excursión que hicieron junto con casi todo el tercero de secundaria, en camión café alquilado de escuela particular, a Valle de Bravo. Allá, un fin de semana, ellos, muchachos y muchachas entusiastas enamorados del amor, del sexo, de la vida, de la libertad, de las protestas, de la paz – y algunos, de las drogas -, hicieron su propia versión familiar, en pequeñito, aburguesada, de algo parecido remotamente al Festival de Rock de Woodstock del año anterior (y de otros, como los de Monterey y de Wight): Oyeron música de la radio, comieron sándwiches de carne con mayonesa, galletas, frutas, huevos cocidos, pusieron cassettes de Joe Cocker, de Jimmi Hendrix, de Creedence, de John Sebastian, de Crosby, Stills, Nash and Young y de Santana en la grabadora, cantaron, Silvia y Chepina dieron recetas humorísticas de cocina, Michel Bartres recitó una parte de "Muerte sin fin" de Gorostiza, él y Silvia se las ingeniaron para hacerlo de pie, tras unas piedras enormes, después de haber quedado calientísimos por haber ido en el camión manoseándose y acariciándose, cubiertas las piernas por una gabardina que les protegía la intimidad, como un año antes bajo el árbol de la Secretaría; Pedro y María Eugenia se subieron a un cerro y estuvieron ahí tronándoselas un buen rato, y después, Pedro y él, en un abuso de confianza, con Lugo siguiendo el ritmo en unos tamborcitos, tocaron en un par de guitarras viejas: "Amanecer en la Luna" y "Lodi", "Smoke on the water", "Jumpin' Jack Flash" "Nasty Sex", "Stand by Me"... "Viva Zapata" de la Revolución de Emiliano Zapata y otras, hasta unas del Tri, bueno, del Three Souls... entre aplausos de alegría y buena fe de todos los otros, que pedían y pedían y pedían canciones que ellos no se sabían. Ah!, pero eso sí, les habían sambutido a todos una pésima y larguísima versión al español de la canción "Ophelia" de "The Band", el grupo que solía acompañar a Bod Dylan y que por aquella época ya sacaba discos por su cuenta, pero muy pocas personas conocían en México. Entonces sí, aparte de chiflarles, les aventaron hasta las cáscaras de fruta y los cascarones de los huevos.

A pesar de la confianza parcialmente recobrada, del gusto de volver a verse y de la simpatía todavía vigente en muchos aspectos, se guardaron ambos muchas cosas. Él no le mencionó nada de Blanca, ni le contó a Pedro sobre su fallido intento de acostarse con Pilar y con Paty, la muchacha, cuando todavía no sabía que era Paty ni hija de Pedro; y Pedro Galas se guardó –ni pensó siquiera, tal vez por aquello del no te entumas, o los preconceptos sobre el incesto - decirle que meses antes de la llegada de Pilar, cuando se le presentó echando tiros, hermosísima, en aquella exposición, había empezado él a acostarse con su propia hija, sí, con la mismísima Paty, en un acto que tenía tanto de desesperación como de endiosamiento y atracción sexual –por lo menos de parte de él –hacia las piernas bien formadas, el creciente trasero, el fabuloso busto y el porte de la jovencita que se le presentaba como su propia creación de la perfección femenina..., y que eso era lo que había provocado el divorcio definitivo. Cuando Pedro evocó ese tiempo feliz – sintiéndose otra vez entre las sombras de los árboles del jardín de su casa de San Jerónimo y con Paty acomodada sobre sus piernas en aquellos anocheceres de perdición irremediable en que él estaba seguro de no estarla pervirtiendo, porque los movimientos de la chica, la experiencia que demostraba, lo que decía, lo que hacía, lo que contaba con gracioso desenfado, con absoluta naturalidad (a su mismo padre), con encantador atrevimiento sobre sus salidas y actividades, las caricias que le prodigaba con sensualidad y su manejo seductor de la cadera y las manos, sugerían que hacía lo mismo con sus compañeros, con otros hombres, en las mañanas escolares, en sus tardes de reuniones amistosas y en sus salidas y excursiones prolongadas de fines de semana-, pudo el decepcionado escultor, sólo con dificultad, seguir el hilo de las pláticas de su amigo el músico, que seguía hable y hable sin saber que ya no era escuchado. Con tristeza, en todos los meses anteriores, Pedro se había visto forzado a desprenderse del recuerdo obsesivo que para ese momento ya no sabía si le pesaba por culpabilidad, por deseo o por nostalgia. Lo había sacado de su mente a patadas, a fin de cuentas sólo habían sido unas quince veces y mucho tiempo atrás. Deseó que el músico se largara ya para que no siguiese provocando – con su presencia y comentarios – situaciones y recuerdos incómodos.

A pesar de no revelarle ese secreto, le reveló otro, mucho peor para el músico. Con lo que sucedió al final de la plática, lo que realmente le puso punto final, súbito e incomprensiblemente seco (a consideración de Pedro Galas), él olvidó preguntarle por la maestra de francés que en la preparatoria le gustaba a Galas, por su mamá, a la que había conocido el día de la graduación, y por El Pescado, porque cuando escuchó lo que le contó Pedro, ya solo sintió ganas de volver el estómago, de gritar, de pegarle o de darse de topes contra la pared, pero optó por darle fríamente la mano, levantarse, agarrar su teléfono celular, decir viendo a la pantallita:"es tarde, luego te llamo", y salir rápidamente. Pedro se quedó inmóvil pensando una vez más que sí, que era probable que su amigo el músico hubiera enloquecido; lo impresionó la expresión exasperada que vio en él al despedirse. Se encogió de hombros, de cualquier forma no pensaba en volver a verlo. Su reencuentro había resultado, en una palabra, desconsolador, a pesar de los pretendidos recuerdos "emotivos" que, gastados y lejanos, habían perdido ya la gracia, la vida de otros tiempos, convirtiéndose en simples pretextos para intentar una artificial aproximación. Pensó que quizá se había ofendido por algo. "Habrá sido algo que dije?". Unos minutos antes de sentarse por última vez en su vida en la cocina de su apartamento, solitario, como en tantas otras noches para acabarse durmiendo recostado sobre la mesa, pero en ésta para además morirse definitivamente, así, nada más, simplemente del desencanto, el vacío, el desconsuelo y la culpa que con la visita del viejo amigo se le habían recrudecido, el escultor reconstruyó mentalmente la última parte de su conversación, sin alcanzar a comprender realmente: Pedro le había dicho, tratando de demostrarle a su amigo que ya no le dolía lo de la relación de Paty con Pilar, que lo que pasó era lo mejor que podía haber pasado. Paty, su hija Paty, especialmente desde su pubertad, se había convertido en una jovencita muy acelerada, con muchas inquietudes, muchas amigas, pero también amigos, muchos, y *muy amigos,* y mayores, a veces mucho mayores que ella (de hecho –eso no se lo dijo- cuando Pilar apareció, el entusiasmo de Pedro por la presencia de su antiguo sueño, ya realizable, hizo que las prácticas sexuales y las salidas con su hija Paty cesaran y eso le había proporcionado a la adolescente más tiempo y libertades para sus propias cosas, sin celos de ninguna índole contra Pilar o contra él; Paty parecía muchas veces un ser sin pasiones).

-"Acabó por salir –había continuado el escultor-, después, con un hombre maduro, un tipo que le doblaba la edad, que casi podía ser su padre, más viejo que yo, un cabrón que se aprovechó de ella, porque los años no pasan en balde y un tipo con experiencia puede hacer de una jovencita lo que se le dé la gana. Una cosa eran los chamaquillos de su edad o un poco más grandes, y otra muy distinta un vejestorio mañoso y retorcido (una cosa era hacerlo con su propio padre, pensó Galas muy en su intimidad, que jamás pretendería hacerle daño ni por equivocación, y sólo de forma temporal... y otra, caer en las redes de un taimado seductor de jovencitas), un cabrón mediocre, un tipejo que se llevó su merecido porque yo moví influencias y amistades y conocidos muy importantes de mi papá en todas las áreas, políticos y funcionarios de la policía, hasta periodistas, que se encargaron de acusarlo, agarrarlo y encerrarlo, faltaba más, pobre Paty, prefiero que mi hija se haya ido lejos, y esté en una playa de Oaxaca amando, acostándose con el amor de mi vida, con mi ex mujer, si quieres, a que le siga dando las nalgas a un mediocre vendedor de autos que sólo quería aprovecharse de ella, Jamín Gonzalez se llamaba."

CAPITULO XVIII

Paty... nó! (Diciembre/1997)

Allá por el año '69, en el paupérrimo departamento que su familia rentaba por Azcapotzalco, pasaba él las tardes de los domingos – especialmente cuando se quedaba solo en casa -, a ratos viendo sus "Ponderosas" de las revistas y periódicos, y a ratos viendo el montón de "videos" promocionales "primitivos" (por llamar de algún modo a esa serie de imágenes que acompañaban a la música cuando aún el concepto actual de "video-clip" no había sido establecido) de canciones extranjeras que el canal 13 pasaba, uno tras otro, sin parar. Él veía las imágenes y escuchaba extasiado los sonidos de "In the Summertime" de Mungo Jerry, "Easy come, easy Go" de Bobby Sherman (ahí, y con "I'm sorry Susanne", de Los Vasos y Las Botellas se animaba tanto que se atrevía a ponerse a bailar por toda la estancia y hasta se subía a los muebles, desatado), "Yellow River" de Christy, "Every day with you, girl" y "Stormy" con Classics IV y, junto a muchas otras, su himno particular "Flores en tu Pelo" (San Francisco) de Scott McKenzie.

Ahora, muchos años después, subido en el camión de redilas, en condiciones externas tan diferentes a aquéllas en muchas cosas (y tan similares en muchas otras), vuelve a clavarse en la radio, en las estaciones de *"revivals"* y *"covers"*, en las cultoras de la nostalgia; da él rienda suelta a sus reconsideraciones y siente una especie de lucha interna entre las contradicciones de los tiempos, las épocas, las edades, las costumbres... y el reconocimiento del confort de lo único que lo hace sentirse en casa, lo calma y le da un punto de apoyo, de sostén, de identificación: la tristeza, su permanente – esa sí prácticamente igual ahora como entonces – *tristeza*. A él le cuesta cada día más trabajo hablar con las personas, cada día es más el tiempo que pasa platicando consigo mismo, desmoronándose, deprimiéndose, haciendo corajes, criticando, rechazando, haciendo pedazos internamente y desde dentro, un mundo al que él quisiera muchas veces ponerle una grandísima bomba atómica para hacerlo saltar en pedacitos... ...él incluido, él y su soledad y su tristeza. A él le cuestan trabajo muchas cosas ya; por ejemplo, le cuesta trabajo aceptar que puede ver las cosas con humildad sin que eso represente que él es débil; aun más, mejor: que el ser débil y el reconocerlo no tiene nada de malo. Le cuesta trabajo reconocer sus equivocaciones, sus faltas, y le cuesta trabajo – siempre le costó – perdonar, perdonar a la gente, a los demás, sus errores, sus cosas, como le cuésta un tremendo trabajo, más, *mucho* más, perdonar sus *propios* errores! Pobre, en muchos más sentidos de los que él se imagina es pobre, muy pobre. No ha entendido que la vida no es más que el perdón de los errores, y que a final de cuentas nuestro bienestar, nuestra felicidad, nuestra propia existencia... dependen siempre de la misericordia de los demás. Él, simplemente, continúa señalando, renegando... alimentándose la muerte. Se da cuenta de pronto de cuánto ha pasado el tiempo. Llega inclusive a espantarse. Oye las diferentes canciones y recuerda las últimas veces que vio en la televisión a algunos de los artistas que eran superestrellas cuando él era joven: Paul Mc Cartney, Paul Simon, Art Garfunkel, Mick Jagger... todos con caras de abuelitos, a pesar de la ropa. Comprende que por la costumbre de verse diariamente, él no percibe en sí mismo los cambios, cuánto ha cambiado! Han pasado tantos años que ya a Paul Simon le dio tiempo hasta de ganar dos Grammys, de Mejor Álbum, con intervalo de diez años de diferencia... y el primero doce años después de cuando consiguió sus primeros grandes hits! Y además, lleva después *años* casi sin darse a notar...!! Son años, años y más años! Él mismo, aparte de sus Huapangoles y Sonatas, ha escuchado ya décadas de música...; recuerda equivocadamente, de pronto, al que siempre respetó como un gran músico: Todd Rundgren, y dos de sus mayores éxitos: "Operadora"(¿) y "Hello, it's me"...; dentro de este tipo de música popular que le dulcifica la nostalgia están dos de sus preferidas, que él escucha ahora, después de la reflexión, llorando a todo lo que da, llorando como nunca: "Captain of the Heart" y "Love Will Keep us together" (de Captain and Tenille). Se medio seca las lágrimas con los dedos, observa la avenida de Tlalpan a lo lejos, sorbe por la nariz. Apaga la radio.

A veces creamos monstruos. Les damos vida y los alimentamos haciéndolos crecer paulatinamente, no sólo en tamaño sino también en

168

vicios y mañas, y lo que es peor, en maldad. Como los vemos todos los días y nos acostumbramos cotidianamente a sus detalles, nos parecen – aunque a veces definitivamente chocantes- tolerables, porque no nos damos cuenta de lo insoportables y despreciables que se van volviendo ante los ojos menos acostumbrados de los demás. Con el pretexto de la misma sangre les perdonamos primero crímenes, luego salvajadas, después maldades, mucho después traiciones, y al final fallos, errores, y hasta que ni nos den los "buenos días"!- en una progresión "a la Quincey"-. El problema con las acciones burdas, bárbaras, alejadas de las bellas artes, que efectúan nuestros hijos, es que las dejamos continuar hasta que las consecuencias son desastrosas, y muchas veces, en su infancia, las toleramos e inclusive las apoyamos porque pueden parecernos hasta graciosas. Después, cuando se manifiestan en toda su acritud y con consecuencias funestas, llegamos incluso a perdonarlas, quizá porque se nos figura que la carne de nuestra carne no puede ser tan mala, o porque al castigarla estaríamos castigando una parte de nosotros mismos, por lo menos aquélla que tiene que ver con la ineptitud y la tolerancia mal entendida. Galas (mi querido Pedro Galas) pudo haber cortado de tajo, cuando todavía no eran tan notorias ni se habían desarrollado tanto, las pinches características malignas de Patricia. Pudo haberlas detectado a tiempo, quizá lo hizo; pudo haberlas modificado a tiempo, quizá trató; pudo haberlas eliminado, tal vez no pudo. Tal vez él mismo es como ella, tal vez él mismo fue siempre así, como esa hija que en el peor de los pinches casos lo deja como imbécil chiflando en la loma, ya sin el amor de su vida, y en el "mejor", lo embarca imperceptible y desinformadamente en situaciones tan injustas y asquerosas como la de Jamín, para que él, su padre, acabe siendo "malo" hasta sin querer. Y pienso a veces que tal vez lo raro no es que creemos monstruos; lo verdaderamente extraño y difícil sería no hacerlo, porque muchas ocasiones, queriendo corregir, destrozamos, queriendo enseñar, dañamos, queriendo desarrollar en nuestros hijos aquellas cualidades nuestras que consideramos buenas, acabamos por aplastarlas en ellos, queriendo aplastar las malas, las desarrollamos. O simplemente, de manera inconsciente, los hacemos ser como nosotros mismos hubiéramos querido ser en lo más profundo de nuestros instintos: canijos, cabrones, malos... para superar nuestras debilidades, y para ver si así no los despedazan tanto como a nosotros, para que puedan defenderse un poco más frente a la maldad ajena, pensando, con justificación moral o sin ella, que entre ver que maten a un ser querido o verlo a él matar a un extraño, por la razón que sea, preferiremos siempre lo segundo. Pero yo qué carajos hablo! si yo ni pinches hijos tengo! si nunca los he tenido y me parece ahora, a mis cuarenta y tres años, que lo más probable es que no los llegaré a tener. Así que ponerme a disertar sobre la educación y la crianza de monstruos queda más allá de mi pinche competencia. Nunca quise realmente tener un hijo, es la verdad, de haber querido hubiera podido, creo yo, lograrlo en algún momento de mi vida. Aun en el caso de Silvia. Si yo realmente hubiese deseado aquel hijo con ella, podía haber luchado por él rogándole, arrastrándome, suplicándole aun más de lo que lo hice. Pero no lo hice y quizá después de todo y a la vista de las circunstancias, haya sido lo mejor. Quizá estaría ahora tratando de curar mi soledad con él, cerrándole caminos para que sólo pudiera caminar junto conmigo, como hacen los pinches padres incompetentes, desadaptados y solitarios. Si hubiera sido hija, quizá la habría educado punto por punto para que se pareciera en las cosas buenas a Silvia, la habría criado para hacerla a su imagen y semejanza, corrigiendo sus defectos y mejorando sus cualidades, y en ese ir y venir de un lado a otro sobre la delgada línea que divide el hacer un buen o un mal hijo, tendría quizá, ahora, al monstruo en casa. Lo de Pedro pudo haber sido algo así, al no haber podido conseguir en su juventud a aquella mujer perfecta que soñaba, el cariño y la atención de la Pilar que conocíamos. Lo imagino consintiendo a Patricia, patyta chula, desde sus primeros meses tratando de crear a la mujer perfecta que viviría con él, porque desgraciadamente su primera esposa no lo era. Lo imagino llevándola de la mano al parque algún domingo, en la otra manita un globo, unos cacahuates, unos dulces, un algodón azul sucesivamente, contándole historias, despertándole el intelecto, hablándole de arte, de pintura, de escultura, de los cuadros de Manet y Monet y Seurat. Lo imagino a los diez años de ella jugando tenis los sábados, moldeándole la figura, preparándola físicamente para el desarrollo armónico de la pubertad cercana. Lo veo tres años después hablándole de Rodin en francés, sonriéndole con la mejor buena fe, con la más noble alegría en su auto rumbo a la escuela - dejando en casa a aquella que para Galas fue sólo un vehículo, su "pior es nada", la esposa que eligió a sabiendas de no amarla, sólo porque con la que él amaba, no se podía: él, menospreciando a la pobre mujer por el desencanto que existió desde un origen; Patricia, por celo natural de hija y reflejo de las actitudes del padre). Hasta pienso que a veces las personas se casan a propósito con gente que no aman para no destruir ni el sentimiento ni la posibilidad de seguir amando a sus amores imposibles. Pinche Pedro, lo veo en su momento disfrutando en toda su plenitud, al fin, después de tantos años, de su "MB", su "Diez", su mujer perfecta: la que él mismo consiguió moldear de acuerdo a sus propias carencias y necesidades, aunque fuese sólo para sentir que alguien con esas características estaba en su vida, compartiendo sus días, ya que nunca había logrado nada con Pilar; así por lo menos tenía una muy buena amiga, una hija brillante, una compañera perfecta; lo puedo ver sin haberlo visto nunca, espantado ante los primeros telefonazos de admiradores, preocupado por la primera cita, furioso por el primer sábado en que Paty, su querida Paty, prefirió patinar en hielo con el pinche estúpido de la casa de al lado, que jugar el último partido de tenis con él. Y junto a ese desarrollo de cuento de hadas con final agriado –como todos en el mero, mero final-, veo el otro: el del surgimiento en alguna parte de las entrañas de Su Majestad Patricia, de ese pequeño hongo que fue agigantándose con los años hasta colmar su interior, haciéndola sentirse fuerte, poderosa, llena de altivez, por encima de todo mortal, de todo juicio y de toda limitación moral. Por encima de Pedro. Y no es que critique las pinches preferencias sexuales o las costumbres de Paty. Todos tenemos el derecho de revolcarnos con quien nos plazca, con cuantos nos plazca y del sexo que nos plazca, pero carajo!, siempre y cuando hablando claro, sin mentiras, sin engaños y sin poner en la picota y desangrar a aquella persona que utilizamos para lo que fuera –escalar lugares, conseguir placer, lo que fuera-, pero que se merece por lo menos el respeto del agradecimiento o ya de perdida el respeto del olvido, a cambio de lo que en su momento, y de buenas, nos dio. Y hasta porque nosotros mismos se lo pedíamos! Es injusto, pinche Patricia, pinche Paty, lo que hiciste con Jamín. Es injusto engañar y mentir para acusar. Es injusto, carajo. Es injusto chingar al que no nos daña. Es injusto hacer el papel de Blanca Nieves ante el público de la comedia de la vida real, cuando el que nos merecemos es el de la Bruja. Y es estúpido, mi querido Pedro, pinche Pedro, solapar las inquietudes de una hija (por mucho que se le quiera, por mucho que se quiera hacer de ella la mujer perfecta y hacer que como hija nos quiera mucho para curarnos la insatisfacción de no haber podido ligarnos a una real mujer perfecta–compañera–esposa para compartir los días) sin conocer a fondo sus actitudes, sus reales inquietudes y su verdadera manera de ser. Es estúpido querer creer a pie juntillas en todo lo que esa hija nos dice, y es estúpido e injusto también –aunque sea por ignorancia, Pedro-, ser cómplice de la maldad. Y te oyes tan indignado y tan cabrón por lo que pasó, que tal vez hasta pueda resultar cierto aquello de que "alguien" mató al pinche Jamín. Tal vez lo mataste o lo mandaste matar tú. Tal vez, como algunas veces he pensado, tú también eres malo –recuerdo detalles de la prepa, ahora amplificados por el desencanto-, y le enseñaste a Paty a ser peor. Pero en fin, lo que puedes haber tenido de culpa en la formación de la moderna Grea y en el encarnizado ataque a Jamín o lo que al final haya sido, lo pagaste con creces con el "detallito" de la traición que te infligió tu propia terrible creación yéndose con tu pinche amante, robándote el mejor sueño de tu vida. No es extraño que la pinche historia de Frankenstein resulte tan simbólica a nivel universal y en todas las pinches épocas. Ya lo pagaste y por cómo vienen las cosas, probablemente seguirás pagándolo durante un buen tiempo; así que no tengo en realidad por qué ensañarme contigo. Hasta si tuviste que ver más directamente en esa muerte...allá tú, que con tu pan te lo comas; la mejor venganza es dejar que te sigas pudriendo en vida lentamente. Lo que no te perdono es haberme besado con tanta alevosía...ah! chingá, ésa es otra canción!, lo que sí no te perdono, lo que en estos momentos me parece quizá más grave aun que lo de Jamín, es haber hecho que me acordara (pinche Pedro) del pinche y cabronsísimo detalle del desprecio de mi paternidad por parte de Silvia. Y del perro! Qué necesidad había? carajo, cuando me duele tanto, que yo trato cada pinche mes de no acordarme.

Kelly abre las piernas entre temblores de muslos y de párpados. La cortina de su cuarto se mueve más por sus jadeos que por el cálido viento del otoño. El aire acondicionado de la casa no alcanza a mitigar el hervor de sus líquidos que se desparraman rebeldes por todo su cuerpo desnudo con cada embestida del hombre. Los dedos de sus pies se curvan hacia atrás, engarrotados, en un intento por acomodar su cuerpo a los canales de las corrientes eléctricas de placer que le arquean la espalda. Piensa que si eso no es amor, cómo se le parece! Porque a sus quince años, aunque alguien pueda tacharla de inexperta, ese sentimiento del llanto desesperado de la urgencia, es lo más auténtico que ha llegado a sentir desde que se acuerda. Acaricia la espalda sudorosa de su pareja con movimientos alternados de las dos manos que recorren el torso del hombre, apresándolo y tallándolo como si fuera un pene de gigante, y sigue así, hasta llegar con sus dos manos a la curvatura de las nalgas y hundirse en ellas, para seguir después más abajo y por en medio de las piernas hasta estrechar, extática, los testículos del macho que ella admiró desde pequeña, pero que nunca imaginó llegar a tener tan pronto clavado entre las piernas.

Él se remueve, se regocija y la deja hacer mientras va palpando los grandes pechos de la muchacha y tanteando el terreno del ritmo con empujones lentos a veces, y otras rápidos, y conteniendo el aliento poco antes de la incursión final para llegar entero a ese otro final, el de ella, que se anuncia impresionante.

La familia ha salido, por lo menos, lo que queda de ella: la madre divorciada y los otros dos hijos que, como Kelly, todavía no se han casado. La sirvienta, cómplice avariciosa, ha salido también desde que el amante llegó, con el pretexto favorecido por el dinero de Kelly, de comprar abarrotes en la tienda de la esquina. Luego ha regresado, ha entrado a la casa y se ha dirigido directamente al cuarto de servicio en la azotea. Ha encendido la televisión en el Canal 2 y ha subido el volumen de la telenovela, haciendo además crujir las papas fritas en su boca más que de costumbre, tanto para cumplir con lo pactado con "la niña Kelly", como para evitar ponerse nerviosa e inquieta con los jadeos y pujiditos que a ella misma la humedecen desde la primera vez que el hombre se presentó en la casa con toda la intención de consumar, y consumó, lo que Kelly había deseado durante tanto tiempo.

Kelly alcanza a oír a la distancia, amortiguadas por los cristales del cuarto de servicio y la puerta de su recámara, frases y expresiones de la novela de las seis. Escucha también algunas notas salteadas y pedazos del tema musical.

Recostada, sin recuperar todavía su respiración normal al terminar, viendo al hombre acostado a su lado, se siente feliz de haber logrado una vez más alcanzar de una manera tan fantástica lo inalcanzable. Si tuviese más edad y no diera muchas cosas por sentadas, agradecería a la vida, a Dios, a alguien, el haberle permitido conocer la dicha de amar en brazos de un hombre en toda la extensión de la palabra, no como esos chamaquitos adolescentes de dieciséis y diecisiete años que llegaban a buscarla en racimos a todas horas desde que salía del colegio; no, éste es diferente, todo un hombre en el sentido más amplio del término. Y la hace sentir no solamente plena, sino orgullosa ante sus amigas y enemigas, el haber conseguido las atenciones de todo un profesionista: el arquitecto Ernesto Turquié, de veinticinco años, recién egresado del Tecnológico de Monterrey, Campus Cuernavaca.

Cuando escucha un poco más de las notas musicales del piano del tema de la telenovela, en la lejana televisión, recuerda fugazmente a aquel otro hombre, mucho más viejo, que le dio clases de piano durante algún tiempo; hombre raro, extraño, en cierto modo especial y quizá, por qué no? hasta pudiera decirse, atractivo. Quisiera que este Ernesto supiera tocar un poco como aquél, las teclas del piano, y tuviera un poco más de sensibilidad artística; quisiera que aquél, el de las clases de música, hubiera tenido muchos años menos y hubiera sido un poco más atractivo, para haberse decidido a aprender con él no sólo "I will always love you", sino también un poco de los primeros pasos del amor que se le insinuaba, por su edad, en los brillos de los rayos de sol, en las melodías y en las ganas de llorar sin causa ni motivo cuando lo veía llegar para darle la clase, poco antes de que ella, mitad consciente, mitad sin darse cuenta, tocara las piezas en el piano torpemente, moviéndose insinuante, haciendo que la faldita se le corriese un poco más para arriba y volteándolo a ver como diciéndole ay, no puedo, siéntate aquí a mi lado y dime cómo. No sabe qué quisiera más, si la continuación de esto o la continuación de aquello, ni si hubiera querido una cosa en vez de la otra.

De cualquier forma ya no tiene importancia, no se puede tener todo en la vida; por lo menos, no al mismo tiempo. Ella está feliz como está y el maestro del pelo largo hasta dejó de ir sin avisar, sin importarle ya el asunto, como si hubiese encontrado de pronto un mejor trabajo o se lo hubiese tragado la tierra. Quién sabe...? cuando ella trató de saberlo, no encontró por ningún lado, ni en la agenda de su mamá, ni en la suya propia ni entre sus libros, el número de su teléfono.

-"Te digo que quizá nunca llegamos a saber las razones por las que la gente hace algunas cosas. Las intenciones con las que se mueven o se manejan las personas quedan eternamente ocultas para nosotros y para la mayoría de los que las rodean. Muchas de las cosas que hacemos las hacemos sólo por distracción, por entretenimiento, por diversión, por pasar el rato, *just for fun*, como dirían; como el gato que juega con una bola de estambre o el perro que se entretiene ladrándole al balón de futbol que pateó inconscientemente, a pesar de que su inteligencia le dice que es un objeto inanimado, pero él continúa ladrándole y haciéndose para adelante y para atrás como si fuese a atacar o a ser atacado, hasta que se cansa. Así, nos empleamos de repente en actividades cuyo único provecho inherente es el de la satisfacción que nos proporcionan por su capacidad de ocuparnos y entretenernos cuando las realizamos. El agente del FBI disfruta quizá más del espionaje y la vigilancia del probable mafioso, que de su captura, y el seguirlo con precaución, el poner los micrófonos ocultos en la lamparita de noche o el leer a distancia a través de los binoculares los movimientos de los labios del capo para descubrir qué dice y qué planea, representan para el agente tal emoción que quizá muy en el fondo llega a lamentarse cuando por fin lo atrapan y lo encarcelan. What a fuck!, and now what? What will I do tomorrow? Who will I follow next week?, no? O la esposa que sospecha que su marido la engaña con otra, y decide contratar a un detective para seguirlos o salir ella misma a hacerle a la Agatha Christie; en realidad no es la información en sí lo que le importa –porque si te pones a pensar, con base en su intuición femenina tan aguda, lo más probable es que ya sepa cuál es la verdad del asunto–, no es eso, sino la emoción, la aventura, lo desconocido, el internarse en una especie de argumento cinematográfico, o peor aun, telenovelero, siendo ella –a su

175

modo- la heroína, porque seguramente lleva tantos años de vida incolora y aburrida, que en ese momento la supuesta infidelidad le viene perfecta para sentirse viva, para sentirse joven. Pero es más que nada para eso; íntimamente toda esposa sabe que el resultado de su investigación es absolutamente innecesario porque hay de cuatro: o su esposo no está siendo infiel, o lo está siendo; si no está siendo infiel no hay problema, y si lo está siendo, o lo deja y termina la relación o lo tolera! Si lo tolera es porque lo ama demasiado, y si lo deja y termina la relación es porque en realidad no lo ama tanto como ella suponía, y si no lo ama tanto como ella supone, entonces para qué gastar el tiempo y el dinero en andarlo investigando?!, okey? mejor que de una vez se vaya consiguiendo un mejor partido y vaya separándose del tipo. Así que si consideras todo eso, lo que debería hacer esa señora - y cualquier otra al momento de la sospecha - es precisamente imaginar qué haría en el supuesto caso de un resultado u otro, y con base en eso decidir si se va o se queda, pero no andar haciendo papelitos de Mata Hari venida a menos o de Otelo en femenino, porque no vienen al caso. Pero como yo te digo, la finalidad no es ésa, lo que realmente busca esa señora es pasar el rato de una forma más entretenida. Así que muchas cosas, como ves, se hacen, las hacemos, nada más porque sí, por entretenernos, por experimentar; como aquél que tiene su vida tranquila, acomodada, prácticamente resuelta y para su desgracia o para su fortuna, o por lo menos para su entretenimiento, decide hacer algo que acabará sacándolo de esa comodidad, de esa tranquilidad, para sumergirlo en una serie de complicaciones y problemas que terminarán por destruirlo, llevándolo a realizar una serie de acciones que cambiarán completamente su mundo, las más de las veces para mal, y esto último te lo digo no necesariamente con algún tinte moralizador ni con segunda intención, eh? sino solamente como un hecho; y te digo que para mal porque esa persona seguramente se lamentará en algún momento de haber iniciado la serie de acciones que le cambiaron la vida y se lamentará en serio!, pero es lo mismo o por lo menos equivalente a lo que hace aquél que para bien o para mal se encuentra desarrollando febrilmente actividades o trabajos o tareas y de buenas a primeras decide parar, detenerse, terminar con esa euforia que lo mueve y darse un respiro o un descanso, sólo porque sí y fíjate, no te digo que porque se haya cansado, sino sólo ...*porque sí*! Just because! En ambos casos es como una necesidad inconsciente pero imperiosa de cambiar de ritmo, de ejercitarse en la posibilidad contraria, de romper con la inercia de su propia vida, siguiendo probablemente un afán de internarse en lo posible, que va a llegar a ser *imposible*, eh?, pero que la gente cree que puede llegar a ser algo distinto de aquello a lo que ya están acostumbrados, como siguiendo ese mismo tipo de atracción que mueve al ser humano a internarse en una oscura caverna o en una casa abandonada o en un inmenso mar sólo por la emoción, por ver qué se siente, por la inquietud de lo diferente y desconocido. No te sorprendas de lo de Silvia, probablemente está tratando de reubicarse o de darse un tiempo, o qué sé yo? probablemente está considerando opciones o haciendo planes o simplemente... viviendo... no te preocupes por ella. Está........ como tú".

-Como yo? —a él, todos los razonamientos y el corolario de la argumentación del licenciado Rafael Roca lo pusieron nervioso, percibía algo de amenazador en todo eso, no alcanzaba a definir qué o por qué; empezó a agarrarse los vellitos que le sobresalían del interior de la nariz- Qué te pasa?, para nada, es muy distinto, yo ando realmente buscando, conociendo, intentando cosas, no estoy...

-Intentando qué cosas? A ver, dime entonces qué cosas *exactamente* andas buscando con estas visitas? —lo puyó de nuevo el licenciado.

-Cómo que *qué* cosas? Pues... reconocer gente, amigos -el licenciado, cada vez más, tenía la sensación de que el músico le tomaba el pelo y le seguía ocultando los verdaderos motivos de sus visitas, de su viaje-... amigas..., salir de lo mismo, encontrar opciones, personas... no estoy detrás de un mostrador todas las tardes acomodando la mercancía y sonriendo como pinche bobo cuando una señora entra con su niñita de cinco años a preguntar si ya me llegaron los modelitos de calcetitas rosas con El Jorobado de Notre Dame en el tobillo; por eso me preocupa, por eso me preocupa... se le está yendo a Silvia ahí metida, lo que le quede de vida, haciendo algo que ni siquiera era lo que quería hacer, tú lo sabes, entonces para qué estudio una Licenciatura en Letras Inglesas? para qué? para nada? Es como estarse muriendo poco a poquito, en el mismo lugar, esperando nomás entre cuatro paredes, como si fueras una plantita en una maceta, a que te llegue el momento en que te seques o que alguien decida que ya estás muy vieja y fea y que hay que quitarte de ahí; yo no sé si está bien o mal, mano, pero yo nunca me imaginé a Silvia así-.

Algo en la manera de ser de su interlocutor le provocaba una cierta reserva y usaba en su conversación con él muchas menos majaderías y palabras soeces, las que por el contrario le brotaban espontánea y pródigamente en otras circunstancias, cuando se exaltaba. Era como si el licenciado Roca le mereciera un poco más de respeto, o lo incomodara; siempre tuvo esa aura de persona centrada o, supuestamente, "bien ubicada" en la vida, desde mucho antes de ser licenciado. O tal vez eso era lo que él recordaba del antiguo condiscípulo: un muchacho flaco de piel descolorida, atento con los maestros, pero no obsequioso, y casi siempre callado, como observando y aprendiendo, quizá criticando.

Pero en su actitud, al menos en aquella de hacía veinticinco o veintisiete años, no había signos de pretendida superioridad ni desdén para con los compañeros. Era uno más y así de simple. Tan uno más, que él no lo había conservado en la memoria. Su plática con él era casi como conocer a una nueva persona. No recordaba haberlo visto presentando exámenes extraordinarios ni a título de suficiencia y tampoco era de los primeros lugares ni de los que estaban metidos en la biblioteca todo el tiempo, que nunca se volaban una clase. Era como si siempre hubiera estado contento de no llamar la atención, o simplemente contento. Por lo menos tranquilo.

Caminaron un buen rato en silencio por el Eje Central. En ese lapso de reconsideraciones volteó a ver al licenciado varias veces, esperando que retomara la plática (sobre el destino de antiguos compañeros) que habían continuado en el restaurante después de iniciarla en su despacho (sobrio, pero infinitamente más elegante que el de Cruz Lugo; en el del Licenciado Roca se notaba buen gusto, dinero, sobre todo: éxito). La caminata conjunta después del café y la sobremesa, le dio tiempo de imaginarse al ex compañero como probablemente era antes: muy parecido al de ahora. Le dio tiempo también de ver las hordas de gente desesperada cruzando por Avenida Juárez, el montón de camiones con turistas frente al Palacio de Bellas Artes, el reloj apagado de la Torre de La Latinoamericana que, como todo lo demás, hacía mucho tiempo que no veía. Le dio tiempo de pensar que si el licenciado Roca, Rafa para los cuates, no le daba más nombres de antiguos condiscípulos, él no tendría ya mucho por dónde buscar ni muchas pistas por seguir, ni ganas. De hecho, había sido algo fortuito esa visita que acabó realizando por aburrimiento, incertidumbre y sólo ya por no dejar. El licenciado Rafael continuaba fumando y caminando con lentitud, enjuto y un poco encorvado, volteando a verlo a veces justo una fracción de segundo después de que él hubiera dejado de mirarlo.

La tarde aceptable de diciembre, que se manifestaba sobre el Distrito Federal –*"o había que decirle ya de otra manera?"*, pensó–, obsequiándoles unas nubes rosas, inconcebibles, primorosas, azuzadas por el sol poniente - defensoras del último reducto de claridad ante el avance de las nubes negras del veranotoño de ese año, mucho más lluvioso que los de costumbre –, lucía aun más en las tonalidades del cielo que se vislumbraba a lo lejos, rumbo al Monumento a la Revolución. Recordó los asombrosos atardeceres que contemplaba en la costa del Golfo y su intención entusiasta abandonada, como todas las otras, de tomarse un tiempo, exclusivamente para la contemplación, cada día de su vida.

Sintió nostalgia.

Le dio tiempo de agradecerle mentalmente a Pedro Galas el haberle proporcionado, el día de la atascada de pollo en el Kentucky, la nueva dirección de este hombre que, por lo menos y a diferencia de los otros que había visitado, parecía ecuánime, sólido, justo; aunque una que otra expresión de dureza en el rostro, una que otra palabra soez, unos cuantos chispazos en el movimiento de las manos y de los ojos le habían parecido curiosos y sorprendentes en alguien, por otra parte, aparentemente tan mesurado. Y era bueno encontrarse a alguien así aunque sólo fuera para admirarlo o pedirle la receta. Cuando estaba pensando, más que nada por decir algo para romper el largo intervalo de silencio, en preguntarle si él recordaba a un tipo, "muy famoso" por aquel entonces en la prepa, al que le decían El Pescado, y si sabía de casualidad qué había sido de él, el licenciado Roca se le adelantó:

-Mira, da lo mismo, cada quien con lo que quiera hacer, con lo que se le antoje y por las razones por las que se le dé la gana, okey? *No problem.* Lo importante es que estés a gusto o que estés planeando cómo estarlo; pero para morirte, da lo mismo cómo; para hacerte viejo, igual; da lo mismo si es yéndote a reventar cada viernes o todos los días, o si te gusta escribir o ser cura o sacerdote, o si tocas en una banda de rock o en la Sinfónica, o si te metes cubas, whiskies –le mostró el cigarro a punto de acabarse-, humo, heroína o equaniles en el cuerpo, y da lo mismo en qué te gastas el dinero, si te lo quemas en un carrujo, en videos porno, en ropa, viajes a Tahití o en acciones para la membresía de un club de golf, y por supuesto también da lo mismo qué vendes: música, asesoría, seguridad, sueños, hamburguesas, obras sinfónicas, como tú con ésas de los goles que me platicaste... o calcetines! Lo esencial es que te sientas bien o que estés tratando de sentirte bien, pero sin muchos aceleres, sin tanto retorcimiento, sin tanto argüende ni presiones, porque luego andas tan deseoso y tan apurado buscando el bosque, como dicen, que los árboles no te dejan verlo! Deja en paz a Silvia y que haga su vida como quiera, porque a lo mejor ella está muy tranquila y el que no puede encontrar la tranquilidad eres tú. A ti ya qué te importa lo que haga? Si ya hace tiempo que se separaron y por lo que me dices es un asunto definitivamente *encerrado*! A ti ya, que ni te vaya ni te venga, okey? Yo te agradezco la visita porque me dio gusto verte, cómo no me iba a dar?, y me la pasé muy bien en el Café Tacuba y me la sigo pasando bien ahora y cuantas veces nos volvamos a encontrar, pero posiblemente tú no vas a sacar mucho, como ya me lo dijiste, de las visitas que andas haciendo, si es que realmente las andas haciendo por las razones que me dices, eh?, porque ya pudiste comprobar que lo que había ya no está y lo que está no te gusta; si te encuentras a otro de nosotros lo más probable es que sea alguien muy distinto al que recuerdas, son muchos años... si era alguien buena onda y con los años cambió y se hizo malo y despreciable, para qué te lo quieres encontrar?, y si por el contrario era bastante zafio o vulgar y se volvió brillante o maravilloso, lo más seguro es que sea ya otra persona y le importe un bledo relacionarse ahora contigo, ni en cuenta te tomará. Can't you see?

-Oye, no tienes ni idea de qué pudo haber sido de aquel cuate al que le decían El Pescado?, te acuerdas? Era muy mentado, yo ya ni me acordaba de él, pero Marcial me lo recordó el otro día, no sabes qué fue de él? – preguntó porque ya había pensado hacerlo y para ganar tiempo y pensar qué le habría querido decir exactamente el licenciado con lo último, especialmente con las últimas palabras en inglés que no entendió.

El licenciado se volvió para mirarlo y detuvo el paso y la respiración, en la expresión de su cara había incredulidad, análisis, extrañeza, y un poco de fastidio y compasión:

-Me lo preguntas en serio?. O te estás burlando? De qué se trata?

El pensó que seguramente el licenciado Roca no daba crédito a su terquedad, a su afán de seguir visitando, reconociendo, desenterrando; pero bueno, ahí estaban y valía la pena de una vez sacarle lo que se pudiera.

-En serio –le contestó.

-Es en serio? –el licenciado era el que en ese momento se había puesto seco, inexpresivo, definitivamente *serio*.

El músico titubeó un momento para contestar y justo cuando empezaba a alzar los hombros y las manos para decir "por supuesto", el licenciado sonrió dejando salir el aire que había contenido, le hizo gracia, movió la cabeza y empezó a caminar de nuevo. Él lo alcanzó y caminó junto al licenciado durante unos segundos, un poco atrás, observándole la nuca, pero ya después no le dio tiempo más que de ver en la esquina con la Avenida Juárez, en la placa del nombre de la calle, las palabras: *Eje Central* (y recordó como en un destello, las mañanas de un otoño de hacía muchos años en que se iba con Galas a la azotea de la Catedral, al Museo Etnográfico y a esa Avenida, mucho más clara en aquel entonces, más vacía, menos ajada, y que aunque fuese difícil creer, era la misma que recorría en ese momento con el licenciado Roca, pero antes de volverse tan complicada, tan llena de puestos, de vendedores, de tiendas y tiendas de ropa con superofertas para pobres, de autos y más autos, cuando aún podía darse el lujo de llevar el nombre de un santo a cuestas: *San Juan de Letrán*), porque fue en ese momento, y tal vez por la distracción del recuerdo, por el peso de las consecuencias o por apocamiento, que casi sin darse cuenta y sin importarle dobló por la calle Madero y continuó caminando solo, dejando al licenciado Roca avanzar, a solas también, entre la muchedumbre que caminaba por el Eje.

Ya no le dijo que había ido a ver, también, a Blanca Ramírez y a Lugo en Veracruz, como no le dijo que había buscado también a Marga en Chiapas, y se calló lo de que había ido a buscar a Pili hasta Oaxaca y varias cosas más. Ni modo de salirle con que en su búsqueda   –o pérdida- había ido a encontrar a toda la gente conocida viviendo el deterioro de la decepción, en plena decadencia, y se sentía por eso como cayendo con ellos sin remedio en un precipicio sobrenatural (y cómo lo iba a hacer entender que a pesar de todo, todos esos palos de ciego eran para él algo mejor que lo de vender calcetines o dar clases de música, aburridas, eternas?); seguro que el licenciado empezaría a decirle que por eso mismo! Que no se preocupase, que la vida y las arañas y que el ying y el yang y que los yo-yo's y que todo debía ser como los chinos que dicen que siempre lo que hay que disfrutar es el camino más que el punto de llegada porque la existencia etcétera, etcétera, etcétera... pero *él* sí quería llegar definitivamente a algún lado aunque ya no sabía ni a dónde, y si bien el camino a esas alturas no le estaba resultando entretenido ni estaba apareciendo ya ninguna novedad, tampoco quería regresarse, a pesar de que en ese momento se encontraba, en su corazón, más cerca que nunca - desde que salió - de su adorada Temixco.

Y siguió caminando sin despedirse y sin regresarse para alcanzar al licenciado Roca, y sin tratar de darle ninguna explicación porque no conseguía dársela ni a él mismo.

Caminó como alelado, percibiendo dentro de sí, por momentos, pequeños chispazos de revelaciones mínimas que lo hacían sentirse bien a pesar del desencanto de su vida, a pesar del dolor; era curioso, eran como gotas de placer aquí y allá en varias partes de su cuerpo, disparadas por fantasmas, aromas, partículas de luz (recuerdos subconscientes?) que lo iban alcanzando y golpeando a lo largo de las calles que recorriera muchas veces en su juventud. Siguió caminando por Madero, con la luz del sol casi perpendicular a su espalda, el sol poniéndose por Las Lomas; avanzó hacia el Zócalo, hacia el Centro Histórico, y recordó cuando él, a finales de los setenta - cuando vivía por División del Norte, en la Ciudad Jardín, allá por el Registro Federal de Automóviles -, había ido al Centro a comprar un sintetizador Korg monofónico (de aquellos de los primeros que empezaban a venderse comercialmente con éxito en México), porque en la desesperación de querer hacer dinero y querer ser alguien para salir del bache, se le había ocurrido dejar por un tiempo su música clásica y la composición de sus obras sinfónicas para entrarle de lleno a la música popular y ver si podía darse a conocer, y se compró el sintetizador y un piano Rhodes y empezó a acompañar artistas de música pop en sus giras, y ahí andaba él dirigiendo los grupos de los imitadores de José José, Lupita D'Alessio y Denisse de Kalafe y tocando versiones al español de éxitos en inglés, como "I Will Survive", "Macho Man", "Y.M.C.A.", "Zodiac" y "Rasputín", vestido con unos pantalones de campanas gigantescas y dejándose crecer las patillas para recortarlas como si fueran orejeras de casco romano. Pero dejó de hacerlo casi en seguida porque como él decía, esa música le sacaba ronchas ("siquiera hubieran sido ondas como las de los Beach Boys, Fata Morgana, Jethro Tull, Kraftwerk o Procol Harum... por lo menos!" – decía) y lo que él quería era mejor seguir con sus Oberturas y sus oboes y sus fagots y sus clarinetes y sus cornos, hasta llegar a lograr el reconocimiento, aunque para eso tuviera que llegar a morirse de hambre, como casi llegó. (A morirse de hambre).

En el transcurso de los años siguientes llegaría a preocuparse algunas veces al pensar que tal vez había equivocado el camino y que tal vez nunca debió menospreciar esa otra música porque muy en su interior no le disgustaba tanto; porque tal vez su deseo de triunfar en la música clásica había sido provocado desde un principio sólo por el deseo de satisfacer las expectativas de su madre que nunca soñó con tener un hijo músico, ni Dios lo mande, pero que si ya iba a resultarle uno, por lo menos que fuera un músico de conciertos, así le dijo; porque a él nadie le aclaró antes, que la música –como la vida- *a los únicos que debe satisfacer es a nosotros mismos, y que lo único importante de la música, como de la vida, es que nos haga sentir, porque da lo mismo si escribes la sinfonía más larga de todos los tiempos pero no le sacas a nadie ni un puto sentimiento,* y porque quizá aquella música que despreciaba le habría permitido transmitir más y expresarse mejor – si no la hubiese prejuzgado bajo el criterio de terceros - que con el más logrado de sus "Huapangoles Sinfónicos. Lo importante es hacer sentir y, más que nada, sentir, y *aunque no sepas cantar vale la pena interpretar lo que se te antoje, porque se trata de sentir! qué carajo! y de nada sirve escribir páginas y páginas de pinches partituras si en el fondo de ti, en mitad de la noche, en la soledad de tu cuarto, ni siquiera te importa, ni a ti ni a nadie!*

Nadie le enseñó, nadie le dijo, que en resumidas cuentas el único importante, para él, debía ser *él*; para uno, uno mismo. Él pensaba que lo ponía en práctica, pero siempre lo había hecho de una manera estúpida. Ahora estaba empezando a comprenderlo, esperando que no fuese demasiado tarde. Empezaba a darse el lujo que creía privativo de los poderosos. Él, a su manera y aunque en ese momento al cruzar la calle de Motolinia le dieran ganas de llorar, iba a terminar por lograrlo. *Qué camino ni qué ocho cuartos! a veces puedes disfrutar, a veces no, pero lo importante es seguir y llegar y disfrutar* la llegada! *porque si no, para qué le sigues? chingada madre! Tiene que haber un pinche punto de llegada, y aunque te desubiques y todo se te desarregle, tienes que arreglarlo! porque un hombre tiene la posibilidad de descontrolarse, pero también el compromiso ineludible de volver a ubicarse, porque la única pinche obligación de un hombre, la única verdadera pinche obligación de un hombre es tratar por todos los medios de ser feliz y de estar en paz consigo mismo, no con su pinche jefe, no con su pinche madre ni con su pinche padre ni con su esposa ni con sus hermanas ni con sus hijos ni con la pinche gente, ni con el gobierno, ni con los presidentes, ni con Dios. Estar en paz* consigo. *Aunque sea en medio de la noche, aunque sea en medio del tráfico, estar en paz en medio del infierno, estar en paz aunque sea en medio de la guerra o del amor, que es lo mismo, pero estar en paz, y a veces, si no se pone uno abusado, ni con la muerte se logra eso! Eso sólo se consigue cuando uno llega al punto al que quería llegar!* Por eso, no le quedaba más remedio que seguir, dejar de escuchar los sermones de los "ubicados" y seguir y seguir hasta llegar al posible punto de llegada, a su tierra prometida, a pesar del potencial, peligroso desencanto final.

Y siguió caminando, sin darse cuenta que el Zócalo había quedado atrás hacía un largo rato. Y casi sin darse cuenta de nada. Perdido. A la deriva. Como en el momento en que el licenciado Roca estuvo a punto de decirle, ya fuera de quicio y obligado por la incredulidad, dónde se encontraba El Pescado, pero volteó y no lo encontró y después de preocuparse unos momentos por lo que podía haberle pasado a su ex compañero, comprendió que nadie lo había asaltado ni secuestrado y que seguramente tampoco había sido atropellado, sino que simple y sencillamente estaba más loco de lo que él mismo había supuesto y se había cortado o perdido para irse quién sabe a dónde. Lo más seguro era que a la chingada. Ojalá! Sintiéndolo más que nada por el otro y feliz

184

por las apariencias de no volverlo a ver, el licenciado Roca caminó hasta el estacionamiento de Donceles donde había dejado el auto, lo sacó y se dirigió a su casa.

Ya en ella se puso cómodo, se quitó el saco, se puso las pantuflas y la bata hindú y se acomodó en un sillón dispuesto a marcarle al que era su socio desde hacía diez años, Carlos Gómara, para comentarle el suceso del día, a que ni te imaginas el encuentro con el güey aquél que era novio de la Silvia, sí, la de la cara bonita y pestañas grandotas hacia abajo, sí, hombre! el mismo güey, The very funcking same, man!, el que una vez estuvo en el salón de Filosofía tocando en el piano de cola varias canciones rancheras y la preferida de El Chabelo, "la Bikina", para que El Chabelo y El Jarocho no se lo sonaran, y el muy güey debe haber enloquecido porque anda buscándonos a todos para no sé qué, te platica un rato de estupideces y se queda callado otro, y luego te pregunta pendejadas, no sabes ni qué creer, yo primero pensé que era tira, pero luego me di cuenta que sólo es un auténtico pendejo fracasado! desubicado... yo ya no sabía ni cómo quitármelo de encima, me dio lástima, se eternizó en su visita!, primero en mi despacho y luego en un restaurante y luego caminó conmigo y te quedas de a seis, se volvió loco! fucking crazy, man, acabó preguntándome por El Pescado, imagínate! ja, ja, y en el café donde platicamos hoy en la tarde me preguntaba si no tenía yo más direcciones y teléfonos de gente de nuestra generación, de la Prepa, para darle, pero ya mero le iba a dar yo el tuyo, sí, pues cómo no!, imagínate! para que te cayera un loco ahí diciéndote que yo lo mandaba......en serio, hombre, te digo que es el mismo! Nomás que mucho más viejo, lógico, y ya con canas, más que tú y yo y con la panza más grande que la tuya, ja, ja, ja, y cómo ves eso de preguntarme por El Pescado? gimme a break hazme el fucking favor! y lo decía en serio! Se volvió loco!! te digo... él mismo... el mismito que contestaba en las clases y sacaba buenas calificaciones, el que una vez se chingó al Takagaki, el mismísimo que fue al salón de Física a preparar la dizque "nitroglicerina" el día de la madreada para dizque volarles las tripas a los de la flota grande, ése, al que le decían "El músico", "El Beethoven", y al que ustedes, por lo apestoso de su aliento, le decían "El Charal", "Malaliento", "Maloliente" y muchas veces, por lo mismo... "El Pescado"!

CAPITULO XIX

Juímonos!   (Finales de Diciembre/1997)

Como le pasaba con tantas cosas tan frecuentemente, sintió unos deseos incontenibles de hacerlo justo cuando por las circunstancias le resultaría precisamente mucho más difícil. Pensó en Kelly y en lo atractiva que le parecía la idea de entrar de nuevo en contacto con ella, casi pudo sentir la tersa piel de la muchacha acariciando su mejilla a la hora de una de esas clases que tan tediosas le habían parecido en otros momentos. Recordó las tardes de lluvia torrencial en los gigantescos árboles y el ruido de las gotas en las calles empedradas, deseando por sobre todas las cosas estar entre las cuatro paredes del estudio donde le daba las clases a la adolescente, protegido de las inclemencias de la tormenta.

Pero todo eso habría sido mucho más fácil el día que pasó por Temixco, o cuando salió de la Catedral de Cuernavaca. Estaba ya en la Ciudad de México, a noventa kilómetros de Kelly y a punto de tomar otra carga para regresar a Zihuatanejo. Se guardó el dinero de sus honorarios en la bolsa del pantalón y pensó que tenía que pasar a recargar el crédito de su teléfono móvil para llamar a la secretaria de Jamín – debía comenzar a investigar-, o tan sólo para poder permanecer en contacto con la gente. Con qué gente? Era lo que no tenía muy claro, pero por lo menos, estaría localizable si Silvia, el doctor Takagaki y la secretaria de Jorge Toledano, intentasen llamarle. Fue a lo del celular.

También tenía que llevar el grandísimo camión de redilas a una pensión de servicio para que le hicieran una revisión mecánica y eléctrica antes del siguiente viaje. Decidió no hacerlo. Tenía cosas que pensar y decidir y lo que menos quería era andar caminando metido en el Metro mientras reflexionaba. Taciturno, manejó por Rio Churubusco y tomó por la Calzada Miramontes rumbo al sur. Al llegar a la esquina con el Periférico, desde el nuevo puente, pudo ver en todas direcciones, destacándose entre la multitud de anuncios monumentales, el montón de grandes logotipos de plástico de las franquicias y distribuidoras de las transnacionales: Mc Donald's, Burger King, Ford, Pizza Hut, Holiday Inn, Chrysler, Marriot, Dunkin, Kodak, Coca-Cola, Baskin Robbins y mil más multiplicadas hasta el infinito en el millón de sucursales distribuidas por todos lados; notó que muchas otras más iban apareciendo como por generación espontánea en ese mismo instante, mientras el camión avanzaba... y observó también las largas hileras de autos que transitaban a otro nivel, por debajo de él, en una marcha lenta y obstinada. Se los imaginó como pequeños insectos dirigiéndose en forma multitudinaria a su nido. Recordó otras épocas en ese mismo cruce, sin puente, sin tanto humo, sin tanto ruido, sin tantos *negocios* extranjeros, sin tantos autos, sin tanta gente. Pensó en las hormigas, en la superpoblación, en las especies en extinción..., en las épocas aparentemente antiguas pero tan cercanas en las que el hombre mataba sin miramientos ni consideraciones, sin proteger a algunas especies, apenas como un depredador insaciable al que sólo le preocupaban la satisfacción, la explotación y la comercialización. Época sin Greenpeace, sin movimientos de defensa para los búfalos o las ballenas. Para él, épocas doradas a pesar de su inconsciencia, brillantes a pesar de su incorrección, emotivas en su salvajismo. Épocas de sol...

Y qué más da? la raza humana como tal habrá de desaparecer. A quién le preocupa? Si ese día llega será de manera necesaria. Pinche gente. Haciendo sus manifestaciones pro-defensa del lémur de Madagascar, y mientras, en Somalia, en Bangladesh, en Kosovo, a la raza humana, porque los desgraciados de esos lugares también son raza humana *carajo, se la sigue cargando la chingada! Ya ni siquiera puede uno vestirse como quiere! Si te pones tu precioso abrigo de piel auténtica, de visón, de nutria, de mink, te tratan como si fueras un criminal y hasta de tomatazos te avientan los pinches dichosos "protectores" de los animalitos y de la "vida". "Salvemos a las focas"(!) Pinches güeyes! Yo nací en una época en que esas chingaderas no existían, al menos no como ahora, una época en que la humanidad todavía no se rascaba la cicatriz de Hiroshima y Nagasaki y vivía preocupada por otras cosas; qué iban a andar preocupándose por el pinche osito jamaiquino! Hasta el mismísimo cuerazo de Brigitte Bardot andaba más preocupado por exhibir sus curvaturas, glúteos y mamarias que por empezar a proteger a las especies, bueno, a la pinche especie humana sí la protegía, qué mejor forma de hacerlo que poniéndonos calientes a todos con sus labios, sus piernotas, su mirada y los movimientos de su pelvis? listos ya para comenzar en ese momento a perpetuar la especie!, ahí sí, para que vean! "Salvemos a los tigres"(!) Y quién chingados se importa con los condenados de Uganda?, los damnificados de la India? Quién se preocupa por todos ellos? Por los niños pobres, paupérrimos! de Perú, Honduras, Chiapas... del mundo entero? Una especie no se extingue cuando le matan a muchos, ni cuando le falta funcionalidad, ni por su degeneración o por su incapacidad de adaptación, sino cuando nadie la necesita. Sólo en ese momento, cuando eso pase, tendremos que preocuparnos. Mientras eso no ocurra, no hay nada de qué preocuparse. Cada cosa lleva en sí la solución, la genera. Y nosotros, sólo nos morimos cuando no le hacemos falta a nadie. Por eso me preocupo. Porque veo hacia todos lados y giro y giro y doy de vueltas y no encuentro una pinche alma en este pinche mundo que me necesite, unas pinches manos a las que yo les haga falta, un pinche par de ojos que me quieran encontrar, unos labios que se sonrían al verme... y me da miedo que en esa abrumadora inconsistencia de mi cuerpo, en esa banalidad de mi existencia, en esa deprimente eventualidad de no resultar necesario para el desarrollo de la vida misma, para nadie, esté ya la causa de mi muerte próxima; yo sí que estoy en extinción! Y la parte del género humano de los que son como yo!; y por qué me preocupa ahora si ya me andaba yo mismo dando en la madre? Porque a pesar de mi fallido intento y de mis pinches dudas y mis miedos, quiero vivir como todos una vida fuerte, valiente, vibrante, en technicolor! apasionada aunque no sea ecológicamente consciente, exultante aunque no sea médicamente sana, gozosamente plena aunque no sea nutricionalmente adecuada, grande aunque no sea el paradigma del fisicoculturismo, y feliz, aunque no sea políticamente correcta! Voy a defender mi pinche derecho (que es el derecho de todos!) a comprarme hoy en la tarde, al rato, tres Magnums 44, un revólver "cuarenta y cinco", cuatro AK 47, dos Berettas con silenciador, una Bazooka y cinco escopetas de cañón recortado, para traerlos conmigo o dejarlos en mi casa y reventarle el cráneo de un disparo al primer delincuente o asaltante que se me acerque viéndome con malas intenciones. Voy a montarme sobre el más bravo corcel y con una escopeta voy a cazar doscientos búfalos, ochenta y ocho armiños, mil ochenta ballenas y treinta y cinco mil focas para hacerme el abrigo más grande, chingón y original de la historia y pasearme por la Plaza Roja, por la Quinta Avenida, por la Calle de Alcalá, por los Campos Elíseos, por la Avenida Libertador o por la Avenida de los Insurgentes con una sonrisa de oreja a oreja y con mucho pinche orgullo y a mucha pinche honra escupiéndole a la cara a quien me critique. Voy a defender el derecho de todos los científicos del mundo a clonar y desclonar los seres que se les antoje, desde protozoarios hasta hombres y ángeles, porque el avance de la ciencia es uno de los principales instrumentos de la humanidad para sobrevivir y glorificarse y gracias a los Galileos, Pasteurs, Röntgens, Zworikyns y Bohrs de este mundo, hemos podido evolucionar, y hasta los pinches retrógradas cercenadores del progreso, enanos disminuidos cerebrales enemigos del hombre, pudieron tener vida, nacer! tan sólo por eso deberían estar muy agradecidos y callarse la boca, pues gracias a los avances de la ciencia pueden vivir y pueden despertarse cada día y tragarse un vaso de leche y unos huevos fritos y un jarabe para la tos y sobrevivir y hasta tener los pinches medios, periódicos y televisiones para salir con sus pendejadas de criticar a los nuevos pioneros de la ciencia y de pedir absurdamente, estúpidamente, inconcebiblemente que se detengan o limiten los descubrimientos e investigaciones químicas, médicas, genéticas!!! Pinches idiotas! cuando eso, eso es lo único que ha permitido al ser humano perpetuarse! el avance continuo (limitado sólo por su capacidad, nunca por los pinches castradores) de la ciencia! Voy a defender el derecho de todos, el mío, el mío, el mío y el de todos, de creer en Dios y llamarlo Cristo, Mahoma, Brahma, Quetzalcóatl, Vishnu, Buda, Agua, Trueno o Árbol! y de no ser perseguidos, atacados, juzgados, condenados o menospreciados por eso! Ni si creemos en todos juntos o en ninguno de ellos, dioses, líderes o símbolos! Voy a defender el derecho de Juan, Mombhasa, Igor, Tzen-tung, Zeca, Luther o como se les ocurra llamarse, a ser negros, amarillos, blancos, rojos, naranjas o morado eléctrico! (y hasta a cambiarse de pinche color si se les hincha) y a ser respetados, aceptados, queridos y nunca, nunca carajo!* nunca *y por ningún pinche motivo ni en ningún pinche momento discriminados por eso!! Áy! Cabrones! Voy a defender el derecho de Pedro y Manuel, de John y de William, de Gustav y Rudolf, de Annie-Ho y Rosie a casarse entre ellos y entre ellas en Hawai, París o en Estocolmo y en cualquier pinche combinación de sexos y razas que se les ocurra y se les antoje! A hacerse las operaciones de cirugía estética que quieran y a cambiar de sexo cuantas veces quieran sin que nadie se burle de ellos o los critique o los señale!! Voy a defender mi derecho a casarme con Mario o con María o con los dos. Voy a defender el derecho de Clinton a cogerse y joder a todas la zorras, gatas y perras que se le antojen. Y a que eso sea un asunto suyo muy privado. Como el de ustedes el suyo, pinches peatones, y el mío, muy mío! Voy a defender el derecho post-mortem de la Princesa Diana, la pinche mártir Diana a ser dejada en paz, aunque sea por una vez en su pinche muerte, ser dejada en paz! como tenía derecho a ser dejada en paz en vida, por los pinches buitres (mucho peores que pinches buitres!) que sólo saben ganarse la vida rascando en y jodiendo las vidas privadas de los demás! A ver! que vayan a tomarle fotos y videos y a hacerles entrevistas a sus pinches madres, hijas, hijos y mujeres cuando están cenando, yendo al baño o cogiendo! con otros y otras; que chinguen a su propia familia!, no a las de los demás ni a los demás! Ah! verdad? Aunque son tan mediocres y tan poca cosa que tal vez eso a ellos sí les gustaría: tener ellos y sus familias un poquito de la atención de los medios, tal vez con eso ya no chingarían ni perseguirían a los demás, porque así sentirían que "existen" aunque sea por momentos, superarían su frustración y dejarían de chingar al prójimo! Voy a defender el derecho de mi hermana, de mi novia y de tu tía y de tu hermana a tener los hijos que quieran y cuando quieran, y a hacer con su cuerpo y con sus embriones engendrados lo que les pegue y se les venga en su regaladísima gana, en su regaladísimo útero, desde tenerlos hasta odiarlos , desde quererlos hasta expulsarlos entre sangre y tejidos. Sólo critica, juzga y pontifica quien no sabe, quien no sabe lo que es llevar una vida indeseada adentro, dentro del cuerpo y del alma, que va carcomiéndolo a uno y quitándole a uno vida y fuerza, monstruo a quien uno mismo alimenta. A ver, que lleven ellos cargando adentro (por nueve meses y luego para toda su vida) un monstruo así! Voy a defender el derecho de* todos *los niños del mundo a comer tres comidas ricas cada día porque si no, para qué chingados los pusimos en este gigantesco globo azul de pantanos y de mierda? Voy a defender el derecho de Kevorkian a llevar adelante la eutanasia, y el derecho de cada persona en este universo a morirse cuando y como se le antoje, porque sólo cada quién sabe y conoce su pinche propio infierno! Voy a defender el derecho de la mujer, de los hombres y los gays a disfrutar del sexo y a hacerlo con otras mujeres, otros hombres y otros gays, o con un falo electroplástico, con un perro, un caballo, un cabello, y cuatro changos...o chongos! Voy a defender el derecho de mis pinches amigos a sembrar su propia hierba y consumirla y a ser felices como puedan en sus pinches paraísos químicos, y a entrar en cualquier super-rechingón éxtasis, si así lo quieren! Sí, sí, sí! Voy a defender mi derecho (nuestro derecho) a arrancarles las aletas a dos mil tiburones para prepararme la sopa de aleta de tiburón más chingona y suculenta que la historia de la culinaria haya conocido desde los tiempos de la dinastía Ming. Voy a defender mi derecho a tragarme los tacos y las hamburguesas con la mantequilla con más colesterol que encuentre en el mundo, en el pinche universo, o a seguir el ejemplo de Marlon Brando para untársela yo a la nieta de María Schneider en el centro mismo de su redondeado culo, o en donde a ella y a mí se nos antoje! Voy a celebrar la vida de la forma que pueda o como ella se deje pero cada día más y más sin saber de trabajos y de engaños. Porque es una pinchurrienta mentira que trabajando ocho pinches horas diarias cinco días a la semana durante treinta pinches años para un patrón–cacique–hacendado–propietario, el mismo dueño, además, de la tienda de raya donde compro mis pinches menjurjes mentolados y mi papel del baño, trabajando y trabajando, mentira que trabajando y trabajando y ahorrando en mi banquito o en algún fondo de pensiones voy a lograr ser rico y feliz. Porque es mentira que si me callo hoy me escucharán mañana! Nadie va a darme nada y aunque me corresponda por mi propio derecho, las más de las pinches veces hay que pedir las putas cosas a trancazos, aunque sean las de uno! Por eso no me engaño ni me engañan, y si no tengo tamaños ni carácter ni constancia para hacer maravillas de los desechos de vida con que nos dotan de pequeños (y que arruinamos poco a poco durante años), por lo menos me queda un poco de conciencia y de ganas de gritar y pedir y reclamar por mis derechos y los suyos, pinches hormigas y escarabajos del mundo, uníos! Griten como yo estoy gritando eufórico dentro de este pinche camión, por lo menos manejen un camión de redilas enorme como yo y no un pinche carrito!...y aún me queda también algo de ganas de celebrar un poco, no la desilusión ni el desencanto ni el fracaso, sino esta buena cantidad de años en que ni el pinche parto ni el pinche sarampión ni las pinches paperas ni la pinche caída del árbol ni mi pinche madre ni mi pinche padre ni la pinche rabia ni la pinche escuela ni los pinches porros ni los pinches ladrones ni mis pinches parejas ni los pinches soldados ni la pinche policía ni los pinches granaderos ni los pinches maleantes ni los pinches ataques ni las pinches mujeres ni las pinches envidias han logrado darme en la pinche madre del todo, aniquilarme; vamos, todos estos años en que* ni yo mismo, *aun queriendo a veces, y a veces con más frecuencia e intensidad que otras, he logrado apagar la luz definitivamente; mi corazón ha latido casi mil seiscientos* millones! *de veces y a pesar de todo eso y de todo en contra y de todos los pesares, he logrado conservar todavía un poco de energía, de lucidez o de terquedad para intentarlo de nuevo, y como así lo creo, vale la pinche pena celebrarlo! Celebrar la vida, celebrar la sobrevivencia... y volver a celebrar la vida!! Volver a celebrar la pinche vidaaaa!!! El pendejo nos es el que sigue buscando el oro, ni el que sigue estudiando o investigando, ni el que sigue comprando su billete de lotería cada semana ni el que sueña en volverse a enamorar y confía en que ese nuevo amor será el bueno, tal vez el único. El pendejo, el que verdaderamente está acabado es el que ya no quiere hacer nada de eso. El que ya no cree. Y yo todavía creo. Y yo todavía quiero, carajo! y sé que todavía puedo! No hay desánimo que no se cure con un pinche trago, o una película, un joint, un libro o un revolcón! (aunque frunzan el ceño los recalcitrantes intelectuales izquierdistas, socialistas irredentos que se niegan a admitir su propio fracaso, ante esas prácticas supuestamente enajenantes, hijas del capitalismo), no hay desánimo que aguante, no Señor, tres pinches golpanazos de Tequila y un mariachazo con los pinches acordes iniciales de "Caminos de Guanajuato". Siempre, en cualquier momento (sólo es cuestión de hallar el modo), tenemos* toda una pinche vida por delante! *Y eso hay que celebrarlo, carajo. ahorita mismo! En un pinche descuido y en tres*

horas estoy en carne blanda y con una morenaza de ojos zarcos en el
regazo y metiéndole los dedos por abajo! Celebremos, carajo! Pinche
Xochimilco, échale, échale!! Aay-ay-ayyy!!, ahí te voy!

Llevado por la inercia en la dirección que ya llevaba, ése era el lugar
más próximo y más propicio para desfogar su más reciente y alucinada
exaltación.

Estacionó el camión de redilas en una calle cerrada cerca de los
embarcaderos y caminó lentamente, observando a los jóvenes de las
escuelas que pasaban el rato riéndose y empujándose, platicando de sus
cosas, criticando el mundo y soñando con cambiarlo y ser ellos los que
llegarían a construir una sociedad a su antojo, adecuada a sus
necesidades, maravillosamente funcional - justo como él en sus tiempos
de estudiante, en calles como ésas, con compañeros como ésos, soñó en
realizarlo. O, quién sabe? también se le figuró que estos jóvenes no
criticaban tanto ni estaban tan inconformes como él a esa edad. Pensó
que además de ser el reino de la adolescencia, era éste el reino de la
inconsciencia. Pasó por entre los puestos de aguas frescas, entró en una
cantina, bebió medio litro de pulque y salió con dos botellas de Tequila,
una de curado de apio y dos de Mezcal, que compró con descuento; en
un puesto ambulante de tacos, un poco más adelante, compró tres kilos
de carnitas, uno de chicharrón, un litro de guacamole, salsas verde y roja
y dos kilos de tortillas. Alquiló una chalupa grande para él solo, por seis
horas, y negoció con un mariachi para que amenizara su muy particular
y privada fiesta flotante. A punto de embarcarse invitó a una muchacha
de servicio que se encontraba cerca y que se había quedado mirándolo.
Le dijo vente mi reina, vamos a festejar; pero a pesar del mariachi y la
actitud segura del hombre de cabello largo que le sonreía tratando de
resultar simpático, ella no se animó.

Así que la chalupa partió sólo con él, con el que empujaba y con los
siete del mariachi a bordo. Antes de ordenar al grupo musical que tocara
la primera pieza y de destapar la primera botella de tequila, meditó un
poco sobre la decisión que necesitaba tomar y sobre lo que haría al día
siguiente. Pero el hambre le estaba apurando. De cualquier forma, más
que meditado, lo tenía ya casi decidido a golpes de la más pura
emotividad.

Cuando las mujeres vendedoras de la orilla y los otros trabajadores del embarcadero escucharon las notas de "El Son de la negra", supieron que la fiesta privada del solitario y extraño individuo que había llegado con sus cinco botellas bajo el brazo, había empezado ya. Pidió que le tocaran "El siete leguas", "Cielito lindo", "Cucurrucucú paloma", "Caminos de Guanajuato", "La Bikina", "Vaya con Dios", "El huapango torero" y muchas más – hasta "El Caballo Blanco", que sólo conocía de oídas por lo que Takagaki le había dicho –, pedía y seguía pidiendo, pagándole al trompetista cada vez que terminaban de tocar una pieza y sintiéndose tan poderoso como los Gómara cuando eran ellos los que solicitaban y él quien interpretaba las complacencias en el piano.

Invitó a los del mariachi a la taquiza pero no compartió con ellos el alcohol porque él lo necesitaba más y ellos llevaban por su cuenta una botella. Después de los tacos siguieron los tragos –ya sin limón ni sal- y las canciones románticas y lloronas: "Cielo rojo", "Tres días", "La que se fue"... Trató de cantar algunas junto con el mariachi pero no se sabía las letras completas y sólo coreó ciertas partes o tarareó las líneas melódicas de los violines y las trompetas mientras intentaba guardar el equilibrio entre los balanceos del agua y de su borrachera. Hasta le pidió prestado a uno del mariachi su sombrero.

El efecto de los dos litros de Mezcal y los dos de Tequila junto con la empanzurrada de las carnitas lo dejó noqueado a bordo de la chalupa, incapaz de despertarse, tirado boca abajo en la atmósfera húmeda de la madrugada nublada de Xochimilco, una vez que los mariachis se fueron y el remero no consiguió sacarlo de la embarcación.

A las siete de la mañana del día siguiente, despertado por el trajín de los comerciantes tempraneros y por el perro que después de orinarle los pantalones le lamía la boca, intentó durante tres horas, caminando por diversas calles, encontrar el lugar donde había dejado estacionado el camión de redilas.

Alberto Gómara habría podido librar el atentado si no hubiese estado distraído hablando con uno de sus subalternos, asignándole la tarea de seguir e investigar a fondo al ex-compañero de preparatoria que andaba buscando a varios de los camaradas que habían optado por dedicarse al narcotráfico. A él no le convencían las explicaciones simplistas que su hermano Carlos, influido por el socio Rafael Roca, le había sugerido. Sonaba todo demasiado absurdo, demasiado bobo, demasiado simple para ser verdad. Tenía que haber otra cosa.

-Qué, ese cuate, el tal "Pescado"... "Malaliento", es de la DEA? o qué, Don Alberto? –dijo el guardaespaldas, quien cambiaría sus actividades durante algún tiempo para dedicarse a sacar en claro qué se traía el güey ése de las visitaditas a los cuates.

-Yo no sé, "Camarón" –contestó preocupado Alberto Gómara-, pero de eso se trata, de que me lo investigues, y rápido.

Cuando Alberto Gómara se inclinó para dibujar en una servilleta la ruta aproximada que según los datos proporcionados por el Doctor Takagaki había seguido el viajero preguntón desde Tijuana hasta Oaxaca, y mientras el licenciado Roca le contaba a otro de los hermanos sobre las ventajas de usar el Estado de Colima para meter por ahí al país metanfetaminas y drogas sintéticas transportadas de Alemania, India y Tailandia, empezó la balacera. Los cuatro hombres de negro que se habían colado por la cocina salieron al salón de baile ya vestidos y emperifollados ahora con capas de colores ondeando arriba de sus suéteres de cuello de tortuga y máscaras de luchadores para no ser reconocidos. Dispararon sus metralletas hacia todos lados, potentes descargas que despedazaron el festejo y pintaron de rojo, y de los colores de la comida del banquete, el piso y los manteles. Ahí estaban: El Santo, Blue Demon, Huracán Ramírez y una de las Mil Máscaras, acabando, al ritmo machacón del contratiempo, las guitarras eléctricas y la voz profundamente grave y seductora de Barry White en su "Nunca renunciaré a ti", en un episodio surrealista, con los novios, el pastel, las suegras, los elementos de la orquesta que en ese momento descansaban, los meseros, y con los Johns Travoltas, Glorias Gaynors, Barrys Gibbs, Amis Stewarts y uno que otro Barry Manilow que, en otro de los despliegues del característico "buen" gusto *camp* de la más particular alta sociedad jalisciense, tomaban vida de las personas que habían sido invitadas a esa boda "seventies fashion" con el único requisito de que asistieran vestidas en el más puro estilo de cualquiera de los artistas y cantantes que definieron la década de los años setenta – cualquiera, desde Olivia Newton John y su pelito, hasta Gene Simmons y sus brillos y sus zapatotes de plataforma y su lengua larga larga y Johny Rotten y su saco de arlequín.

Cuando los guardaespaldas de los Gómara reaccionaron al ataque que Raúl Tena y sus secuaces habían orquestado junto con Blanca Ramírez para vengar la muerte de Pedro Tena, tenían todos ya una o dos balas en el cuerpo y no pudieron hacer mucho antes de morir. Una bala, una sola, salida quién sabe de dónde, le entró curiosa y fatalmente por el oído a Blanca, que había insistido, por la tremenda excitación sexual que le provocaban las ejecuciones y para su mala suerte, en estar presente como espectadora en el momento de la matanza.

Alberto Gómara y su hermano menor quedaron recostados sobre la mesa, desangrándose por una línea continua de agujeros a la altura del esternón. El licenciado Rafael Roca, muy *kitsch* en su traje de dos colores estilo Raúl Astor, con saco brillante, corbata de moño morado y toda la cosa, cayó, con las mejillas y la mano con la que estaba fumando su cigarro perforadas, junto con Carlos Gómara, en el mismo lugar donde antes de hablarle de lo de Colima, había estado contándole a su socio, el ex procurador de justicia capo del narcotráfico, que once anclas tiene un barco gringo por aquello de "*y...leven*" anclas! Al lado de Alberto Gómara, en el piso, bajo la mesa que lo había protegido de las miradas de los asesinos pero que no logró detener ninguna de las balas dirigidas a él, quedó el cuerpo abatido, aflojado - sin el menor rastro de miedo a morir por ninguna terrible enfermedad pero con los ojos angustiados de verse sorprendidos por una muerte mucho menos paulatina que la que sufrían-, el amasijo de huesos y pellejos sidosos del Doctor Takagaki.

Esta vez no pudo avisarle del peligro a su admirado Alberto Gómara, no como lo había podido hacer muchos años atrás, el día de la expulsión de la flota grande de la Prepa.

A su lado, embarrada en su vómito, con tres balas en la frente, estaba la mujer que adoraba la canción que para ese momento aún se podía escuchar saliendo por entre las pocas bocinas desvencijadas del sistema de sonido que habían sobrevivido al tiroteo, pero que ella sí ya nunca más escucharía, la cuarentona morena de pestañas caídas a la que tardarían quince días en identificar como Silvia Ramos, de Pachuca.

Allá en Pachuca, la madre y el esposo de Silvia no pudieron comprender qué andaba haciendo Silvia en Jalisco cuando se suponía que estaba en la Ciudad de México; como tampoco había podido comprender la madre por qué tanta insistencia de aquellos tipos que habían ido a buscar a Silvia hasta su casa tres semanas antes, en localizarla, en saber cosas de ella (aquellos que descubrieran su teléfono en la memoria del re-dial del teléfono celular del músico en el retén de Baja California); y como nunca comprendió la esposa de Takagaki que en realidad el doctor no la había querido llevar a la boda, porque además de que prefería ir con Silvia - su amante y cariñosa Silvia -, él iba al festín más que nada para resolver de una vez por todas con el mayor de los Gómara, el asunto aquél del "viajero" que seguía yendo a visitar cada vez a más y más gente de los cárteles.

Al pasar con su camión de redilas por la esquina de Insurgentes y el Eje 8 vio los Multicinemas –diez? catorce? veinticinco? treinta?- en que habían convertido al antiguo Cine Manacar. Recordó la época en que los cines eran vastas naves que albergaban a cientos, miles de espectadores dóciles, para conducirlos en medio de la oscuridad hacia el ensueño: todo un rito de la mística de los nuevos dioses, inmensas salas con personalidad propia, figuras mitológicas griegas, estatuas, palacios chinos, estrellas en el cielo raso, auditorios enormes en los que a él todavía le había tocado ver reestrenos como "Lo que el viento se llevó", o las primeras corridas de "2001 Odisea del espacio", "El Padrino", "007 contra Goldfinger" y "Barry Lyndon", Era de películas en las que el dramatismo y la emoción se conseguían con una buena dirección, estupenda fotografía, actores talentosos y un guión consistente e interesante, no como en esta Era, la de su quinta decena de vida.

Lo que el viento se llevó fue precisamente todo aquello, y el polvo de los residuos quedó convertido ya ahora en pequeñitas salas de exhibición hechas en serie, pintadas iguales, numeradas, con capacidad cuando mucho para algunas decenas de espectadores y –eso sí- altavoces que permitan reproducir los golpes de los efectos de sonido a mil decibeles para que el público se espante con el cerrar de una puerta o un suspiro en la pantalla, aunque ni venga al caso.

Ahí, frente al enorme cascarón que ya no se llamaba Cine Manacar, justo a la mitad del cruce, detenido en el semáforo en verde por el inclemente tráfico del Máxico de los 90's, recordó de golpe, en un solo recuerdo, mil recuerdos: el Cine Río, los pechos de Libertad Leblanc, los globos mamarios sensualísimos de Zulma Faiad, los bikinis de Rosa María Vásquez y Nadia Milton, el monokini de Meche Carreño, las miradas llenas de ternura de Silvia cuando tenía diecisiete años y se moría por él, las fantasías románticas de Pedro Galas, las tardes con Silvia en el Cine Opera, en el Diana, en el Roble, en el Chapultepec, haciéndole Silvia con su mano izquierda lo que él se había hecho con su propia mano derecha hasta esa edad, Dudley Moore enamorado de su"10"; el "Bolero" de Mauricio Ravel y la "Marcha Eslava" de Tchaikovsky fondeando su plática con Galas en el Museo Etnográfico con el agregado rítmico de los pies de los danzantes a un costado de Catedral, "Bo" Pilar en una nube lila sobre el pupitre de "Dudley" Pedro, Pilar en ciudades y en cuartos de hotel en los que nunca la vio, pero que debieron haber sido así y eran precisamente así, como en el recuerdo de su plática en Oaxaca con la ex modelo que en esos cuartos le pedía, le rogaba hasta hincándosele, a su novio italiano que no la abandonara, Silvia esperándolo en una parada de camión en Xola para irse con él después como turistas felices en minibús panorámico viendo el Hotel de México eternamente en construcción y los relieves de lámina del Polyforum Cultural Siqueiros, y luego por todo Insurgentes hasta la parada entre Asturias y Río Mixcoac y bajarse y caminar los dos hacia el cine donde esa tarde de principios de los ochentas, antes de encontrarse con Eduardo Bermejo y sus donas, llegaría él a comprender por qué para Pedro Galas había sido tan importante buscar a la mujer ideal, sin importarle la espera ni las consecuencias ni el resultado final de esa búsqueda; recordó también al profesor de Matemáticas en el piso de "La Vecindad", cubierto como se cubre a los muertos, a El Chabelo y su cara de niño y a esa cara de niño que también tuvieron Galas y él en su momento y al niño de la Sierra de Chihuahua y a Wilfrido y hasta a la niña en brazos de la guerrillera. Recordó en el mismo recuerdo – coronada con un rebozo multicolor a la manera de una virgen tecpaneca, primorosa - a su Xóchitl adolescente, entregada, cariñosa, sonriéndole al lado de la maqueta con la reproducción fantástica en miniatura, iluminada, entre cristales, de Tenochtitlan en la estación Pino Suárez del Metro, la música que a él le encantaba oír en aquella época - "Hello, it's me" de Todd Rundgreen- cuando llovía y él se pasaba las tardes en su cuarto estudiando el piano, oyendo música y soñando, soñando...... la escena de Butch Cassidy donde Paul Newman andaba con la muchacha en bicicleta con el fondo de "Gotas de lluvia sobre mi cabeza", que a Silvia le gustaba, la forma en que Silvia, siempre tímida en aquellos años por sus críticas y represiones, "entonaba" acomplejada – con dedicatoria especial para él, cantando bajo y desafinada pero en muy buen inglés junto a los columpios y resbaladillas de Chapultepec, bien alegre en el subibaja al alcanzar a ver en el momento más alto el agua, los patos y los caballetes de las clases de pintura junto a la Casa del Lago y por encima de las copas de los árboles hacia el Norte, ningún edificio arañando el cielo azul-, disminuida en su ya de por sí mínima personalidad, aquella canción, la cabeza de El Melenitas rebotando contra el piso de piedras de la escuela al ritmo del contrabajo rústico de tina de hoja lata de un blues improvisado, y a Blanca Ramírez con la cara de Blanca Ramírez pero los senos, el abdomen y las piernas de Sylvia Kristel (hasta oyó él en su cerebro el principio de la canción "Emmanuelle") *Emmanuelle*, Blanca chiquita, del tamaño de una Barbie, como de plástico, mas viva, bien viva, moviéndose dentro de la mochila de primero de secundaria que él llenaba a veces con partituras de Haydn, Clementi y Schumann y libros de solfeo, y otras con revistas de muchachas en trajes de baño, de ninguna manera pornográficas, pero efectivas, y que a él en esa edad y aquellos años, lo hacían soñar, como a Galas, con su mujer ideal, en su caso, la que nunca había llegado, porque en esas tardes de besos en el cine y en esas mañanas de caricias en la Secretaría de Educación Pública él había descubierto la importancia del amor, lo devastador de una caricia, la supremacía del ser adorado, pero nunca, jamás, se enamoró. Y por eso recordó en el mismo recuerdo a su amigo Pedro y a Pilar y a Silvia y a él mismo y a los sueños de cada uno de los cuatro, porque se le vino de golpe a la mente lo que siempre intuyó pero siempre se negó a aceptar: que el amor, como la gente lo entendía, a pesar de todo lo sobado del asunto y de tanto argüende y de lo sobrevalorado que estaba, no valía la pena, porque era sólo un espacio de angustia entre la ilusión del afecto y las lamentaciones del fracaso.

Así como Pedro Galas se había prometido siempre que no descansaría hasta encontrar a su mujer perfecta, él tenía su propia e íntima promesa: si al llegar a sus cuarenta años, más o menos, no había conseguido nada importante ni especialmente significativo con la vida más o menos ordenada, hasta cierto punto correcta, que llevaba, él lo entendería como una especie de señal divina, como un timbre de alarma que le haría intentar la otra opción, el riesgo, el vicio, la maldad, quizá robar bancos, asaltar joyerías, introducirse en un departamento de lujo en Lomas de las Palmas para saquear desde cuadros de Tamayo hasta estéreos Bang & Olufsen, dejaría de rezar de vez en cuando, olvidaría las buenas maneras que aún le quedaban, comería y bebería hasta reventar, chingaría por chingar. Algunas de esas cosas ya las había empezado a hacer, y desde antes.

Cuando recibió la noticia de la muerte de Jamín pensó que el momento de detonar la existencia había llegado, pero en su profunda educación católica, que le había traspasado los poros más que el cerebro, y todavía afectado por las falacias del consumo, había decidido hacer un último intento para mantenerse dentro del camino de la corrección. Quiso destapar la olla de presión del pasado sin importarle cuáles fuesen las consecuencias. Quiso ver otros caminos, otras opciones de vida, otras formas de llevar la existencia, otros destinos - aquéllos que serían los más significativos para él: los de sus compañeros de juventud, que habían sido como él, tan normales como él, los de su mismo medio, los de su misma materia-. Pensó que tal vez encontraría en algunos de ellos el ejemplo del tipo de camino que debía él haber seguido para hallar la felicidad, o, por lo menos, la estabilidad. Quiso darle una última oportunidad a los buenos consejos de siempre, analizando antes de seguir, profundizando antes de cambiar, viendo en la realidad y frente a él, para que nadie le contara, el resultado de esas otras maneras de ser, de planificar, de vivir. Y así, se había comprometido en su primer viaje, el más extraordinario ejercicio de la inercia que en su vida hubiera conocido.

Aun después de entregar su primera carga de mercancía como camionero profesional no estaba muy seguro de que para él hubiera llegado el momento de volverse el "malo" de la película. Pero lo seguía entendiendo como una opción posible y quizá hasta razonable en esos momentos en que el mundo le parecía haberse puesto de cabeza, o tal vez pasaba que en realidad por primera vez había visto el mundo como era. Ahora él disfrutaba de un poco más de tiempo y libertad. Libertad que él mismo se había tomado, tiempo que él mismo había reclamado para sí en un intento por poner las cosas en claro. Pero las cosas, como él mismo lo entendía, le resultaban menos claras que nunca, tanto aquéllas de atrás, de lo que ya había vivido, como ésas de su insospechado presente. Sentía que no quería volver a lo mismo, o tal vez ya no podía. A veces se conoce el camino de regreso pero uno ya no es capaz de transitar por él. Sentía muchas ganas de intentar nuevas cosas, pero no sabía a ciencia cierta cuáles. Sentía que inclusive para ese "mal", que se le antojaba hacer como una forma concreta de rebeldía, como una opción desesperada y definitiva de vida (ésa sí tal vez fructífera), y de devolución al mundo de las propias "cabronadas" que el mundo le infligía – para conseguir por medio de eso ir más allá de las malas palabras que utilizaba cuando se enojaba -, todavía no se encontraba capacitado; en sus pocas y claras palabras: *no tenía los huevos suficientes ni para eso.*

El contacto con Takagaki, con Lugo, con Marga, con Pilar, con todos, lo había desgastado demasiado, y estaba todo todavía tan próximo, que tal vez hasta dentro de algún tiempo podría sacar algo en claro, algo positivo de todo ello. Había optado por no ver a Michel Bartres para no despertar inquietudes en él mismo que hicieran renacer aquellas otras de su juventud y que complicaran todavía más el aspecto emocional de su fracaso. Lo mismo podía decirse de El Pescado. *Mejor ya ni moverle. Para qué?* Había decidido también dejar en paz definitivamente a Toledano; el rico licenciado era quizá el ejemplo que le había faltado localizar , ver, testimoniar, admirar para volver a tener un poco de fe en lo positivo del trabajo arduo y el esfuerzo continuo con miras a conseguir el éxito en la vida... pero su padre era rico... ...y ante sus propios ojos le resultaba patética su actual situación, porque visitar a un ex compañero (triunfador, sano, bien parecido) a bordo de un Shadow viejón, pero propio, y siendo uno prácticamente su propio gerente por trabajar como maestro de clases particulares de música de manera independiente, pasaba; pero llegar con eso de que ahora soy trailero, acabo de empezar, a esta edad, yo, que fui el ejemplo del estudiante inteligente de la clase, artista sensible y toda la cosa y ahora reparto verduras, refrescos y pastelitos y pasó a cobrar a la ventanilla número cuatro mi sobrecito de plástico... no, eso así ya como que no. Además, como pensó cuando platicó con el licenciado Lugo: lo incoloro y lo mediocre se pegan, no fuera a ser que él acabara por llevarle la mala suerte al flamante empresario Jorge Toledano.

Reconoció en el fondo de sí, allá, casi en el subconsciente, que la razón para haber decidido no pasar a su casa cuando cruzó por Temixco, camino a Cuernavaca y a la Ciudad de Máxico, unos días antes, fue el miedo de sentir la incomodidad de siempre: cero cartas en el buzón, cero comunicados de la Filarmónica, cero mensajes en el cassettito de la contestadora automática. Cero.

Se sintió desahuciado. Hay gente que dice que cuando no se sabe qué hacer, lo mejor es no hacer nada; él pensaba que lo mejor en esos casos era hacer cualquier cosa, porque la misma inercia del movimiento podría llevarlo a uno hacia algún punto insospechado, hacia cosas, reacciones y eventos positivos. Pasó días vagando por la ciudad, durmiendo en el camión. Buscaba una calle ancha y tranquila, en una colonia no muy elegante ni residencial, para no despertar sospechas (se negaba a la idea de tener que presentar a la autoridad sus documentos falsificados), paraba el camión de redilas y a dormir. A veces, sin sueño, pasaba horas viendo a las personas, los autos, las casas y edificios, alguna cascarita de fut entre trabajadores nocturnos o muchachos de barriada... él, absorto, como estatua, como monumento al camionero en una sola pieza con el vehículo, de piedra los dos, viendo al frente...... viviendo –como se decía él- *a lo pendejo*, sin aceptar ni querer reconocerse que "a lo pendejo" había vivido desde que nació, y no lograba, simplemente no sabía, vivir de otra manera. Se contrató para su segundo servicio de transportación, esta vez de la Ciudad de Máxico a Querétaro. Llevaba gansitos, cotorros, pingüinos, panditas, tortugas, mamuts y medio árbol genealógico de todas las especies de animales de dulce, caramelo y pan conocidas y por conocer en el futuro, todos *–(esos sí)-* animales en vías de extinción, todos empacados en bolsas grandes de plástico y cajas de cartón para su distribución y consumo -por su fecha ya vencida de caducidad- como productos defectuosos o de "segunda mano" en el

Bajío. Necesitaba dinero, tenía que trabajar; el año estaba por terminar y él quería, por lo menos, conseguir unos centavos para pasar el fin de año por el camino, como si anduviera de vacaciones; un balneario, algún punto turístico, un buen hotel estarían bien para recibir el año nuevo, cruzar la simbólica frontera temporal y llegar sano y salvo al otro lado, donde todo podría tal vez cambiar, ser diferente, mejor...

Tomó la recta después de la desviación a Tepotzotlán acelerando cada vez más y convencido de que trataría de llevar la mercaduría a su destino lo más rápidamente posible para cumplir y salir de ésa y seguir después con otra cosa.

Qué montonal de tráilers!. Tráilers por aquí, tráilers por allá. Tráilers por todos lados. Aserrín, aserrán... Ya ni esta pinche supercarretera es suficiente, debieron haber previsto el futuro! Verdad Jamín, verdad, Jamín? Pero quién puede hacerlo? Yo, por ejemplo, cuándo me iba a imaginar que a esta pinche edad andaría haciendo lo que hago? Cuándo me iba a imaginar que iba yo a ir a dar al meritito centro de los madrazos en Chiapas? Quién me iba a decir que iba yo a estar a punto de morir cavando mi propia tumba? Quién me iba a decir que a pesar de haber estado ese día tan temeroso de enfrentarme con la muerte llegarían días, como éste, en que casi pienso que hubiera estado mejor pararle a todo ahí junto al chavito Wilfrido? Pude haberle escupido a ese pinche Sargento y haberle mentado la madre y haberle demostrado que era yo más hombre que él! Chinga tu madre, chinga tu madre, chinga tu madre... Porque luego siento que me cuesta trabajo encontrar motivos y sentirme animado para seguir con esta chingadera... total, para lo que fui a vivir con Pilar y para lo deprimente que resultó todo con el Pedro Galas... lo vi tan solo que ahora que lo visualizo, hasta se me quiere olvidar la chingadera que su hija Paty y él le hicieron a mi cuate Jamín, tal vez Pedro ni supo muy bien ni qué onda y no pecó por malo ni por injusto, sólo por pendejo; hasta me hubiera gustado decirle mira Pedrito aquí está mi hija, quédatela y si quieres a mi esposa también, para que te consueles de tu pinche vida que hasta me late que está más pinche y triste que la mía.

Ay! Pero yo cómo puedo dar lo que no tengo? La vida no es ni lo que uno se imagina. Y lo sentí tan lejos toda la plática, que ni para qué decirle vámonos a echar unos tragos Pedro, consolémonos juntos. Él ya es otro pedo, anda en otra onda... pero a estos güeyes que hacen las carreteras les pagan para que planeen. Nuestros pinches impuestos les pagan para que planeen! Y bien! Cómo chingados no iban a poder calcular el tráfico que habría en algunos años entre Máxico y Querétaro? y principalmente de tráilers! Parece una pinche autopista de tráilers; si yo que vengo en un camión ya estoy hasta la madre, imagínate si viniera en el Shadow... qué bueno que lo vendí. Vendría yo peleándome con ese güey de Mudanzas Gou que viene hecho la raya y rebasando a lo pendejo y asustando a medio mundo. Carajo, hace unos segundos era un puntito allá perdido en la lejanía y ahora ya lo traigo aquí pegado, merece que alguien le haga un cerronazo y le dé el susto de su vida. De subida y de bajada de su pinche vida!, a mí ya me está latiendo como para que en la próxima recta que baja después de la curva le haga yo que se le aparezca San Peregrino, el Patrón de los pendejos del camino. Upa, upa... esta curva está peor que la de aquella pinche glorieta de Reforma que me mataba de miedo, pero ahora el que controla la situación soy yo y yo soy el efectivo y yo soy el chofer que decide y yo decido si la tomo a veinte, a treinta o a cinco mil, y si la tomo por fuera o por dentro o aprovecho el peralte o me voy contra el cerro o me despeño por el precipicio y me despatarro la pinche madre y a los pinches gansitos y a las tortuguitas y a los mamuts no les queda más que apechugar como yo en aquella época y quedarse calladitos y bambolearse con los vaivenes de mi pinche conducción, bamboleeeo, bamboleeeo, porque-mi-vi-da-yo-la-quie-ro viviiir así, así! yendo de aquí para allá con todo a mi alcance: los valles, las vallas, los hoyos, las ollas, los cintos, las cintas, los porros, las... no! las porras ya no, las zorras, los cerros, las patas, las pitas, las putas, la espuma del mar que blanqueará la cara de la negrita cucurumbé si se decide a ser blanca como la luna del espejo de Alicia en el país de las mantequillas, de las marranillas, de las zapatillas? Patillas las que tenía el prefecto que le cayó al Dylan el día de la tocada a medio patio. Cabrones amargados! mira que querer callar la música cuando la pinche música cabrona no se calla ni aunque uno quiera porque es la poesía del mundo, mirá que querer cashar la música, che! el lenguaje de la naturaleza y ni yo que ya no soporto escucharla y guardé los cassettes y las cintas y los compacts en una caja atrás de mi asiento y apagué la radio, puedo asesinarla, porque aunque todo el mundo se apagara, seguiría existiendo. Cómo se me fue a ocurrir a mí que podría yo ser capaz de aprenderla? de entenderla? Si puestos a ver y a meditar los pasos necesarios tan sólo para colocar las seis cuerdas de la guitarra y los trastes a la distancia correcta para que suene aunque sea un pinche acorde de LA menor, nos quedamos como imbéciles porque la vida y los cálculos de una persona no dan para tanto y se requieren siglos de indios, persas, árabes, españoles y quién sabe qué montón de razas más, a lo mejor hasta extraterrestres para llegar a las digitaciones de Segovia y a las cuerdas de nylon y a las tripas de gato y a un Stradivarius y a las suites, oh! Dios, para cello solo de Bach, ay! Dios, tocadas por Casals... Bach... Bah! La música tampoco sirve para nada. Qué te crees, güey? que no me has podido rebasar porque yo estoy tratando de rebasar al de adelante y te me cierro? No güey! es nomás por joderte! pinche güey de Gou, para que sepas que no tienes por qué andar corriendo ni fastidiando a tus colegas ni a otros pinches conductores del camino, que tienes que ir pinche despacito para que no se te rompan los muebles ni las lunas de agosto ni el gato de porcelana (que quién sabe a quién no le tiene que maullar?) ni los corazones del hotel de Elvis, para que recuerdes que uno no debe ir con prisa ni a casarse, ni a recibir una pinche herencia, ni un pinche premio, ni menos a entregar una pinche mudanza porque ningún camino te lleva a ninguna parte, o no Raúl Mirado? Carlos Castaneda te lo platicaba al oído mientras tú lo escuchabas sentado en la sombrillita del hongo, tan emocionado como yo aquí en este pinche viaje que siento tan extraño y alucinante como los pinches tuyos. Pa'qué te cambias de casa, güey?... No pasas cabrón, te digo que no pasas! ya bájale! Hoy soy el pinche dueño del mundo y no estoy para mamadas de pendejos como tú, hoy no está el horno para bollos, hoy ando como agua para chocolate y tengo poder sobre la vida y la muerte y puedo dejarte ir este pinche camión gigante de redilas y aplastarte o despeñarte a ti, al de más atrás, y a los de adelante... a todos! Al pinche cabrón mundo! Podría yo vivir eternamente en este pinche camión, y ni en la caja, sino aquí en la cabina, morirme aquí, no necesito más, ni al perro ni mi pinche casucha de Temixco adquirida con tanto sacrificio, pagando tantos impuestos!. Los departamentos y las casas del siglo XXII serán más chicos que esta

206

pinche cabina y también tendrán en una de sus paredes una ventana al mundo, televisión gigantesca superplanísima y definidísima del tamaño de los pinches muros, el techo y el piso, que les muestre a los moradores las imágenes de la naturaleza que ya no verán ni en sueños porque llegará el día en que vivan todos en sus cubículos de dos por dos con luces inteligentes que se prendan cuando les digas préndete luz de la campana de la cocina, o sin que les digas, porque será el pinche imperio de los seres sin decisión, la luz se prenderá solita a la hora en que sea razonablemente correcto y políticamente apropiado, o cuando los analizadores de iris y pupilas manden automáticamente la señal al pinche control maestro y le digan, después de haber analizado con lásers y resonancias nuestros ojos, que ya este cabrón no está viendo bien y hay que prenderle la lámpara por donde va a pasar para que no se dé en la madre, o aumentarle la incidencia de luz al lugar donde está sentado leyendo, comedores inteligentes que aparezcan como surgidos de la nada a través de una de las paredes cuando digas mesa, baños superinteligentes que te analicen en un instante la orina, las heces y te digan exactamente por qué sufres, qué padeces y te inyecten ahí mismo un antibiótico o un antidepresivo en la nalga para que te levantes después de cagar y salgas listo para trabajar y rendir más después de dormir en tu cama inteligente que vibrará acorde con tus latidos cardíacos para acompasarlos y te mecerá a la temperatura ideal para que los líquidos de tu hígado se asienten. Podrá uno hasta trabajar ahí, conectado con la farmacia, con el supermercado, con la Luna, con Júpiter, virtualmente viviendo una pinche vida virtual donde pagará uno por medio de un ordenador (antes de que los ordenadores lleguen a ser también virtuales! ja, ja), comprará uno por medio de un ordenador, votará uno por medio de un ordenador y meterá uno el pene en el ordenador, mientras el ordenador proyecta sobre la cama, o donde le indiques si eres más creativo, la imagen holográfica de la pareja elegida para que con los estímulos eléctricos, calóricos, afrodisíacos y vibratorios alcances una eyaculación virtual... mente chingona! Sí, cómo no! aunque me congelaran como a Takagaki y me despertaran en esos años yo preferiría mi Shadow blanco, la cabina de este camión de redilas, las monedas de cobre, las nalgas de Blanca, blancas nalgas, Blancanieves, los tlacoyos, los tacos, los chiles en nogada y el mole de

Oaxaca y los tiros al blanco y los aros de las ferias! y la feria real, *la lana, la pachocha, la marmaja representada en un diente de oro, en barras o en un dispositivo intrauterino... ...ah, chingá! ese güey de los Gou ya me pasó, por andar pensando en pendejadas! pero allá él si sigue así de atrabancado va a acabar estrellándose y estampado en el pinche pavimento y batido como queso Gou...da, con sus sesos pintando de millones de rayitas grises el camino, queso gruyere, queso de teca, quésolito, qué soy, qué somos, queso mozzarella, ella debió de haberme abierto las piernas, carajo, Pilar, qué te costaba regarme la pinche gloria un ratito? la gloria eres túuuu, y Zulmita y Bo, y Xóchitl, y Silvita, cuando estaba chiquitita y no me había hecho tanta fregadera, chiquitita dime por quéeee, di por quéeee dime abueliiita, di por qué los pichos negros en los árboles cantan a lo loco antes de dormir, pinches pichos, pinche pichi, píchi... tan, tán! es el chulo que castiga...tan, tán! pucha, digo, Pachá, picha, picha, Sandy Koufax, manda, manda la bola, Mandela, pelotero la bola, bátiribátiribá!, bátiribátiribá!, gnomo, Sandy, sandía, duro, dura, perro, perra, perro del hortelano que ni come ni deja comer al amo, let it be, let it be, deja que las putas se acerquen a mí, mira que te amo en el ano, hortelano, hotel-ano, anodino, ano, ah! no, di no a quien te quiera dejar chiquito sin placercito como el ratoncito de Lugo en el agujerito de un pinche hotelito, hotel, ah! no!, qué chingados me pasa? Yo tenía que haber pasado a la báscula de la pinche Cuautitlán! y me seguí de largo, de dedos, de Homero, de Odiseo, que le pasa el balón a Robespierre, éste a Beaumarchais, Beaumarchais a Churchill, Churchill a De Gaule, De Gaule... ...Gol!! De Josif Broz tito! Autogol de Tito, Tito, Tito capotito sube al cielo y pega un grito, pinches políticos! Pinche Clinton, Pinche Bush! Tita, Tita, Titanic, titánica, titanica, batinica, batimóvil, bacinica, en vez de andart... Bart, el de los Simp-son, sí son! O no son? ni son! sin ton ni son! Qué me pasa? a mí esos pinches monos ni me gustan! se me está deteriorando el pinche cerebro de tanto pinche comer pinches papas pinches fritas y pinches Twinkies!! estoy frito, a dónde iba? A dónde voy? Vas a Querétaro! vas a Querétaro? porque se va a Acámbaro, ay, güey...!*

En el calor de sus meditaciones exaltadas Malaliento rebasó a toda velocidad y por puro desafío a un par de camiones como el suyo y en la emoción del lance no se dio cuenta de que al hacerlo se llevó de corbata y embarró por el asfalto a tres andarinas esculturales, una de ellas cuarentona bellísima y muy bien conservada de ojazos verdes, otra chaparrita con tenis Nike y la tercera con una camiseta que le resaltaba los pechos puntiagudos cual misiles, las tres de shorts caquis y mochilas de excursionistas al hombro, que habían salido de Oaxaca días antes rumbo a Phoenix y se acercaron demasiado al centro de la carretera cuando imprudentemente esperaban un momento propicio para acabar de cruzarla; luego –inconsciente de su mayor tragedia- prendió los cuartos preventivos para hacerse ver en la oscuridad que poco a poco iba impregnando los sembradíos, el asfalto y las vulcanizadoras y restaurantes que están por ahí, a la orilla de esa parte del camino. Un azul intenso, sin nubes, como cúpula gigantesca, se iba posando sobre la línea del horizonte dejando sólo un filo de brillantez por donde el sol se había metido unos minutos antes.

A la altura de Tequisquiapan decidió salirse de la autopista. Disminuyó la velocidad y avanzó por la lateral buscando un camino vecinal. Carajo, qué más daba. El camión de redilas podía llevárselo, usarlo para viajar y regresarlo después en algún momento; la mercancía, ya recontra pasada su fecha de caducidad y pensada para ser distribuida y vendida de ese modo *("pinches voraces comerciantes")*, no era más que basura para niños y adolescentes, para señoras en estado, ni a quién le hiciera falta si no llegaba a su destino; y a él, en esencia a *él*, no lo esperaba particularmente nadie y su tiempo obligatorio de entrega se cumpliría hasta el día dos a las ocho de la noche. Podía cambiar de ruta, dirigirse hacia otra parte, seguirse... seguirse definitivamente. Infinitamente. O podía tomarse un tiempo para doblar a la derecha hacia el oriente y dirigirse a Pachuca, buscar a Silvia, platicar unas horas con ella, contarle de su viaje, de sus peripecias, a ella sí *de todo*, hasta de Blanca y de Pilar y las chichonas chochudas, para que viera que él todavía tenía ese encanto entre las que sí sabían de cosas buenas, para platicarle que Takagaki se estaba muriendo de SIDA... pobre, hasta en eso le estaban saliendo las cosas mal al japonés... Podía en ese lugar y en ese momento... hacer lo que fuera, dirigirse a donde se le antojara, tenía tiempo. Inclusive podía hacer muchas cosas antes de entregar la mercancía. O no entregarla nunca, si reiniciaba su largo viaje hacia otro lado, hacia Monterrey, hacia Tijuana... o Aguascalientes... Durango, que no conocía... hasta un enorme camión lleno de comida llevaba listo para matar el hambre y aguantar!

Pasó por encima de la autopista y tomó mejor rumbo a occidente por la carretera libre a Uriangato... solitaria, apagada, sólo el ruido de los grillos competía con el otro –más mecánico y moderno pero igualmente repetitivo y aturdidor-, el del camión de redilas.

Tenía tiempo, visitaría un par de pueblos antes de decidir qué hacer. Estaba seguro de que vería cosas interesantes.

Pasó día y medio por caminos vecinales y pebluchos. Buscando, se le olvidó que era el último día del año hasta que, a las once de la noche de ese día, un camionero en sentido inverso desde el otro carril le tocó el claxon festivamente y le gritó "Feliz Año!". Por lo estrecho del camino él lo alcanzó a oír perfectamente. Pensó en llamar a Takagaki o a Silvia para felicitarlos. Luego sintió desidia, miedo de no saber ni qué decir, y pensó que mejor empezando el año. Avanzó un poco más y se detuvo a la orilla del camino para decidir qué hacer, dónde pasar la noche, era una noche especial y al día siguiente sería Año Nuevo. Todo podría ser distinto, cambiar: su ánimo, sus intenciones, el clima, los colores, la situación, las cosas, la gente, la esperanza...

Por el cansancio de haber manejado todo el santo día, se quedó dormido en el camión, sin sentir, mientras pensaba.

Se despertó descansado, animado, con ganas de cambiar, de *ver* cambios. Dejaría para más adelante la decisión sobre entregar o no la mercancía, aún tenía tiempo. Ya después decidiría si entregarla o mejor seguirse de largo e írsela comiendo poco a poco por el camino. Tal vez ni el camión de redilas fuese bueno devolver, podía venderlo, conseguirle nuevos papeles, pintarlo bonito, abrirle unas ventanas, acondicionarlo y convertirlo en su casa rodante para poder estacionarlo en cualquier lugar, donde se le antojara.

Pero en esos momentos prefería mejor manejar, sólo manejar, distraerse, pensar, chiflar el "Son de la Negra", tararear "La Bamba" y "La Culebra", entonar el "Himno Nacional"...

Pasó así el día todo, el primero del Año Nuevo de su nueva vida picando melodías de aquí y de allá como pollo semillas en patio de cantina, perdido, ausente, desorientado, inmerso en el mismo tipo de elucubraciones de siempre, esta vez al principio un poco más esperanzadas, pero con el correr del día, más acerbas. Se fijó en cada cosa, desde las moscas hasta los aviones. Vio con detenimiento la carretera, los caminos, los árboles, las vallas, las rejas, las nubes, todo, cada bulto, cada mancha, cada línea, cada punto, buscando algún cambio, una intención, algún indicio, una señal... hasta que, otra vez desencantado sin encontrar ni sentir nada diferente, ni una ilusión fugaz, ni una incipiente mejoría, le llegó la noche. Entre las luces incipientes de las gasolineras, las chozas y los faros de los autos y camiones en contrasentido, vio caer el sol como moneda en vientre de alcancía, vio los campos teñirse de negro y unos pájaros más negros aun cruzando el azul metálico por encima de los cerros de ónix, vio las vacas pardas cruzar las milpas, el caminar contoneado de las chachalacas entre las sombras, vio las luces amarillentas del pueblo viejo, los alfilerazos de las estrellas en su cielito lindo de obsidiana y los rastros de la luz de los cometas prehistóricos en los ojos azorados de los tecolotes semiocultos entre las ramas, vio a un indio al lado de un mítico nopal que no tenía ni águila ni serpiente, la simbólica carreta de paja en un camino polvoriento que se adelgazaba perdiéndose entre los sauces - más llorones que nunca - y un destino eterno que se oscurecía irremediablemente y del que ni siquiera podía decirse que hubiera sido escrito en el cielo por el dedo de Dios.

FIN

"*Post*"-logo, *hors-d'oeuvre*, whatever

(Pequeño ensayo sobre la "*realidad histórica*")

Existe la idea entre los habitantes de San Miguel Allende de haber visto en la mañana del dos de enero de hace algunos años despeñarse un camión de redilas desde una de las curvas elevadas próximas a la localidad. Muchos dicen recordarlo bien porque se atascaron con los pastelitos y golosinas que se desparramaron de la caja del camión al voltearse éste en el barranco. Los vecinos que se acercaron a curiosear después de oír el ruido, acabarían hartándose de comer marranadas. Pero a ellos, campesinos pobres diablos, les supieron a gloria. Y todavía lo cuentan. Entre los que se atragantaron y hasta alcanzaron a llevarse una buena cantidad de Twinkies a sus chozas y ranchos, se comentó que el camión de redilas era azul muy oscuro como la piel del chofer, un negro de unos veintitrés años. Si fue así, Malaliento no tuvo nada que ver en el percance ni se mató por distracción ni se suicidó por desconsuelo y vivió para empezar lo que sería la última etapa de su vida. La versión que supimos, la que, aunque haya sido otra la verdad, nos gustaría recordar y transmitir porque estamos seguros de que Malaliento, en el fondo de sí, quería seguir y luchar y trascender y ser querido y aceptado y encontrar un lugar en el mundo y no seguir arrastrando sus miserias por las carreteras de la patria pinche entre palomas revoloteantes afuera y pájaros de vuelo confuso y ensordecedor cada día más numerosos dentro de las revueltas y desgastantes elucubraciones tormentosas de insatisfacción de su triste y empobrecido cerebro, comenzó como una broma. Resulta que Malaliento se enderezó un poco en el asiento, aumentó ligeramente la velocidad del camión y antes de ver con decisión el camino de pavimento desgastado que tenía por delante, encendió la radio. Unos pocos kilómetros más adelante sonó el teléfono... pero el que estaba grabado en un anuncio de la estación que él iba escuchando; hablaba de las tarifas económicas de una nueva compañía de telefonía móvil, celulares más baratos, alcance en todo el país.

Echó una mirada a su teléfono, que descansaba más mudo que de costumbre en el asiento al lado suyo, para comprobar que las luces y los signos de óptima señal y baterías estuvieran bien prendidos, por si alguien le llamaba…

A la sirvienta que en una esquina del centro de Uriangato esperaba un camión que la llevase al siguiente pueblo, él le dijo: "Súbete mi reina, yo te llevo a donde vayas". Y ella vio el camión de redilas amarillo medio viejo y gastado pero llamativo y grandote, y se animó.

Ya en el camino él, por pura puntada, le dijo que iba para los Estados Unidos, que tenía casa allá, que si no quería irse con él; y ella, casi sin pensarlo, sin dudarlo, se animó más aun y le contestó que sí. Y luego prácticamente lo abrazó. Él creyó que ella bromeaba, después de unos kilómetros se dio cuenta de que no. Ella nunca pensó que él lo hubiera dicho por jugar, por calarla, por no dejar... y acabó por decirle que le gustaría pasar a la Ciudad de Guanajuato a recoger a su prima Ofelia, de dieciséis años, que siempre había querido irse a trabajar y a vivir a Estados Unidos y que ya hasta había hecho planes para irse con ella a fines de ese año; "…bueno, del pasado, me confundí porque éste acaba de empezar; pero a fines de éste, si no es hoy contigo, chance y sí nos vamos", le dijo entusiasmada en lo que agarraba y abría uno de los "Gansitos" que él llevaba en el tablero. Ella le ofreció y él sonrió, agradeció y sin soltar el volante comió de su mano una mordida. Ella se sentó más cerca de él y fueron comiendo cada vez más animados.

La prima resultó morena morena y un poco más bajita que ella, pero a la vez más bonita y simpaticona. Trabajaba de sirvienta en una casa de ricos en las afueras. Los dos – él y la primera levantada – creyeron que era broma o vacilada cuando Ofelia no sólo se subió aceptando la invitación así nada más, sin intentar entrar a la casa para recoger sus cosas, avisar o despedirse, sino que justo después de cerrar la puerta del tráiler les dijo: "Pero entonces, pasamos también a recoger a una amiga aquí adelante. Ella también va. Seguro!".

Los tres se dieron bien desde el principio.

La amiga, güera mestiza, de esas güeras de rancho, tenía diecisiete años y trabajaba en un burdel cerca de la Plaza. Piernas sólidas, bonitas, sonrisa abierta. Ella sí pidió poder entrar a recoger sus cosas pero salió en seguida y prácticamente igual, sólo con un perro pastor de un par de

214

meses en los brazos. Cuando, tres cuadras después, ella empezó a decir que le gustaría nada más pasar a... él pensó que eso ya era increíble, pero ella acabó diciendo que a visitar las momias de Guanajuato, que a pesar de tener ella ya dos años de vivir en la ciudad, nunca había tenido oportunidad de ir a conocerlas.

Fueron; el camión de redilas entre el montón de autos achatados del estacionamiento llamaba la atención, como adentro, entre los visitantes y las momias, el supuesto padre con sus tres hijas (sobrinas?): las dos alegres, dicharacheras, juguetonas y la morena morena, más seria, comportada, observadora y reflexiva. Se divirtieron de lo lindo. Como nunca. Ellas encontraban a las momias siempre parecidas con alguien. Él también. Sólo en un momento no pudo dejar de pensar en Wilfrido y luego, casi automáticamente, en Pedro Galas. Ninguna notó las lágrimas que se le salieron.

Durante los siguientes dos meses, bordeando poco a poco la costa del Pacífico en su lento y entretenido viaje hacia el norte, fueron comiéndose los miles y miles de pastelitos caducados y defectuosos que el camión de redilas transportaba, pintando el vehículo de verde claro, techándolo bien, acondicionándolo para dormir cómodamente dentro de la caja y haciendo espacio para albergar a las otras trece mujeres (cuatro prostitutas –tres de ellas hermanas–, dos sirvientas más, cuatro estudiantes y tres secretarias) que levantaron y que también querían ir a los Estados Unidos, su tierra prometida. El entusiasmo, la diversión y la colaboración eran generales. Compartían todo.

Pero nunca llegaron.

Detuvieron el camión en un lugar deshabitado a la orilla del mar en la costa de Sonora y se quedaron ahí, en algún punto entre Guaymas y Puerto Peñasco. Le hicieron ventanas, puertas, hasta un techo solar; lo pintaron de nuevo por fuera y por dentro y lo dejaron listo, habitable, presentable, coqueto, en flamante rosa mexicano y remodelado para habitarlo o partir hacia el destino final en cuanto lo decidieran y se animaran.

A partir de ahí las versiones se multiplican y difieren mucho entre sí.

Hay quien dice que desde que vivió así con sus compañeras dejó de tener sus monólogos alucinantes y reiterativos (aquellos que en otras épocas habían ido degenerando sin remedio, pasando a ser gradualmente más y más patéticos), y que dejó para siempre de pensar cosas absurdas, de protestar por todo, de criticar a todos y de querer cambiar el mundo.

Hay quien dice también que ahí empezó otra vez a dar clases de música, al aire libre y en la orilla de la playa; de lo mismo, pero únicamente de guitarra, pues ahí no tenía piano, y que hizo un coro con algunos campesinos y pescadores de ranchos y lugares no muy distantes y con otros recién llegados. Tenía tanto tiempo libre – y cosas tan poco importantes que hacer - que hasta a un perico le enseñó algunos fragmentos y tonadas.

Otros dicen que aprovechó el punto extraordinariamente bien colocado geográficamente para hacerse parte del Cártel de Tijuana y transportar, distribuir y vender droga junto con su equipo de amantes putas vampiresas multiusos prófugas del metate. (Y que hasta llegó a tomar en la organización el lugar del Dr. Takagaki.)

Y otras historias coinciden en lo que quizá seguirá siendo considerado como "lo cierto", pues es la versión más extendida y menos contestada. Pero en ese sentido, "lo cierto" quedaría una vez más como queda siempre "históricamente": no como aquello que necesaria y realmente *fue* así, sino como aquello que la inmensa mayoría creyó porque fue contado y repetido insistentemente por los que tenían los medios, el poder y el interés en hacerlo... y nunca fue sólidamente refutado por nadie (por falta de medios, de poder o de interés). Esa versión dice que se quedaron todos a vivir allí definitivamente; que él no sólo continuó con sus monólogos exhaustivos y disparatados sino que pasó a decirlos en voz cada vez más alta y encontró oyentes entusiastas en sus compañeras de viaje, en los hijos que tuvo con ellas, en los perros, gatos, canarios y loros que fueron adoptando y se iban multiplicando rápidamente, y entre los pescadores y campesinos que eventualmente (primero de forma accidental y luego llamados por la fama y el interés crecientes que se expandían) iban llegando hasta donde él estaba. Hay hasta quien dice que vivió muchos años, que pasó a dar sus sermones también en inglés y que tuvo inclusive muchos gringos que iban a oírlo regularmente. (Y que hasta llegaron algunos para quedarse a vivir ahí).

Con la mezcla de razas resultante entre los gringos y las putas, Malaliento le fue quitando peso a esa parte de sus discursos donde condenaba a las tradicionalmente autoconceptuadas razas "superiores" y en la que promovía que el nuevo orden universal del movimiento neo-azteca debía borrarlas del mapa, arrasar y acabar con todo. Se concentró mejor en otros puntos. Y todavía más.

Llega a haber también hasta quien dice que él fundó la Ciudad de Nueva Prepa y que acabó alquilándoles a los que iban llegando, partes del terreno del que él se había apropiado; les cobraba una colaboración mensual para "mejoras" del lugar y por prestarles el agua de su pozo "*artesiano*", así como impuestos por las pernoctadas con las prostitutas (a quienes aparte, lógico, los clientes tenían que pagarles el servicio – de acuerdo con un sistema perfeccionado que le enseñó un administrador de burdeles cubano que pasó por ahí huyendo de San Francisco de regreso para su país-), y les cobraba a colonos y visitantes, impuestos por las sillas y las rocas especiales para ver las puestas de sol. Unos dicen que un día llegó un perro viejo que iba de muy lejos, después de haber seguido el rastro del olor de su dueño que lo dejara abandonado en una ciudad del interior del país, y que él lo recibió con brincos y tremendas manifestaciones de alegría y le daba de besos y abrazos todo el tiempo... pero otros niegan ese hecho y aclaran que sólo era algo que él decía que le gustaría que sucediera.

Más digna de fe – para otros - es la historia de la reunión en la playa a la luz de la luna, a un lado del camión de redilas acondicionado, que comenzó como una sesión de interpretación de los textos que él mismo iba escribiendo poco a poco, guardando en lugares escondidos y descubriendo con asombro entre boatos de supuestas apariciones de ángeles indígenas anunciadores, para presentarlos a la comunidad como apoyo de lo que él decía en sus discursos, y acabó con la guarapeta olímpica (todos congestionados de borrachos) que se conoce y pasó a los anales como "La Gorra del 2 de Mayo" – la que fue interrumpida durante unos momentos, ahí por las once de la noche, porque de repente todos oyeron una voz rasposa de mujer cantando casi impecablemente "Me and Bobby McGee", como si fuese la mismísima Janis, y no salieron de su arrobamiento hasta que él, molesto por una desafinación inesperada en el estribillo final, hizo callar a la perica prodigio aventándole un casco vacío de Carta-Blanca y gritándole que se callara, que no entendía que las síncopas y contratiempos musicales de esa parte de la canción no iban así-.

Y por supuesto, es generalmente aceptado que asumió por sus pistolas – y algunos reconocen que no totalmente sin derecho – la alcaldía vitalicia de esa ciudad, sentó las bases y estatutos del Partido Internacional de Liberación Neo-Azteca, buscó una cuadrúpeda alianza con el Partido de Acción Nacional, el Partido de la Revolución Democrática y el Subcomandante Marcos, y se quedó a un pelito de llegar a la presidencia de la república; pero tuvo momentos de auténtica simpatía popular después de hacer algunas obras de caridad para los habitantes del pantano, de haber hecho que Romeo – que nunca había hecho nada de provecho y se la pasaba bebiendo o tirado durmiendo sus crudas – se levantase y se fuera a trabajar, de haber tomado la decisión de convertir la playa en reserva ecológica nudista, y principalmente después de que un día de un casamiento hizo inclusive un milagro con unas botellas vacías de Coca-Cola, unos pastelitos de chocolate que no alcanzaban para todos y unos peces. Pero eso suena, en su caso, a pesar de los grupos de peregrinos mexicanos que siguen llegando de manera creciente cada verano al *camión de redilas–santuario* para rezar oraciones y pedir milagros, demasiado bueno para ser verdad, tendría que pasar a formar parte de otra extensa historia y requeriría una seria y profunda investigación que, por otra parte, dicen que ya está llevando a cabo el Vaticano.

Baste aquí decir, para tratar de terminar un recuento incompleto de sus últimas aventuras, que, si acaso llegó a instalarse en esa costa, frente a las maravillosas aguas azules del Golfo de Baja California, antiguo Mar de Cortés, él, posiblemente después de descubrir – a veces consciente, a veces inconscientemente (como hacemos prácticamente todos) – su propia y particular manera de acabar con todo, en esencia, el mejor modo de consumirse, debe -eso sí con absoluta certeza- haber continuado muriendo sus últimos años de vida, y que incluso se presume que en esos años se curó del *pinche mal aliento* (como él le habría dicho cuando hubiera estado plenamente consciente de lo persistente y la tremenda magnitud de su defecto) que le había entrado y salido del cuerpo constantemente durante la mayor parte de su vida adulta siendo a la vez impedimento y motivo de sus desgracias (o por lo menos aprendió a disimulárselo entre lavadas de dientes con diversos menjurjes de la zona, arreglo precario de sus caries, talladas de la lengua con piedra pómez, lavados terciarios de estómago e intestinos y una dieta menos desordenada), lo que habrá facilitado sin duda sus últimas relaciones por lo menos superficiales con las personas, dejando atrás de alguna forma el recuerdo del tufo de su mal paso por el mundo.

Eufemismos , anhelos, absoluciones, matices y suposiciones aparte: del mismo modo en que un ser en descomposición cría en su seno organismos que se nutren de su podredumbre y a la vez la fomentan en lo que al final acaba convirtiéndose en una espantosa danza amorosa de aniquilación recíproca, Malaliento siguió cruzando por las entrañas del país de Jauja, bebiéndose a tragos lentos su gloria peculiar y su relajienta muerte, y fue poniendo a su paso sus propios huevos de pascua rellenos de melancolía y malgestación, que junto a los de muchos otros mexicanos como él, acabarían por llevarse al país, entre hedores francamente repugnantes y aromas capciosos, después de algunos años, irremediablemente a la chingada.